UN AMOUR DE SAGAN

DU MÊME AUTEUR

Le nouvel homme (essai), Lattès.
Portrait d'un amour coupable, Grasset (Prix du Premier Roman).
Une femme amoureuse, Grasset; Livre de Poche.
La voyageuse du soir, Gallimard; Folio.
Les roses électriques, Flammarion.
Une époque en or, Mazarine.
Le diable au cœur, Denoël; J'ai Lu.
Femme en voie de disparition, Denoël.

Annick Geille

Un amour de Sagan

Fayard

ISBN : 978-2-720-21523-0

À William Westhoff.

I

25, rue d'Alésia

Les sentiments sont toujours réciproques.
Jacques LACAN, *Écrits.*

Derrière moi se tenait l'homme qui distribuait les baccarats. Chacun devait jeter sa rose sur le cercueil, sept mètres plus bas. Tombant d'aussi haut la mienne se brisa. Je vacillai, en proie au vertige. L'employé des pompes funèbres ne l'avait pas fait exprès, mais il m'avait remis sa baccarat suprême. Je me souvenais de son éclat sombre, une flamme, du velours que j'avais saisi comme on s'accroche à quelque chose. Réprimant un mouvement de recul, j'ai imaginé le corps de Françoise entre les planches. Un pâle soleil d'automne accentuait l'irréalité des obsèques.

C'était l'heure où la camarde use d'un miroir grossissant, les hommes en noir, les pelles, les pioches, le silence par-dessus la fosse, l'odeur de la terre et ce trou qui serait comblé. J'ai pensé à ma propre fin.

Une femme attendait. Je lui ai cédé le passage ; non loin se tenait le Bernard de Françoise. Depuis le début de la cérémonie, je le cherchais. Fallait-il tenter de le rejoindre ? Il ne dirait rien, je ne parlerais pas non plus. Près de Françoise, nous serions ensemble une fois encore. La dernière fois. Il portait un imperméable kaki, à moins que ce ne fût un costume sombre, avec une canne assortie. Ses cheveux étaient gris, les miens le devenaient aussi, de sorte que nous avions l'air de vieux camarades, ce que nous étions sans doute. L'amitié a le cuir épais, quand les amours sont si fragiles. Il y a le haut et le bas, à prendre avec précaution, ne pas laisser choir, les amours sont du verre de Murano, un petit saxe, un rien les fissure, les lézarde, les rompt, du cristal de roche rouge qu'une larme désintègre. Bonne fille, l'amitié digère les malentendus, quand l'amour ne pardonne rien.

Les proches de Françoise n'étaient pas si nombreux, j'ai reconnu certains d'entre eux, fils, sœur, compagnons, le silence était lourd comme nos blessures. Nous avions nos soucis, des rides, une petite mine, la défaite nous précédait en tous lieux. Par contraste, les traits d'une jeunesse, ici ou là, semblaient d'une beauté presque douloureuse. Je voulais me rapprocher du Bernard que m'avait prêté Françoise. Il ne pleurait pas, ce n'était pas son genre. J'ai réussi à faire quelques pas dans sa direction, j'aurais voulu qu'il se retournât et qu'à ma vue un peu de vie parût sur son visage, mais il ne voyait personne et n'entendait rien. « Bernie » détestait les débuts d'après-midi, ce moment où la journée s'ouvrait sur sa propre vacuité. Françoise aussi préférait le soir. Bernard, qui vivait avec elle partout où j'avais vécu avec eux, disparaissait parmi les silhouettes noires. Lui qui comptait tant pour elle semblait un ami parmi d'autres. Je reconnus là son élégance.

Je savais cette manière qu'il avait de se séparer du monde pour se réfugier parmi les mots ; des sons parfaits, une musique riche de nuances, des racines issues du grec, du latin, de l'hébreu, du chinois cantonnais, du verbe quasi abstrait, du rythme à la dérive. Il se le fabriquait sur mesure, son radeau de la *Méduse*. Il n'avait qu'à clore les issues, baisser ses rideaux. De la vodka couleur jus d'orange, la vie bleu cyprès.

Souvent, je l'avais vu filer à l'anglaise. Sa présence pouvait être trompeuse. Il s'échappait parmi les mots. Son grand, son seul amour. Sa courtoisie était parfaite, mais l'espace d'une minute, ou plus longtemps, il faussait compagnie au réel, ni vu ni connu je t'embrouille – ou plutôt je me débrouille avec mes mots à moi, pensait-il alors, dans une jubilation gamine. Fuyant la pesanteur des faits, il changeait mentalement la dernière phrase du *Maître de maison*, son roman, une fiction qui le protégeait de tout, y compris d'avoir à l'écrire. Le bonheur ? Un truc de bonne. Le pire était toujours le plus sûr. Mais le malheur n'avait pas l'avantage : le verbe lui barrait la route. Le reste n'avait pas grande importance. Je craignais cependant que « Bernie » ne fût pas cette fois à la hauteur de ses imaginaires. Il risquait de s'effondrer après la bénédiction. De toute façon, sans Françoise, il tomberait un jour ou l'autre. Non par romantisme bêta, les inséparables et tout le tralala, mais parce qu'elle était sa bonne mère, son paratonnerre, et que, sans elle, à quoi bon faire attention ? Et faire attention à quoi ? J'aurais voulu prendre son bras, sa main, et près de lui, me taire. Mais des groupes nous séparaient, puis le silence s'accentua. Les proches de la princesse de Sagan se turent tous à la fois. J'ai pensé à Peggy. À ce cancer qui l'avait emportée en six mois. Sa tombe si près de Françoise avait quelque chose de bouleversant. Sagan qui se riait des toujours de son vivant avait parié sur leur pouvoir post mortem. Peggy avait été pour elle ce que Sagan ne serait plus pour Bernard : le garde du corps, la jumelle, un filet de protection. Quelqu'un éclata en sanglots. Il y avait de la religion dans nos chagrins, une sorte de communion. La chaleur voletait pour nous éviter de souffrir de nos habits sombres, forcément épais. Des gouttes de transpiration se répandaient parmi les larmes, du sang coulait. Je revis les yeux de Peggy, l'admirable regard de « Bernie », les lunettes de soleil d'Isabelle Held, à minuit.

« Bernard, attendez », ai-je chuchoté. Dans le silence de nos chagrins juxtaposés, un cri eût été déplacé. Il ne m'avait pas vue et s'en allait, entouré de la famille, des ministres. Il s'éloignait. Avait-il vraiment envie de retrouver ici cette femme marquée par les années, la maladie, les regrets, enfin tout ce qu'on croit cacher et qui se voit comme le nez au milieu du visage ? Je voulais qu'il entendît ma prière, ce fragment d'hier.

Nous avions vécu avec Françoise, rue d'Alésia. Sans doute restait-il là-bas, « toujours ailleurs », quelque part, des miettes de cette « drôle de petite personne » qu'il avait aimée ? Celle que j'étais alors et la femme du cimetière semblaient deux étrangères. Ce qui les séparait, c'était le poids du temps ou plutôt son œuvre. Un temps qui pesait une tonne et passait tel un soupir. Ce quart de siècle avait été un frémissement et voici que l'automne advenait pour la première fois sans Sagan. « Tu ne trouves pas qu'il n'y a rien de plus divin que d'être à Paris lorsque tout le monde rentre de vacances et que l'on vient de commencer un roman ? » me disait-elle avec une expression gourmande. Des images me revenaient dans le désordre, l'une chassant l'autre, un objet remontant le cours de ma mémoire, ramenant d'autres souvenirs en surface, vestiges sauvés in extremis de l'oubli. Je marchais entre les tombes. Au milieu d'un champ de cannes à sucre, sous un drapeau français, je revis Françoise agitant son chapeau en signe de victoire. Nos étés, les printemps d'alors, allaient-ils s'abîmer dans cette mer de glace que représente toute vie lointaine ? Une expérience si ancienne qu'elle semblait avoir été vécue par d'autres, une vie fictive et fantasque à la mesure des protagonistes, Frank et Sagan, la vie en Fitzgerald, car Françoise avait son côté Gatsby. Des papillons dans la nuit.

Sans retenir mes larmes, j'ai ouvert la portière du taxi qui m'avait amenée à Seuzac, une course hors de prix, mais rien n'était trop beau pour Françoise. « Bernie » longeait le tilleul, les cyprès. Je pouvais courir vers lui, murmurer : « Nous avons vécu une époque extraordinaire, il y avait l'odeur des acacias rue d'Alésia, rappelez-vous, ne vous fiez pas à nos vieilles peaux usées, à nos regards hantés par la peur et la mort, ne pensez plus à nos fatigues, à nos disgrâces, à la maladie qui nous guette ou qui nous tient. Rappelez-vous nos déserts, nos forêts de Françoise et ces provinces transies que nous arpentions le soir de Noël, à la recherche d'une table et d'un bon vin. » Mais pourquoi lui imposer ma présence au moment de son plus grand chagrin ? J'ai hésité, la main sur la portière, le chauffeur me fixait dans son rétroviseur, j'allais rater mon train. L'affection me disait de rester, ma lâcheté commandait de fuir. Elle l'emporta. Trente ans après, les héros étaient morts, ou perdus de vue. Nous nous croisions parfois, dans les églises, les cocktails, nous nous aimions encore puis l'oubli recouvrait tout d'un grand drap.

Les portières claquaient, des femmes en noir s'embrassaient ; les couronnes défilaient. À deux ou trois reprises, Françoise m'avait réchauffé le cœur, cet organe si fragile. Je ne pouvais m'en aller sans contempler une dernière fois sa vallée. J'entendis son pas, sur le perron, rue d'Alésia, et dans le halo d'un projecteur, mains sur les hanches, elle se pencha pour le baiser d'au-revoir, je me retournai pour lui faire signe. Quand j'indiquai au conducteur notre destination, il parut content, la gare de Figeac se trouvant à bonne distance. J'ai ouvert mon sac pour compter ce qui me restait : je ne voyagerais pas en première. Une photo tomba sur la banquette, ma grand-mère. Le grain se ternissait, son visage s'effaçait. Enfant, j'avais pressenti qu'il existait un lieu où s'incarnerait mon idée de la liberté. Des êtres dont la règle serait de renverser ces normes bourgeoises dont j'avais tant souffert. Rue d'Alésia, j'avais trouvé un concentré de fantaisie, la quintessence de ce que je cherchais, un monde régi par l'intelligence, la complexité. Tout chez Sagan devait être remis en cause. Rien n'était écrit, pas de cahier du maître, il suffisait d'être digne de sa propre estime sans offenser l'autre, en tout cas pas volontairement. La vie, quand esclaves et notables sont des morts vivants. Alors que les pelletées de la terre du Lot recouvraient son corps, j'ai songé à notre violence intime. Quelque chose qui avait à voir avec l'amitié, les affinités électives, la passion, la figure changeante du désir et la littérature. Le charme des commencements, la douleur des ruptures.

La voiture longeait le Lot. Épuisée, je fermai les yeux. Françoise. Sa vie, un temps, avait été la mienne. Sa maison, la matrice dans laquelle j'étais devenue moi. Il fallait réveiller cette douceur brûlante, qui palpitait et changeait à toute allure, en fonction de nos humeurs. Dans un demi-sommeil, je me revis telle que j'étais, la première fois, 25, rue d'Alésia. Insouciante, ambitieuse, je me croyais éternelle.

*

* *

Il y avait ce jour-là du froid et de la gaieté dans l'air, Paris paradait sous son meilleur jour, celui des rentrées universitaires, des salles d'art et d'essai, des cafés bondés de citadins enchantés de se retrouver tous au même endroit, moment trois fois béni lorsqu'on a connu la province, ses rues désertes, ses magasins vides, la cloche qui résonne dans l'arrière-boutique. Les grandes personnes ne pouvaient plus rien contre moi : j'en étais une. L'enfance, au fond, ce n'était que cela : l'art et la manière de compter les mois, les semaines et les jours jusqu'à la quille. Dans le rétroviseur, je surpris mon reflet. Je portais ma tenue d'amazone, veste à boutons dorés, pantalons assortis. Pour cacher mes joues, la masse des cheveux tombait, providentielle.

Rue d'Alésia, un vendredi à cinq heures, on n'a pas idée ! reprit le chauffeur, brisant ma rêverie. Je songeais à mon divorce. Cobaye de cette « garde alternée » dont juges et avocats commençaient de se repaître, je vivais souvent seule : mon fils séjournait chez son père la moitié du temps. La morsure du manque m'effleurait alors, la chair rebondie de l'enfant étant une drogue. Restait le charme des carrières, celles qui naissent d'une vocation.

Nous prîmes un chemin qui ne fut pas le bon. Il y eut des hésitations, des demi-tours. J'avais rendez-vous à cinq heures : ma mission prenait un mauvais tournant. Des écoliers suivaient leurs mères chargées de filets à provisions : la province de mon enfance, sauf que rue d'Alésia, où nous parvenions enfin, elle recouvrait son charme. Une double rangée d'acacias bordait les trottoirs. Je me retrouvai devant un hôtel assez discret pour ne point attirer l'attention. Façade blanche, trois étages, cinq fenêtres, des anges sur la frise Arts déco. La porte était peinte en vert. Une femme de chambre me précéda dans la pièce de réception. « Asseyez-vous, Madame arrive tout de suite », me précisa-t-on. Le salon donnait à gauche sur la rue et s'ouvrait à droite vers le jardin. Pas de cheminée, mais un téléviseur à même la moquette ; guéridons, bouquets, trousseaux de clefs, téléphones ; ça et là, quelques fauteuils assortis au canapé. Près de la fenêtre, un piano couvert de livres ; un paquet de Kool traînait sur la table basse. J'ai pensé à ces demeures qui semblent des maisons de campagne au cœur de Londres. Ce chic avait du chien. Je fis quelques pas vers la véranda ; l'enclos semblait plaisant, avec son lierre, ses massifs et sa statuaire. Le genre d'endroit où toute personne dans mon genre aurait souhaité faire halte et dire « j'ai mon âge et je voudrais en profiter : rêver, par exemple ». Une maison d'écrivain.

La gouvernante ne revenait pas. Je n'avais plus rien à faire ici, autant disparaître avant de subir l'affront que je pressentais, du style « Madame avait un autre rendez-vous, on vous rappellera ». Dans un miroir, je vis mon échec présent et ceux qui l'avaient précédé. Ils avaient mon air navré, vaguement enfantin. Quant à ce que j'étais venue chercher rue d'Alésia, il s'agissait d'une aventure au-dessus de mes moyens. J'ai regardé une dernière fois ce salon dans lequel je n'allais pas m'asseoir. La pièce me sembla d'autant plus *duveteuse* que j'allais devoir l'abandonner. Je me suis dirigée vers l'entrée pour retrouver la sécurité du trottoir. À droite, j'ai repéré la cuisine. Un chat dormait contre un berger allemand qui aurait pu le broyer d'un coup de dent.

– Le chat s'appelle Gros-Minou.

Sagan portait un cardigan rouge sur une chemise d'homme avec des jeans. Ses yeux débordaient d'une gaieté mal contenue, comme si rien n'avait la moindre importance, pas même mon retard.

– Je suis désolée, les embouteillages m'ont...

– Quant au chien, c'est Werther, coupa-t-elle, mains sur les hanches. Affichant un sourire amical, elle me précéda au salon. Lorsqu'elle prit place sur le canapé, je notai le collier de bois assorti au cardigan, le ceinturon, les boots. Jambes croisées, elle m'écoutait, battant la mesure du pied gauche, adossée au siège, me fixant avec cet air que prennent ceux qui vous connaissent. C'était bien elle, la finesse un peu sèche des traits, ce gilet trop grand, la frêle silhouette cernée par un nuage mentholé dans lequel flottaient des notes de vanille. Elle m'offrit à boire. On m'avait dit qu'elle était toujours pressée, et que lorsque les choses étaient décidées elles devaient advenir, sans quoi elle changeait d'avis, de programme, d'appétit, de projet. En attendant, elle semblait douée pour mettre les gens à l'aise. « Malgré sa taille, Werther est doux comme un agneau, poursuivit-elle, se penchant vers la table basse pour s'emparer d'un briquet, et c'est le problème, figurez-vous, n'importe quel brigand pourrait entrer, Werther ramperait à ses pieds ! » Elle avalait un mot sur deux, mais sa façon d'appuyer sur les consonnes permettait de suivre l'idée qui s'impatientait de la lenteur du verbe. Ses phrases créaient un cafouillage de sons. Elle s'inclina davantage et saisit le paquet de Kool ; un pan de cheveux s'écroula, cachant son visage. Je sortis une cigarette de mon cartable.

– Pourquoi me voulez-vous, moi ?

– Vous êtes l'auteur de *Bonjour tristesse*.

– Vous aimez tous les écrivains que vous publiez ?

– Oui.

– Vous aimez la littérature, en somme.

– Oui. C'est la chose qui compte le plus dans ma vie. Mais sans vous, cela ne va pas. Sans vous, j'échoue.

Un éclair troubla son expression de lassitude polie. Tapotant la cendre de sa Kool dans un cendrier, elle m'observait. Isabelle Held, sa secrétaire, m'avait priée de lui faire parvenir une dizaine d'exemplaires du mensuel que je dirigeais. Sa voix m'avait semblé d'une telle tristesse que j'avais mis cet accablement sur le compte d'un deuil. « Madame Sagan n'est pas certaine de pouvoir vous donner une nouvelle inédite. De toute façon, ce serait cher, très cher… Cela dit, vous avez des éditions internationales, je crois ? Peut-être que plusieurs éditions de votre magazine pourraient se grouper ? Le règlement devrait comporter un certain montant en liquide, le cas échéant, je vous indiquerai la marche à suivre. » Égrenant ses conditions d'un ton navré, la secrétaire parlait si bas que j'avais dû lui faire répéter l'heure et l'adresse du rendez-vous.

– Je ne sais comment vous dire combien un inédit me ferait plaisir… À bout d'arguments, je me mis à sourire.

– Vous y parvenez très bien.

Son regard quitta le refuge de la frange pour me scruter davantage. Le bilan semblait positif, car son visage s'éclaira. Tous les tracas qui subsistaient encore au coin des yeux s'esquivèrent et elle devint franchement jeune. J'ai baissé la tête pour me cacher derrière mes cheveux. À Paris, l'argent n'était pas tout, ce pourquoi j'aimais Paris. Je ne pouvais expliquer à Sagan le chemin parcouru jusqu'à elle, cependant mon regard brillait avec une ferveur telle qu'elle comprit. Songeant à ces lieux d'où je venais, j'ai frissonné. Allais-je me réveiller dans cette ville où l'on ne pouvait échapper aux préjugés ? Derrière Sagan, un tableau représentait une rue pavée au seuil de laquelle se tenait un chien.

– Vous n'êtes pas vieille pour diriger un journal dont Isabelle me dit qu'il tire à deux cent cinquante mille exemplaires.

– Vous êtes jeune pour avoir écrit tous vos livres.

– Pourtant, vous n'imaginez pas le nombre de vieilles dames qui ont découvert *Bonjour tristesse* sur les conseils de leurs mamans !

– C'est comme moi. Tous ceux qui lisent mon journal le font chez le dentiste…

Elle pouffa. Un gloussement bref, deux notes toutes les cinq phrases environ. De même qu'en chinois cantonnais un mot signifie une chose et son contraire, de même ce rire déclinait pas mal de nuances.

– Vous ne trouvez pas qu'on serait mieux en haut ?

J'avais lu son dossier aux archives de *France-Soir*, rue Réaumur. Quelque chose en moi devait lui plaire, car d'après ma lecture on ne montait pas dans sa chambre aussi facilement qu'elle le laissait croire.

– C'est comment, votre prénom, déjà ? reprit-elle en ramassant ses cigarettes.

– Annick.

– Anne en breton ?

– Je suis bretonne.

– Moi je suis née dans le Lot, vous connaissez le Lot ? C'est une Bretagne sans mer. Mon vrai nom c'est Quoirez, Françoise Quoirez.

Je savais qu'elle avait un tel souci de ne blesser personne qu'elle déployait des trésors d'hypocrisie pour faire croire au moindre raseur que son commerce était divin. Je la suivis dans l'escalier, sur mes gardes.

– Denis ? Tu es là ? cria la maîtresse de maison en escaladant les étages.

– Non ! répondit quelqu'un.

« Denis est dans sa période Sex Pistols », précisa Sagan. Sa chambre semblait un salon plus vaste que le précédent. Une verrière donnait sur le jardin. Il y avait un canapé, du feu dans la cheminée; un caoutchouc dont les feuilles frôlaient le plafond se ramifiait au-dessus d'un lit non moins gigantesque, sur lequel étaient jetées des feuilles tapées à la machine, un paquet de Petit LU, des livres et des journaux, à la volée. Elle s'adossa aux coussins sur un air de Barbara.

– Mettez-vous à l'aise.

Elle avait une allure de garçonnet avec sa chemise de cow-boy et son ceinturon de cuir. Cette chambre était sa « tanière ». À la manière qu'elle eut de le préciser, je compris que le dossier de presse disait vrai. Elle me souriait toujours. Je m'installai dans un fauteuil. J'aperçus la photo d'un cheval, sans doute Hasty Flag.

– Je rencontre assez souvent des personnes qui ont du succès. Elles sont toujours très... Or, vous êtes tellement... Vous comprenez ?

– Bernard Frank vous dirait que le succès est une méprise heureuse. Vivant avec lui, je suis modeste par la force des choses.

Mains sous la nuque, elle contemplait le plafond. Je n'avais pas lu Bernard Frank, il était trop tard pour le regretter. Je m'attendais à ce qu'elle citât son compagnon à un moment ou à un autre. Voilà, c'était fait.

– Croyez-vous que les mondanités m'amusent ? Je suis comme vous, je n'aime que la littérature.

– Quel est votre livre préféré ?

Ce n'était pas une question à lui poser. Elle en avait dix, cent, mille, des livres préférés.

– *Les Palmiers sauvages*, sans hésitation. Et bizarrement, aussi, *Adolphe*, de Benjamin Constant. Et puis *Les Mots*, bien sûr.

Elle s'était relevée ; appuyée contre le mur blanc, elle me fixait avec un éclat renouvelé. Elle ne répondait pas à une question stéréotypée, elle me confiait un secret. *Les Palmiers sauvages*. Benjamin Constant, le Sartre des *Mots*... Les goûts littéraires disent tout.

– Et pourquoi Benjamin Constant plus que madame de Lafayette ?

– Sur les sentiments, il a tout dit, vous ne trouvez pas ?

– Non, la preuve, *Bonjour tristesse*

Ses yeux brillaient. Dans le miroir qui me faisait face, pour une fois, je n'étais pas si mal ; ce devait être cette coiffure qui m'avantageait, les cheveux mi-longs, le côté châtain.

– Vous ne trouvez pas qu'on devrait toujours se fier aux apparences ? dit-elle en jetant un coup d'œil dans ma direction.

– Et aux premières impressions, répondis-je.

Elle me rendit mon sourire, tout en m'observant pendant que je croisais les jambes. Rien ne lui échappait. Un soupir, un changement de position, la manière de tenir sa cigarette, j'avais l'impression qu'elle percevait tout.

– Il faudrait demander à Chazot s'il reste dîner, martela une brune qui entra sans frapper, armée d'un paquet de Marlboro.

Elle portait un ensemble pantalon de shantung grège. Son visage dur aux yeux noirs surmontés d'une frange coupée au ras des cils, pommettes hautes et nez busqué, rappelait celui des déesses égyptiennes.

– Tu crois, Minou ?

La manière dont elles se parlaient suggérait une forte intimité.

– Tu sais bien qu'il n'y a pas assez de saumon !

– Je vous présente Peggy Roche, s'écria Sagan en pointant la visiteuse du menton.

Néfertiti se tourna vers moi, comme si elle découvrait ma présence.

– Vous êtes la journaliste ? Excusez-moi d'interrompre votre interview, mais il faut s'occuper de tout dans cette maison ! Chazot est sûrement joignable et on pourrait très bien lui demander s'il compte dîner ou s'il passe prendre un verre. Seulement voilà, ce serait trop simple !

S'emparant du téléphone, Sagan me tourna le dos. Suivit un long chuchotement.

– Vous connaissez Françoise depuis longtemps ? demanda celle qui s'appelait Peggy.

Elle tentait d'adoucir son expression par tous les moyens, mais sa féminité en souffrait. Sa manière d'articuler chaque pan de mot avec gravité contrastait avec le badinage de Sagan.

– Dix minutes.

– Vraiment ?

La reine d'Égypte me fixait sans ciller, tirant sur sa Marlboro.

Peggy Roche était précise, carrée, le contraire de ce flou furtif que Sagan semblait incarner.

– Bon, ce n'est pas tout ça, mais je dois me renseigner sur le programme de Denis. Il faut veiller à tout, ici, c'est incroyable, enfin, bon travail tout de même.

Avant de sortir, elle se pencha pour jeter une bûche dans l'âtre. Quand elle se releva, son coup d'œil circulaire semblait vouloir vérifier que tout se trouvait en harmonie avec le bon plaisir de Sagan, qu'elle scruta avec une douceur de mère.

– J'y vais, Françoise, ajouta-t-elle en tenant la rampe de l'escalier.

Elle avait une manière singulière de dire « Françoise ». La consonne claquait au vent, un coupon de velours se déroulait dans la voyelle, le *e* muet de la fin rattrapait le coup avec sa neutralité courtoise. La romancière raccrocha. « Jacques passera vers minuit », cria-t-elle. « Dans ces conditions, je libère Teresa », répliqua Peggy Roche.

– Revenons à nos moutons, dit Sagan.

Elle s'installa à nouveau contre le mur, tapotant les coussins assortis au fauteuil.

– Je disais qu'une nouvelle de vous ferait sensation, je suis sûre que vous en avez une que personne ne connaît.

– Encore faut-il qu'elle vous plaise ! Tenez.

Décontenancée, je saisis les feuillets qu'elle ramassait sur le lit, ces pages que j'avais repérées en entrant ; ce fut une épreuve de les lire devant leur auteur, qui observait mes réactions. Épreuve qui tourna vite à la délectation. La nouvelle est un genre dans lequel elle excellait.

– Elle est à vous. Pour le reste, arrangez-vous avec Isabelle. Vous n'avez pas faim, par moments ?

– C'est-à-dire que…

– Si cela vous fait plaisir, où est le problème, puisque moi aussi cela me fait plaisir ? Peggy et

Denis dîneront sans nous, et alors, chacun est libre, non ?

Je l'ai trouvée belle tout de suite. Quelque chose de coupant, de doré, une grâce qui permet à certains corps d'habiter l'espace différemment des autres. Elle avait la réserve que j'aime, et qui est l'apanage des timides. Ses cheveux coupés au carré encadraient un visage que les années avaient marqué sans lui ôter la spontanéité de l'enfance.

– C'est dit, vous restez ! Du saumon fumé, avec de la vodka polonaise, vous aimez ? Il n'y en a pas assez pour quatre, mais pour vous et moi, ce sera parfait. Je vais prévenir Teresa.

Elle s'empara du téléphone.

– Comment devient-on la rédactrice en chef d'un journal tel que le vôtre ? dit-elle ensuite.

Nous avons parlé longtemps, puis Teresa entra, chargée d'un plateau. Une coupelle noire contenait une salade d'oranges, des serviettes blanches étaient pliées sur une soucoupe. L'argenterie scintillait, des roses de jardin complétaient la nature morte. Mon hôtesse feuilletait *Le Canard enchaîné*. J'avais lu le papier de Fressoz. Giscard avait ce qu'il méritait.

– Lundi, je serai à Équemauville avec Isabelle, dites à Oscar que pour le petit-déjeuner un plateau suffira. Merci, Teresa.

La Brésilienne s'inclina et sortit. Françoise s'empara de la vodka et emplit un verre qu'elle me tendit.

– Si vous trouvez cela trop fort, il y a du vin blanc. Vous aimez l'eau plate ou gazeuse ?

– Pourquoi *Les Palmiers sauvages* ?

Je vidai mon verre. Tout mon corps brûlait agréablement. L'alcool permettait cet accès direct à moi-même.

– Je trouve que Faulkner est un génie, cette double narration, et puis le titre est sans doute le plus beau que je connaisse.

Sagan porta un toast à notre santé.

– J'ai été malade, je n'ai droit qu'à un verre de vin blanc, et du Coca, fit-elle avec un air qui me toucha profondément.

– Vous en souffrez, j'imagine.

– Oui. C'est la barbe.

Je m'étais approchée de la verrière. Éprouvait-elle aussi cette surprenante impression de familiarité ? Ou faisait-elle semblant de s'intéresser à moi ? Je connaissais les écrivains. Ils dévoraient tout, leurs proches, leurs amis, pas de quartier, des ogres, tout semblait bon pour alimenter la machine, on avait à peine le temps de se retourner et hop, on devenait un personnage. La nuit, le jardin était beau. Un spot éclairait l'ange de pierre. Ses prunelles étaient braquées sur moi et son front bombé, sa bouche rebondie, évoquaient la perfection de mon fils, qui, à cette heure, dormait depuis longtemps après avoir vu « Starsky et Hutch » à la télévision.

J'étais une mère singulière mais le bonheur serait son lot. J'allais lui inventer une enfance à des kilomètres de la mienne. Sagan devait se dire que j'étais grossière de lui tourner le dos, à moins qu'elle ne sût pourquoi je m'étais permis de le faire, pour cacher ces larmes jaillies à cause de mon fils et de la vodka ; au cinéma, c'était pareil, je pleurais comme un veau.

– Je peux vous confier un secret ? ai-je murmuré en me retournant.

– Bien sûr.

Je me suis mordu les lèvres, mais son regard m'a rassurée.

– Mauvaise fille, mauvaise épouse, sœur plus que médiocre, jusqu'ici je n'ai pas brillé dans ma vie privée.

Le mal était fait, j'avais dit le malheur, cette chose qui allait l'ennuyer : ma culpabilité. Je m'étais répandue sans une once de pudeur parce que j'avais oublié qu'il s'agissait d'un rendez-vous professionnel ; j'étais ivre de sa douceur et de sa vodka poivrée.

– Et alors ?

– Votre famille a l'air si bonne, si aimable…

– Cela n'a pas valeur d'exemple. Que reprochez-vous à la vôtre ? Si votre réponse dure jusqu'à l'aube, installons-nous. Je peux décommander Chazot.

Elle me tendit son paquet de Kool puis je me suis assise. Sa délicatesse pansait pas mal de plaies.

– Avec mon frère et ma sœur, mes parents furent des parents parfaits.

– Mais ?

– Parfois, je saignais du nez à cause de la chevalière de mon père. Ma mère se joignait à lui.

Sagan se leva et s'approcha si brusquement que je levai le bras pour me protéger le visage, comme je le faisais chaque fois qu'on me serrait d'un peu près. J'avais honte de ce geste qui survenait malgré moi.

– Ne craignez rien, dit-elle doucement ; elle prit mon bras qu'elle abaissa avec la même douceur. Je sentis son souffle sur mon visage, les notes de vanille, son haleine mentholée. Elle prit place dans le fauteuil que j'avais quitté. La colère crispait ses traits.

– Personne ne vous fera plus de mal, murmura-t-elle. Tout ira bien, vous verrez. Je me trompe rarement sur les êtres.

Elle battait la mesure de la jambe gauche. Elle avait signé le manifeste des salopes. Tout chez elle me plaisait.

– Vous croyez que je pourrai…

– Oui.

– Écrire, par exemple ?

– Précisément, je sens cela en vous. On pourrait se tutoyer, non ?

Pour donner le change, je m'emparai du roman d'Yves Navarre et parcourus la quatrième de couverture. Il habitait un pigeonnier vers l'Odéon et venait de me remettre un inédit. L'un de ses chats s'appelait Tiffauges. Pour lui, j'espérais le Goncourt. Le Goncourt à quelqu'un qui exposait en quoi et comment l'homosexualité n'est ni un vice ni une maladie, cela me plaisait. Je suis un pédé, m'avait-il dit en ouvrant sa porte, et je lui avais répondu que cela tombait bien parce que j'aimais les pédés. Les gouines aussi. Il avait souri, et nous avions pris le thé.

– Tu lis Yves Navarre ? ai-je demandé sans lever les yeux. La vodka facilitait le tutoiement.

– Je trouve qu'on l'a éreinté de façon ridicule. De toute façon, à de rares exceptions près, la critique…

Elle se pencha et ce fut *In my solitude* de Billie Holiday. Elle parla longtemps : du Lot, de Brejnev et de l'Afghanistan. Longtemps après, elle finit par m'appeler un taxi, Chazot allait arriver. La nuit commençait, avec son défilé d'intimes et de chapitres à finir.

– Une voiture pour le 25, rue d'Alésia, même du plus loin, demanda-t-elle de sa voix si reconnaissable. Il y eut un silence, elle faisait les cent pas, l'écouteur à la main, le cordon semblait long de plusieurs kilomètres.

– Je suis contente que cela vous ait plu. Tout en parlant, elle faisait quantité de grimaces pour exprimer un agacement que ne trahissaient ni sa voix ni sa politesse. – Dix minutes ? Très bien, dit-elle, redevenant sérieuse. Si je suis d'accord ? Bien sûr, Micheline, le lecteur a toujours raison. Elle reposa l'écouteur en s'épongeant le front. J'ai cru ne jamais pouvoir m'en dépêtrer !

Elle imitait l'accent de la standardiste.

– Fouchtri ! fouchtra ! conclut-elle en essayant un chapeau de cow-boy devant la glace. S'il faut rappeler parce que le taxi n'arrive pas, tu t'en charges, sinon Micheline risque de m'entreprendre sur *Aimez-vous Brahms ?*

En attendant la voiture, et alors que nous examinions quelques romans de l'automne, elle m'annonça qu'elle organisait un dîner le vendredi suivant. « Viens avec quelqu'un, si tu préfères. »

– Pour la nouvelle, tu la publies quand tu veux, ajouta-t-elle. Je vais prévenir Isabelle.

– Sauf si le tarif était...

– Il conviendra.

Nous descendîmes. « Je compte sur toi vendredi », insista mon hôtesse. Nous sortîmes ; tandis que je nouais la ceinture de ma veste, Sagan plongea dans ma direction et je tâchai de l'imiter en évitant la collision. Une mèche bascula, couvrant sa joue. Mes lèvres frôlèrent ses cheveux.

« 41, rue Vaneau », dis-je au chauffeur en regardant ma montre. J'avais passé six heures rue d'Alésia. Cette joie que Sagan avait insufflée en moi allait-elle s'évanouir aux premières lueurs de l'aube ? La porte se rouvrit. Au milieu du halo que dispensait le lustre de l'entrée, elle criait quelque chose.

– Pas coupable, souviens-toi : pas coupable, Petit Chat !

*
* *

« Viens avec quelqu'un si tu préfères. » La phrase résonna toute la semaine qui suivit. En réunion, au journal, rue Vaneau, tandis que j'embrassais mon enfant, ou quand, incapable de dormir, je réfléchissais devant une fenêtre jusqu'à une heure avancée de la nuit. J'habitais en face de chez Jean-Louis Curtis. Soudain le ciel devenait rose et Curtis éteignait ; avant qu'il ne se levât de son siège, j'avais le temps d'apercevoir un chat. L'été, les hirondelles commençaient leur ballet annonçant le triomphe du jour. Je n'avais pas trop à me soucier du réveil. Le président m'ayant dit que le monde appartenait à ceux qui se levaient tard, je l'avais pris au mot. Je n'arrivais à mon bureau qu'à onze heures, comme tout le monde, car nous calquions nos horaires sur ceux de la direction. Nous quittions les lieux à vingt et une heures, ce qui augmentait le nombre des divorces au sein des rédactions. Nous étions « du soir », aurait dit ma grand-mère, et si nous n'avions qu'un seul point commun, c'était celui-là : tous, du stagiaire au président, nous aimions travailler tard, quand ce n'était pas la nuit. « Les rédactions sont peuplées d'orphelins », disait Pierre Lazareff.

Isabelle Held m'avait appelée pour confirmer les exigences de sa patronne ; une somme modeste au regard des tarifs de Sagan, et dans les moyens du groupe qui m'employait. Un groupe dont les responsables ne semblaient guère éprouver de passion pour la littérature. Ce n'était pas la moindre des difficultés que je rencontrais à mon poste, achetant ici ou là pour trois francs six sous des inédits dont ma direction se moquait comme d'une guigne. Le mensuel qui m'avait été confié connaissait par miracle une certaine vogue. Bernard Pivot l'avait brandi un soir, sur le plateau d'« Apostrophe », saluant la première interview de Bernard-Henri Lévy. Personne jusqu'alors n'achetait le magazine pour ses qualités littéraires. Mon patron m'en avait expliqué le concept dans son bureau des Champs-Élysées. « À votre âge, c'est amusant de diriger un journal d'hommes. Cela surprendra nos annonceurs, et la publicité, c'est le nerf de la guerre », m'avait-il confié, d'un air pensif, avant d'annoncer ma nomination à *La Correspondance de la presse*. « Surtout, n'oubliez pas : le texte n'a aucune importance. Arrangez-vous pour que vos articles ne soient pas trop mauvais, comme personne ne les lit, c'est tout ce que je vous demande. Si vous vous mettiez à publier vos accroches de couverture en japonais, je serais obligé de sévir, à mon grand regret ; tout le reste vous est permis, car, je le répète, dans ce genre de publication, le texte n'est qu'un prétexte, un faire-valoir, tenez-le-vous pour dit… »

C'est alors que l'idée m'était venue, que j'avais préféré garder pour moi afin de ne pas risquer de le mettre en colère. Puisque le texte n'avait aucune importance et que les articles pouvaient être mauvais, il n'était pas interdit qu'ils fussent bons. Et qui rédigeait une meilleure prose que les auteurs que j'aimais ? Il y avait tant d'écrivains à convaincre de publier dans un mensuel où le texte n'avait pas d'importance ! Ma liberté de rédactrice en chef d'un journal que personne ne lisait semblait grisante. Je la vis se dérouler à l'horizon des Champs-Élysées où allaient s'installer tous les auteurs de Paris. De droite ou de gauche, ils auraient chez moi leur rond de serviette. Quant à la pin up en monokini figurant au milieu du journal, ils s'en moqueraient, étant peu suspects de puritanisme. La verraient-ils, d'ailleurs ? Les écrivains sont distraits, seule la littérature les intéresse. L'inédit de Sagan allait me permettre de frapper à d'autres portes. Modiano, Jacques Laurent, étaient déjà au sommaire.

J'aurais préféré revenir seule rue d'Alésia, mais je craignais de ne pouvoir affronter les amis de Sagan. Quant à l'auguste brune nommée Peggy, je pressentais un danger de ce côté-là, n'ayant pas senti de sympathie lorsque nos regards s'étaient croisés. J'avais beau ressasser « pas coupable » comme une formule magique, j'avais le trac. Chaque fois que j'apercevais mon reflet dans une vitrine, je me déplaisais. Avec ma taille menue, ma minceur, mes cheveux bruns, j'étais semblable à toutes ces petites femmes qui circulaient dans Paris, le summum de la banalité.

Mon amant allait me sortir de ce mauvais pas. Sa pâleur, sa bonhomie rêveuse éclipseraient ma timidité. Il était jeune, marié, père de famille; en général, nous nous retrouvions rue Vaneau. Entre nous, le plaisir était simple comme bonjour. Ensuite, nous allions dîner quelque part, car j'adorais les restaurants, ces lieux où je me nourrissais peu en parlant beaucoup. Nulle part ailleurs on ne peut converser aussi agréablement en compagnie de ceux que l'on aime. L'heure du déjeuner était réservée aux relations de travail, aux contrats et projets; je picorais sur des banquettes rouges en me disant que j'avais d'autant moins d'appétit qu'il s'agissait d'heures supplémentaires. Lorsque j'étais invitée par les annonceurs du journal, corvée qui exigeait de moi énergie et faux enthousiasmes pour leur campagne chérie, dont une partie tomberait au dessert dans l'escarcelle du journal, je souffrais d'avoir la sensation de gâcher mes rares heures de loisir. Si je manquais de chaleur, de doigté, l'argent des publicitaires s'en allait chez nos concurrents. Il fallait séduire l'adversaire, en tout cas le circonvenir. Le soleil brillait, ma jeunesse filait pendant ces tractations délicates, si bien que j'avais décidé un jour de me faire payer ces déjeuners par ma direction. Plus le repas durait, plus je gagnais d'argent. Mon patron avait été assez surpris lorsque je lui avais demandé de m'attribuer une pige pour déjeuner avec ces joueurs de golf, qui, impressionnés par mon titre, se croyaient obligés de m'entraîner au Fouquet's, au Petit Montmorency ou au Plaza Athénée. Cependant, à force d'insister sur le fait qu'il s'agissait d'heures supplémentaires, j'avais obtenu gain de cause. Ces piges rondelettes compensaient le peu d'intérêt des conversations. « Vous êtes la seule personne que je doive payer pour qu'elle consente à se rendre chez Maxim's ou à La Tour d'argent », m'avait fait remarquer le président d'un air goguenard. Il aimait mon culot, lequel devait tout au fait que je n'avais subi aucun revers, sauf mon enfance. Le regard que Sagan avait posé sur moi éclairait le bon côté des choses.

« Tu connais Sagan ? » m'avait dit mon amant d'un air admiratif. Il allait être mon joker rue d'Alésia. C'était un grand garçon en apparence distrait, en apparence seulement, car, journaliste dans un quotidien national, il était d'une précision rare. Il semblait si indulgent lorsqu'il s'agissait de moi qu'avec lui j'avais l'impression d'avoir ce qui me manquait la plupart du temps. C'était pourquoi il trompait sa femme, considérant sans doute qu'il était agréable de rassurer les amazones.

La veille du dîner, j'ouvris mes placards et inspectai mes trente tailleurs-pantalons. Aucun n'allait. Dirigeant un journal de pin up, j'avais adopté une allure en décalage avec sa vulgarité. Croyant faire diversion, je m'habillais de noir été comme hiver et me maquillais peu. Auteur d'un essai féministe intitulé *Le Nouvel homme*, je dirigeais un journal machiste « pour dynamiter le système de l'intérieur », comme on disait à l'époque. Mieux valait ressembler aux hommes, se fondre dans leur paysage. Sacoche en bandoulière, j'arpentais trottoirs et bureaux en chaussures plates, ajoutant aux charmes de la veuve grecque les grâces du garçon manqué.

Je n'aurais pas le temps de faire un saut chez Jean-Louis David, rue Pierre-Charron, coiffeur hors de prix que je fréquentais grâce à la remise de cinquante pour cent accordée aux journalistes, car nous devions donner les bons à tirer de la nouvelle de Sagan. Le chef de fabrication avait fait des pieds et des mains pour m'aider, et nous avions ajouté un cahier au dernier moment. Hebdomadaires et quotidiens se bouclent en partie tous les jours. Par comparaison, un mensuel est une forêt vierge qu'il faut transformer en jardin à la française avec bassins à l'équerre et massifs symétriques en quarante-huit heures chrono. D'où le nombre d'alcooliques dans ces rédactions, car à deux heures du matin et des poussières, sur les Champs-Élysées ou ailleurs, quand s'éteignent les réverbères et qu'il reste trois chapeaux à mettre au carré, qu'adviendrait-il s'il n'y avait plus à boire ?

Je devais remédier à la tristesse d'une garde-robe qui avait du plomb dans l'aile. Pendant la pause déjeuner, je me rendis chez Yves Saint Laurent. Une folie, sans doute, mais ce deuxième rendez-vous était déterminant. Sagan ne m'avait-elle pas dit qu'elle se fiait aux apparences ? Mon amant me téléphona. Il disposait de quelques minutes pendant que sa femme prenait son bain. Il m'annonça qu'il n'aurait pas sa voiture le lendemain. Il ajouta qu'il pensait à mes seins puis raccrocha. Il était lent et même appliqué dans tous ses gestes, ce qui, la nuit, est une vertu rare.

Ne possédant pas de permis de conduire, j'aimais sa Renault 5. Je me déplaçais en bus, métro ou taxi, le plus souvent en taxi, ce qui me permettait d'écorner mon budget. À Paris, tout était gratuit pour un directeur de journal. L'administration me remboursait mes notes de restaurant, mes frais de déplacement et ceux dits « de représentation ». J'en avais peu, car créateurs et couturiers se portaient volontaires pour me prêter les tenues sobres et noires dont j'aurais pu avoir envie. Les attachées de presse m'adressaient livres, invitations aux projections de cinéma, cartons pour leurs premières et autres vernissages. Les annonceurs m'expédiaient leurs produits ; j'avais beau distribuer parfums et cosmétiques au sein de la rédaction, il en arrivait toujours d'autres. Certaines ambassades se proposaient de m'emmener « en voyage de presse » à New York ou Tombouctou ; pour finir, hormis les frais que m'occasionnait l'éducation de mon fils, avec laquelle je n'entendais pas transiger, je ne dépensais rien. Il paraît qu'il en est ainsi des ministres, qui ne font plus qu'acheter leurs cigarettes. Ma jeunesse prise en otage valait bien ce prix ; elle mourait à petit feu et j'ignorais alors qu'aucun salaire ne pouvait compenser le sacrifice d'un bien aussi précieux ; en effet, je vois aujourd'hui que j'ai passé les plus belles années de ma vie dans les bureaux, réunions, déjeuners d'affaires, couloirs et séminaires. Pour contenir les foudres de ses associés, qui, à Chicago, possédaient le journal qu'il éditait en France, le président avait trouvé une astuce. Mon nom apparaissait dans l'ours sous la mention « Rédaction en chef », pas mon prénom. Annick trahissant un genre qui dérangeait, mieux valait se contenter d'une initiale. Femme, donc suspecte, il me fallait « courir courir courir sans cesse pour demeurer à la même place », selon la boutade de Lewis Carroll à propos du métier de journaliste. Dix confrères auraient pu, chacun à sa façon, diriger excellemment le journal. Je n'avais donc pas le temps pour les promenades dans Paris, les étés filaient sans moi, je n'avais pas le temps pour les vacances ni les baisers, pas le temps pour rien. Je travaillais si tard que les magasins étaient fermés lorsque je quittais les Champs-Élysées. Le samedi, il y avait les livres à lire, les sommaires à élaborer, les téléphonages aux collaborateurs, les corrections d'épreuves, et surtout David, quand il n'était pas chez son père. Le dimanche, je l'emmenais au Luxembourg, ou aux jardins des Champs-Élysées, dont il aimait le manège, mais à peine avait-il décroché le pompon que nous étions déjà lundi. Chaque dimanche, le lundi s'immisçait dans l'appartement; il se tenait dans la cuisine pendant que je préparais nos petits déjeuners, me rappelant que je devais relire seize pages d'Ozalid le lendemain, et que j'avais rendez-vous avec la maîtresse. Le lundi s'installait sur le canapé du salon, il me coupait l'herbe sous le pied. Le dimanche était mort-né. Dès cinq heures du soir, la semaine à venir s'invitait, avec ses réunions inutiles et ses rendez-vous auxquels je ne pouvais échapper. Rien qu'à l'idée de tout ce que j'allais devoir accomplir jusqu'au vendredi suivant, du retard pris à la maquette, des problèmes de remise de textes, j'allais me coucher épuisée. Toujours je racontais une histoire à mon fils, ou je lui chantais une chanson, car j'étais heureuse de cette vie que je m'étais faite. Il sentait ce bonheur épuisé qui jaillissait entre nous. Comme tous les enfants du divorce, il rêvait de voir son père et sa mère à nouveau réunis. J'en souffrais. Pour me consoler, il y avait le travail, ce cher travail qui plaisait tant aux « femmes indépendantes » des années soixante-dix, travail qui dévorait mes jours et une partie de mes nuits. Parfois, quand David s'était endormi, j'examinais l'inédit de Sagan. Les corrections couraient sur le manuscrit comme autant d'insectes fuyant vers le salut ; les mots biffés puis remplacés par d'autres me permettaient d'admirer ces nuances, le fait d'écrire consistant à pousser chaque mot dans ses retranchements. « Car nous voulons la nuance encore. Pas la couleur, rien que la nuance. »

*

* *

Dans le salon bleu, un verre à la main, des silhouettes défilèrent à toute allure ; mon regard les dévorait toutes. Velours, taffetas, châles. Noir et soies. Les hommes fumaient, l'air dubitatif. Les femmes s'animaient parfois, rires en sourdine, chuchotements, les amis de Sagan étaient beaux, leurs yeux surtout, fixes, sombres, cils battant, coiffures du dernier naturel. Les chaussures avaient cet air de simplicité que procure le savoir-faire des bottiers. J'étais déjà allée assez loin pour mon âge. New York, Londres, Berlin, Moscou. Je savais reconnaître la facture de ce tableau. Ce n'était ni la province ni les Champs-Élysées.

Surgie de nulle part, Sagan s'approcha ; vêtue d'un cardigan doré du plus bel effet et d'une jupe noire, elle me tendit la main. Son regard accentua mon trouble. Avec l'aisance remarquable et remarquée du grand reporter, mon amant se présenta. Pressentant mon peu d'entraînement mondain, Sagan laissait passer avec tact ces petites secondes pendant lesquelles un nouveau venu déclenche la curiosité du groupe. « C'est devenu quasiment impossible de se garer après vingt heures », soupira-t-elle pour me mettre à l'aise. Mon amant lui répondit que nous étions venus en taxi. Elle hocha la tête, geste qui lui permettait de contempler son interlocuteur sous la mèche. Il semblait ravi. L'une des raisons pour lesquelles j'étais devenue sa maîtresse tenait au fait qu'il formait un bouclier entre le monde et moi. Tel un airbag, il déployait sa faconde en cas de danger, me protégeant de tout contact blessant. Tout le temps à l'aise, et surtout dans un lit, mon amant me dominait de sa haute taille. Grâce à son échange avec Sagan, qui repartait pour accueillir Gréco, le plus dur était fait. Nous n'avions plus qu'à saisir une coupe en contemplant Chazot. « Mon pauvre chat ! J'ai bien cru que ce tournage ne finirait jamais ! » s'exclama-t-il, tombant dans les bras de Sagan. Denis s'approcha ; l'adolescent, qui portait un pull à col roulé noir avec des pantalons de velours, avait les traits de sa mère à la parution de *Bonjour tristesse*. Le suivant du regard, je reconnus Françoise Fabian. Mon compagnon s'entretenait avec une femme aux cheveux châtains, vêtue d'un tailleur Saint Laurent. Elle portait un diamant en pendentif. Sagan prit son bras. « Suzon, voici la jeune journaliste dont je t'ai parlé, qui dirige… » Elle avala le reste de sa phrase, le nom du journal disparut dans la cohue. « Annick, voici ma sœur Suzanne. » Elle nous planta derechef, comme si nous avions eu mille choses à nous dire. « Ainsi, vous dirigez ce journal que Françoise aime tant ! » déclara Suzanne Quoirez. Ses formules d'une parfaite courtoisie rappelaient ses origines. Suzanne m'entretenait du dernier livre de sa sœur, qu'elle venait de commencer ; je lui parlais de la nouvelle que nous allions publier. « Mon mari est industriel, tout cela est très ennuyeux, et j'envie beaucoup Françoise de vivre dans un milieu tel que le vôtre», s'exclama-t-elle. Son air admiratif me réconcilia avec le journal que je dirigeais, vis-à-vis duquel j'éprouvais tantôt de la haine, tantôt une fierté maternelle. Il me sembla que Suzon était un côté très important de Françoise, son côté le plus cher, le plus secret, l'enfance, les origines, les fondations, loin du milieu littéraire et des salons. Je contemplai les cheveux châtains coupés au carré, la taille mince, la jupe de velours noir, que je comparai avec la blondeur fugace de Sagan. La distinction de l'une déteignait sur la fantaisie de l'autre, et réciproquement.

– Je vais prendre une coupe, dis-je à mon amant.

Notre relation durait pour l'expression qu'il eut alors. Elle me rappelait sa douceur, ses secrets de bûcheron. Dans l'escalier, des couples devisaient, adossés au mur, verre à la main. J'ai pensé aux peintures de Lindner : sans doute leur posture, d'une dureté très contemporaine, finissait-elle par devenir théâtrale. Dans un reflet du Pleyel, Peggy se tenait côté rue. Vêtue d'un pantalon qui semblait une jupe à force d'ampleur et d'une blouse dont le col se nouait de manière asymétrique, cette femme avait la netteté des gravures Arts déco. À bord d'un paquebot de la Cunard, elle eût été assise à la droite du commandant. Main sur la hanche, l'autre tenant le verre avec grâce, elle buvait les paroles de son interlocuteur, prononçant son prénom avec cette conviction qui la caractérisait.

– Tu comprends, Jacques ?

Hésitant entre la panoplie du banquier et la fantaisie de l'artiste, ce dernier était vêtu d'un costume à chevrons et dégageait une douceur de bon augure. Chez un homme, j'aimais la faille, que je repérais durant cette fraction de seconde où, l'apercevant pour la première fois, je savais que malgré les apparences il doutait. Ce doute me suffisait, mais peu d'hommes le savaient, les plus subtils seulement, ceux qui doutaient le plus. Jacques surveillait l'entourage, comme le font dans les cocktails ceux que Paris continue d'intéresser. C'était un mondain, mais qui ne l'était pas ce soir-là, rue d'Alésia ? Tous posaient pour Irving Penn, dont la photo sortirait dans le supplément du *New York Times*. Je voyais d'ici la légende : « Les amis de Sagan, réunis dans son hôtel particulier, à Paris, France. » Teresa tournoyait entre les groupes, je saisis une coupe. Elle me rendit le sourire qu'elle avait fait semblant de ne pas voir tout à l'heure. L'alcool commençait son travail de consolidation des existences, il déchiquetait l'angoisse dont tous les pans se dissolvaient ; un léger tournis rendait au monde sa rondeur. Chocs pétroliers, eurosceptiques, Cambodge : rien n'existait.

– Je suis si contente que tu aies pu venir, s'écria Sagan qui passait, comme si elle ignorait – ou feignait d'ignorer – que j'avais compté les jours jusqu'à cet instant.

Elle eut un rire qui entérinait la complicité des cœurs vaillants. Mon ivresse ouvrait les vannes.

– Il est sympathique, ton ami, ajouta-t-elle en agitant les glaçons dans son Coca. Elle tâtait le terrain.

– Il m'aide beaucoup, je viens de divorcer, dis-je, cherchant mon amoureux du regard.

Une fois de plus, l'idée de la mort gâchait l'ivresse naissante. Nous allions mourir, tous engloutis à la fois ; nous irions pourrir plus ou moins, l'un après l'autre, peu importait. Françoise le savait. Ses amis n'y pensaient pas assez. Sagan dut voir passer une ombre sur mon visage. Elle jeta son mégot dans un cendrier. « Viens, on monte », dit-elle. Posant mon troisième verre, je la suivis. Nous franchîmes quelques obstacles, les mondains voulaient interrompre notre ascension. Malgré le talent de diversion dont ils firent preuve, Sagan m'entraîna. « Je vais te montrer la chambre de Bernard », dit-elle, comme prise d'une inspiration. Nous montâmes encore. Elle ouvrit la porte d'une mansarde, je vis une table couverte de dictionnaires, un lit, une armoire. « C'est quelqu'un de très gentil, malgré ses airs bravaches. » Le côté monacal des lieux me plut. « Il vit en Provence avec une personne très belle dans une maison avec piscine, tu imagines, pour terminer un livre ce n'est pas idéal. » Elle referma la porte, l'air soucieux. « Cela fait dix ans qu'il n'a pas publié. Il faut qu'il termine *Solde* », murmura-t-elle.

– Françoise ? cria une voix au rez-de-chaussée, et je reconnus Peggy. Nous nous penchâmes. Elle se trouvait au bas de l'escalier, visage tendu.

– Je reviens tout de suite, Minou.

Sagan ouvrit la porte de sa chambre et m'y précéda. « Ouf ! » fit-elle, jetant son cardigan de Lurex sur le lit ; puis elle ajouta, en s'y propulsant aussi : « Denis m'a dit du bien de toi, et il se trompe rarement sur mes amis. » Le lit était couvert de livres et de paperasse, qu'elle écarta. Je repris place sur le fauteuil du premier soir. Quelque chose se rompait, j'avais soif d'horizons.

– Tu crois que ça peut exister ?

– Quoi ?

– Le fait d'aimer quelqu'un…

– Tu veux rire ? dit-elle en secouant la cendre dans un cendrier plein de mégots. L'amour n'est qu'une exaltation de soi-même. Je crois à la passion. Rien d'autre. Deux ans, pas plus. Mettons trois, allez.

Je me tus. J'avais eu raison de divorcer : quand on se quittait, c'était normal.

– Le mariage, quelle barbe, ajouta Françoise. On ne m'y reprendra pas.

– Mais on est tout de même plus heureux à deux, non ?

– Les couples sont d'un ennui ! Tu ne trouves pas ?

Elle alluma une Kool, et son regard lâcha le mien. Elle n'aimait pas les couples. J'avais eu raison de ne pas lui imposer longtemps mon amant. À présent, je percevais mieux ce qu'elle avait « aimé » chez moi. C'était ce côté séparé, impair, qui me caractérisait depuis toujours. Elle devait avoir reconnu mon handicap, qui était peut-être le sien, la solitude, cette amie dont j'avais honte.

– Tu n'as pas remarqué que les meilleurs souvenirs sont des instants de solitude ? L'écriture, la lecture, une promenade ?

– Il n'y a que des couples, ici.

– Je préfère les gens seuls.

Elle eut son petit rire, il semblait timide soudain, elle me fixait comme si nous étions liées. On pouvait tout feindre, sauf la tendresse.

– Mes vrais amis sont solitaires ; même si de temps en temps ils vivent une histoire et qu'ils disparaissent, ils reviennent toujours ; ils sont malheureux, je souffre pour eux, on se retrouve sur la même longueur d'onde. Quant au bonheur et à ces fariboles, je m'en moque. Ce que je voudrais, c'est écrire un bon livre.

Une ombre passa sur son visage. J'attribuai sa tristesse à la difficulté d'un chapitre à finir.

– Mais Peggy et Bernard : ils habitent chez toi ?

Sans doute ne souhaitait-elle d'intimité avec personne, sinon avec Peggy et l'écrivain du Midi. Se livrer le moins possible lui permettait de garder à distance « la bande à Sagan ».

– Ça ne les empêche pas de vivre des histoires en dehors de moi, et cela n'empiète ni sur mon travail ni sur ma liberté.

Elle se leva et me tourna le dos pour contempler le feu.

– Ce qui est agréable, dans la passion, c'est que plus on est aimé, plus on a envie de tromper l'autre, tu as remarqué ?

– Non.

– Mais si, réfléchis. L'amour nous rend désirables. C'est normal ! Elle se pencha pour rallumer sa cigarette. Au contraire, quand on n'est pas aimé, on est enlaidi. Tu as vu *Annie Hall* ?

– Oui.

– Tu vois bien que j'ai raison ! Les hommes sont pareils : quand ils nous aiment, pour peu que nous les aimions, ils nous trompent, et heureusement ! Un amoureux transi, quel ennui !

Elle se mit à rire. Je vis ses épaules, le chemisier de soie blanche, la jupe droite, les escarpins de daim semblables à ceux de Peggy et la masse des cheveux que la flamme éclaircissait davantage.

– Redescendons, dit-elle en se retournant, ils vont se demander où nous sommes passées.

Elle se pencha et remit le cardigan. L'or accentuait ses pouvoirs.

– Peggy l'a dessiné, c'est beau, n'est-ce pas ? J'espère que la presse va s'occuper d'elle. Il faudra revenir seule, ajouta-t-elle en arrangeant une mèche devant un miroir où mon visage se reflétait derrière le sien.

Elle prit un tube de rouge sur la cheminée. Ses lèvres étaient brillantes. Elle les humecta légèrement, leur dessin rehaussait l'éclat de ses cheveux et celui du cardigan. Le soir, elle avait l'art de s'habiller en conservant ce style qui était le sien, fin de semaine, chic, sport, décontracté. Pour passer du matin à la nuit, elle changeait de matière, elle n'avait jamais l'air endimanchée. « Tu verras, tout ira bien. » Elle fit une drôle de grimace en se recoiffant. Elle reposa le peigne, referma le tube, et j'entendis le claquement sec de l'étui Saint Laurent.

– Tu crois ? dis-je en relevant la tête. Mais la pièce était vide.

*

* *

Je passais chaque soir. « Mademoiselle va bien ? » demandait le maître d'hôtel. Nous avions nos habitudes. Je prenais place sur le canapé, Oscar débouchait du vin de Champagne. J'avais beau protester, il prétendait que la bouteille devait être entamée. Werther et Minou m'entouraient. Le jaune pâle des cloisons, le bleu de la moquette et des sièges me devenaient chers comme si le décor avait pu contenir une part du charme des occupants. Je me réfugiais dans la véranda pour contempler Éros qu'illuminait un projecteur. Teresa vaquait dans la cuisine d'où me parvenaient des odeurs en accord avec ma faim. Je rêvassais, un soir de décembre, quand Oscar alluma le téléviseur. Christine Ockrent commentait les propos de Begin.

– C'est toi ? cria Sagan du premier étage, monte donc !

L'air préoccupé, elle fumait devant la verrière. Le caoutchouc avait poussé. Il y avait un côté africain dans l'air, la chambre sentait la noix de coco. Chanel ? Saint Laurent ? Une marque de savon ?

– Bernard doit rencontrer son éditeur en juillet, espérons qu'il ne repartira pas après sa virée de marin !

Je me souvenais du garçon aperçu en quatrième de couverture de *Géographie universelle*. Un brun aux yeux noirs. Une sorte de Gainsbourg des lettres, en plus beau. L'un de ces « fumeurs de minces cigarettes » chers à Laforgue. Son premier livre, salué par Mauriac et Malraux, encensé par Morand, avait été publié alors qu'il avait vingt-trois ans. À présent, j'allais devoir lire le petit génie. Ses livres étant introuvables, il était logique que leur auteur le fût aussi.

J'avais cru comprendre que lorsque Bernard (la manière dédaigneuse avec laquelle Peggy prononçait son prénom trahissait un certain agacement), lorsque « Bernard », donc, daignait vivre chez elle, Françoise ne jurait que par lui. Qu'est-ce que ce devait être !

– C'est un bon titre, *Solde*, non, tu ne trouves pas ?

– Très. Et toi, où en es-tu ?

– Regarde.

Elle me tendit un cahier à spirales. Je pris place sur le canapé et allumai une cigarette. Nous parlions enfin de choses sérieuses. Je lisais, quand survint un curieux silence. À deux mètres de moi, Françoise pointait son Polaroid.

– J'appellerai ce portrait *La Liseuse*, dit-elle.

Elle savait qu'il m'était difficile de passer plus de dix minutes sans un livre ouvert au matin. Naguère, j'en avais tourné, des pages, le dimanche, dans la Peugeot familiale. Avec un livre, on ne risquait rien. Ni la file d'attente chez la boulangère ni les dimanche en famille. Ce qui avait été considéré par les miens comme une bizarrerie quasi pathologique devenait ici la norme. Françoise lisait jour et nuit. Elle souffla sur le papier du Polaroid. Mon visage sortit des limbes avec une lenteur exaspérante. La fille qui levait les yeux derrière un pan de canapé ne manquait pas de présence. Ces cheveux bouclés, qui tranchaient sur l'encolure en V, cet air bravache, ce regard, où les avait-elle dénichés ? Je savourai ma joie d'être comprise par une femme belle et désenchantée, avec ces flashs de douceur, ces instantanés de joie. Elle prit un paquet de LU.

– Tu es comme ça, dans la vie, tu sais.

– C'est fou ce qu'on a l'air de s'amuser, ici ! s'exclama Peggy qui entra sans frapper, suivie de son cavalier du premier soir, l'homme au costume à chevrons.

Peggy était vêtue d'un pantalon rouille et d'une blouse blanche. Comme prise en faute, Françoise posa mon portrait sur un coin de table. Peggy s'en empara. Elle eut un sourire crispé.

– Vous êtes photogénique.

– Vous pouvez me tutoyer.

Affable et distant, le compagnon de Peggy me serra la main. J'appris qu'il s'agissait de Jacques Delahaye, couturier en quête de mécène. Était-il son amant ? Pendant que Françoise les photographiait, j'ai posé mon front sur la vitre. L'hiver s'invitait, l'ange était couvert d'un lierre fané, la vigne montrait son squelette. Les tiges noires se dressaient vers le ciel. Souvent, et il suffisait d'un rien, ma tristesse revenait.

– Et si on allait chez Lipp ?

– Excusez-moi, je boucle un trente-deux pages demain. Je dois partir.

Peggy tapota la cendre de sa Marlboro. « À propos, dit Françoise, voici mon code pour les taxis Lutèce. Tu peux t'en servir tout le temps et où tu veux, c'est un forfait payé d'avance. » Elle griffonna un numéro qu'elle glissa dans ma poche. Me voir admise dans la famille devait déranger Peggy. Pendant que j'appelais une voiture, elle commença de raconter sa journée. Françoise riait. Il me sembla que Peggy l'aidait à voir le bon côté des choses, leur aspect foutraque, en somme. Se souvenant de ma présence, la styliste me tendit ses Marlboro.

– Cigarette ?

– Le taxi vient d'arriver.

Peggy me souhaita le bonsoir. Sa poignée de main me conforta dans l'impression que sympathies et antipathies gravissaient certains paliers en même temps. Elle faisait un pas vers moi. La neutraliser allait me faciliter la vie. Même si Françoise avait sa propre boussole, l'opinion de Peggy finissait sans doute par devenir le point de vue général. Françoise nous tournait le dos mais je vis au léger redressement du buste devant la verrière qu'elle nous écoutait. Elle me précéda dans l'escalier. « Embrasse ton fils », recommanda-t-elle. Elle se pencha pour esquisser ce rituel qu'était son baiser, et je pris soin de demeurer dans la même abstraction.

*
* *

Isabelle m'accueillait parfois. Son air sombre était assorti à de longues tuniques ceinturées sur des pantalons beiges. Isabelle affichait cette mélancolie que sa patronne dissimulait et à laquelle j'avais eu accès comme si j'avais eu les clefs du coffre. Nos échanges étaient si plats que nous aurions pu laisser une phrase suspendue dans le vide sans risquer de mettre en péril cette connivence qu'installent dans la conversation la sincérité, les opinions ou la confidence. Le tintement des glaçons dans son verre ponctuait ses formules de politesse pour me rappeler que mes heures étaient comptées. Françoise était dure avec Isabelle. Je ne manifestais aucun étonnement face à leur ressemblance, sauf qu'Isabelle semblait gigantesque, quand Sagan était une brindille – que dis-je, un bouton-d'or.

Teresa dépliait une table ronde près du piano, Denis surgissait parfois ; silencieux et vif, il était aussi timide que moi, ce qui ne facilitait pas les échanges. Françoise n'imposait rien, elle suggérait puis lâchait prise dès que Denis faisait la moue. Après dîner, nous montions dans sa chambre. Lorsque j'appréciais un auteur qu'elle aimait, je percevais combien cette opinion confortait son estime. Il me semblait naturel que ceux avec lesquels on se liait fissent partie de la même famille intellectuelle. Françoise savait ce que j'ai appris plus tard : même et surtout en amitié, l'identité de vues est un cadeau à considérer à son juste prix. Nous parlions de plus en plus librement. Le MLF l'agaçait. « Les hommes ont tous les torts pour un temps seulement », affirmait-elle. Elle se tenait devant la verrière, contemplant la statue dont un projecteur soulignait l'expression moqueuse. « J'ai beaucoup avancé », me dit-elle un soir à propos de son projet de journal. Nous allions devenir un jour rédactrices en chef d'un mensuel qu'elle avait baptisé *Alias*.

– Avec *Alias*, nous pourrons commander des papiers à la terre entière, et nous ne les signerons pas. Ce sera aux lecteurs de deviner qui a écrit quoi. La critique verra son travail soudain très compliqué ! Fini les a priori ! Les démolitions à vue ! L'encensement systématique ! On va s'amuser ! ajouta-t-elle en se tournant vers moi, son chapeau de cow-boy drôlement planté d'un seul côté.

– Cela ne passionnera pas nos lecteurs. Les gens aiment ce repère que constitue la signature.

Elle savait combien la fréquentation des auteurs m'avait porté chance, et, de ce point de vue, *Alias* m'intéressait, quoique je fusse sceptique sur sa rentabilité. *Alias*, ou plutôt le concept d'*Alias*, révélait surtout à quel point elle souffrait de l'accueil réservé à ses livres. Où Françoise écrivait-elle ? J'avais cru comprendre qu'il s'agissait d'un lieu où personne n'était admis, mais en parfaite secrétaire Isabelle gardait le secret.

– Qu'est-ce que tu penses de Jacques Laurent pour le premier numéro ? Elle bredouillait d'autant plus qu'elle était lasse.

– Banco.

L'idée d'*Alias* lui ressemblait : subversive, à prendre au sérieux de temps en temps, encore que son auteur eût besoin de conseils, car si les journaux la passionnaient, Françoise ignorait leur fonctionnement.

Nous nous dirigeâmes vers la chambre d'amis. Le lit était surmonté d'une ville méridionale dont les remparts tranchaient sur un ciel bleu cobalt, le

Lot sans doute. Françoise fit le tour du propriétaire. Elle ouvrit la salle de bains, vérifia les penderies. Des rayonnages contenaient des exemplaires de la Pléiade. Je m'emparai des *Mémoires* du cardinal de Retz et lui lus la première phrase : « Madame, quelque répugnance que je puisse avoir à vous donner l'histoire de ma vie, qui a été agitée de tant d'aventures différentes, néanmoins, comme vous me l'avez demandé, je vous obéis, même aux dépens de ma réputation. »

– Tu es chez toi, répondit-elle en tirant les rideaux.

– Comment ça, « chez moi » ?

– C'est ta chambre désormais, dit-elle en prenant place sur un tabouret. Elle alluma une cigarette, car ses Kool, comme les Marlboro de Peggy, n'étaient jamais loin. Elle aimait que tout fût dit en deux ou trois mots. L'économie de moyens, c'était la seule langue qu'elle parlait bien.

– Quand David est chez son père, au lieu de traverser Paris vers deux heures du matin, tu dormiras ici.

– Tu plaisantes ?

Je me souvins que David allait passer Noël en Suisse. Aux difficultés du divorce s'ajoutaient celles des mariages binationaux.

– Teresa et Oscar ont tout organisé, tu n'as qu'à t'en prendre à eux. Le lit est prêt, il y a tout ce qu'il faut. Regarde.

Elle écrasa sa cigarette et ouvrit un placard, disposant sur le lit peignoir et draps de bains. Sans attendre ma réponse, elle ouvrit une autre penderie, sortit un cardigan rouge qu'elle jeta sur ses épaules, attrapant au passage son paquet de Kool qu'elle glissa dans sa poche.

– Il y a un lit pliant pour David. Cet été, nous l'emmènerons à Équemauville.

Elle se tourna vers moi, sourit, et un faisceau de rides minuscules forma sur son visage le masque de cette vieille dame qu'elle ne serait jamais.

*

* *

Le dimanche soir, Teresa dépliait plusieurs tables. J'entendais le claquement des cartes sur le tapis. Certains joueurs se demandaient ce que Françoise me trouvait. Bien que je fusse directrice de journal, je n'étais pas célèbre. Roger Cazes ne m'accordait pas de table chez Lipp et je ne tutoyais pas Régine. Les joueuses de gin-rummy parlaient en chœur, les mêmes expressions signalaient leur appartenance au clan. Leurs cheveux tombaient sur de pâles décolletés. « Tu viens, Françoise ? » disaient-elles, à l'extrémité du salon. Les petits cris poussés çà et là par des duchesses narcissiques aux grosses lèvres rouges semblaient des rituels bien rodés. Leurs amants avançaient poudrés. Ceux qui ne jouaient pas s'installaient pour regarder *Five Easy Pieces* ou Orson Welles en vidéo. Des rires fusaient. Françoise jouait comme on boit parfois. Les joueurs avaient de beaux traits, la fumée de leurs cigarettes donnait du relief à leurs reparties. Carreau, cœur, pique, trèfle, leurs stratégies étaient bonnes, les cartes de même niveau, ou d'une semblable couleur, petit ou grand gin, l'argent allait aux plus audacieux. C'était le seul moment où les toujours gais devenaient graves. De ces groupes figés dans des postures délicates, la lumière ne révélait qu'un détail, certains profils se perdaient, un regard se détachait, puis, soudain, une main abattait son jeu.

– Il rentre quand, Bernard ? demandait un joueur en baillant.

– Bientôt, disait Françoise.

Dans le halo d'une lampe, un perdant s'esclaffait. Pendant que dormaient les gens raisonnables, la tension gravissait le plafond. Le bruit du whisky cascadant sur le cristal rompait le silence. Les boutades fusaient comme l'eau de Perrier qu'Oscar servait à la demande. Soudain, le visage hiératique de Peggy surgissait en gros plan, à moins que ce ne fût celui de Jacques Delahaye. Chazot se penchait vers Françoise pour lui donner un surcroît de chance. En présence des joueurs, la romancière devenait une autre que je perdais de vue. Comme si, devant ceux qui étaient différents de moi et qu'elle aimait aussi, elle n'était pas cet écrivain que j'étais venue voir, un soir d'octobre. « Il s'en fallut d'un rien que ma jeunesse fût heureuse », avais-je noté un dimanche, ébauchant ainsi les premières phrases d'un roman.

*

* *

– Pourquoi ne parles-tu jamais de ton travail ? demandai-je.

Nous venions de rédiger la lettre aux abonnés, *Alias* sortait des limbes. Il était une heure du matin et nous avions pris un en-cas au sous-sol. L'office contenait une table, quatre chaises et un réfrigérateur. Françoise contemplait la rue d'Alésia par le soupirail. Elle revint s'asseoir et prit un morceau de pain.

– À part toi, ça n'intéresse pas grand monde.

L'observant parmi les siens, je me disais qu'elle eût apprécié qu'on la prît pour ce qu'elle était, c'est-à-dire un écrivain ; quelqu'un qui, dans le secret d'une pièce où personne n'entrait, se donnait un mal de chien pour que la phrase pût suivre sa pente ou s'envoler. Cette Sagan qui travaillait d'arrache-pied, je la préférais à celle qui jouait à la joueuse. Parfois, elle faisait une allusion à son travail, personne ne relevait. Il me semblait qu'une chose si importante qu'elle serait morte plutôt que d'y renoncer méritait qu'on si attardât.

Nous regagnâmes les étages. Entre ma chambre et celle de Denis, un bureau semblait dévolu au piano électrique. Elle se mit à jouer. L'harmonie déroulait temps faibles et forts sur un thème mélancolique. Il y avait dans ce refrain triste et tenace comme une odeur de menthe, quelque chose qu'on avait envie de vivre toujours. Elle leva la tête pour m'adresser un sourire. Comme si elle avait pu deviner qu'un jour la musique qu'elle jouait pour moi serait répandue entre ces pages que j'écrivais en secret. Jouait-elle ainsi lorsqu'elle était gaie, ou chaque fois qu'elle éprouvait une morsure à l'âme ? Elle battait la mesure, tous les cheveux partaient à droite puis à gauche. Debout devant la fenêtre, j'ai songé à ma jeunesse qui commençait de finir à l'instant même où j'en prenais conscience. Elle continuait de jouer tout en me contemplant de loin, et quand mon regard croisa à nouveau le sien elle eut un sourire malheureux qui semblait dire : « Tout ce que nous aimons va mourir, je n'y peux rien. » Elle referma le piano d'un coup sec.

– Samedi, on pourrait acheter un ou deux tableaux aux Puces de Vanves ?

Des croûtes, m'avait dit Peggy. Quelques natures mortes, des portraits. Elle payait en liquide, les brocanteurs la connaissaient.

– Après, je te montrerai l'endroit où je travaille, cité Florale.

J'avais fini par croire le sujet tabou. En amour, la timidité réciproque, à l'origine de tant d'inconfort, se dissout à l'instant de l'intimité des corps. En amitié, les corps sont réduits à la figuration, il faut rompre la glace jour après jour, dans une distance que seul le temps peut abolir.

– J'ai loué la maison d'Isabelle, reprit-elle. Vingt-cinq mètres carrés, étouffant, ça m'oblige à cravacher. Ici, le téléphone sonne trop souvent.

De retour dans ma chambre, j'ouvris le sac qui contenait les prochains sommaires. « Tu aurais besoin d'une vraie besace », murmura-t-elle. Me retournant, je m'aperçus que Françoise disposait ici ou là un vestiaire extirpé de ses placards. Dans une certaine agitation, allant et venant du lit où s'étalaient ses effets jusqu'à l'escalier, puis revenant encombrée de nouveaux oripeaux, elle souhaitait me les faire essayer. Sauf si je n'aimais pas, évidemment, mais cela l'eût étonnée ; ayant la même silhouette, le même poids, les mêmes goûts en littérature, nous devions aimer les mêmes vêtements.

– Pas question ! dis-je.

Je devenais acrobate. Avec Françoise, en toutes circonstances, il fallait improviser, rester suspendu dans l'espace avec le sourire du professionnel, puis, jeté battu, on repartait. Mine de rien, couverte du rideau de cheveux, elle appréciait le numéro d'équilibriste. Je commençais à être rodée.

Françoise prit une jupe qu'elle pressa sur ses hanches, s'inspectant dans la glace. « Je te verrais bien mettre ça. Tu pourras dormir ici sans passer rue Vaneau ni faire de valise le soir, toutes choses assommantes qui t'empêchent de garder l'esprit libre. Une heure de sommeil en plus, Minou ! »

Tout en parlant, elle rangeait ses frusques dans ma penderie.

– Samedi prochain, cité Florale, il y aura Isabelle, reprit-elle.

– Elle travaille aussi le samedi ?

– Tu sais bien qu'il n'y a ni vacances ni jours fériés quand on est dans son roman.

Dans ce qui semblait devenir un roman, mon premier roman en effet, il s'agissait d'elle. Je mêlais le présent rue d'Alésia à mon passé. Le contraste était violent. Elle mit d'autorité dans mes bras une jupe, un cardigan, des mocassins. Elle me donnait surtout à essayer cette douceur que l'on ressent lorsqu'on sait de façon certaine qu'il est important pour quelqu'un que l'on vive ou meure.

*

* *

À vingt heures, parfois, elle m'attendait dans son Austin noire. Elle klaxonnait de sorte que tout l'immeuble pût entendre. Je savais qui manifestait son impatience, et, me penchant, je lui faisais signe depuis le cinquième étage. La carrosserie brillait sous le néon des Champs-Élysées. J'aimais cette vie qui me permettait d'exercer mon métier dans la journée, puis de passer mes nuits chez Sagan.

David prospérait : ma joie déteignait sur lui. Il semblait chaque jour plus fort, comme si le plaisir qu'éprouvait sa mère à se réveiller chaque matin le poussait à grandir dans un enthousiasme égal au mien.

« Je suis heureuse que tu sois heureux », lui disais-je le dimanche, quand, les joues rouges d'avoir couru, nous revenions du Luxembourg. Il ôtait son écharpe, et je le contemplais avec adoration. Chaque jour m'apportait une nouvelle preuve de ses perfections. Les cils, longs, bruns, fournis. Les yeux, grands, sombres, la prunelle extrêmement mobile, le regard d'une profondeur inhabituelle chez un enfant. La peau rebondie. Les cheveux, d'une blondeur empruntée à son père. Celui-ci étant natif de Berne, David allait bénéficier de la double nationalité. Je m'en réjouissais, comme je me fusse réjouie de tout ce qui pouvait élargir ses choix.

– Qu'est-ce que c'est, être heureux ?

– Ce que nous sommes.

*

* *

Oscar frappa de bon matin. « Madame souhaitait que vous soyez réveillée tôt », dit-il en ouvrant les rideaux. Je vis tout de suite l'enveloppe sur le plateau, où je reconnus l'écriture de Françoise. Oscar sortit. Aussitôt, oubliant brioche et confiturier, je pris la lettre. Voyelles et consonnes fonçaient dans la même direction. Une page arrachée à son agenda, qu'elle avait dû griffonner à toute vitesse. Ce désordre énigmatique porta ma confusion à son comble. Alors que je tentais de déchiffrer les pattes de mouche qui se dérobaient à mesure que je voulais les fixer, je revis cette autre chambre où, longtemps auparavant, j'avais lu *Bonjour tristesse*.

« Ma chère Annick,

« Tu ne me croiras peut-être pas, mais en dehors du fait que c'est mieux pour toi, tu me rends service en t'installant ici chaque fois que tu voudras, ici où je pense et crois que tu te sens au chaud, et en confiance. Or, j'ai besoin que quelqu'un se sente au chaud et en confiance chez moi, ces temps-ci, à un point que tu n'imagines pas.

« Pour ce qui est de ton roman, celui dont tu ne parles pas, parce qu'on ne parle pas du travail en cours, mais que tu as commencé d'écrire, j'en suis sûre – j'ai lu ton premier livre –, et de tous ceux qui suivront, car tu en écriras d'autres, je ne me fais aucun souci ; tu as fait et tu sais faire de la bonne littérature, et dans ce domaine on peut tout apprendre, tout, sauf l'essentiel. Et l'essentiel, tu l'as.

« Je t'embrasse, mon chéri. »

« P.S. : installe-toi bien, tu es là pour un bout de temps. »

Elle savait ! Il lui avait suffi de me surprendre une fois ou deux devant mon carnet de notes, dans la chambre d'amis. Ce roman qui ne serait sans doute jamais fini me permettait de revoir mon enfance à l'aune du bonheur présent. Si je parvenais à terminer ce manuscrit, Françoise allait se reconnaître. Un printemps fictif confirmerait la douceur d'un hiver plein de rebondissements. Je sortis du lit, oubliant le petit déjeuner, et j'ouvris la fenêtre, malgré le froid. En chemise de nuit, je contemplai Éros. Au bout de quelques minutes, je découvris que son front s'ornait de cornes. Ange et démon, la statue me souriait. Je fermai la fenêtre. Fixant le téléphone, je fus tentée d'appeler mon amant. Mais à cette heure, un samedi, il dormait près de sa femme. Je sortais de la salle de bains lorsque Françoise entra. À son sourire, je vis qu'il ne fallait parler ni de sa lettre ni du roman. Elle portait un ensemble de suédine beige, comme si le beige avait quitté le rayon des classiques. Cette manière qu'elle eut de serrer sa ceinture signalait son désir d'en découdre. « Tout cela est assez farce, tu ne trouves pas ? » demanda-t-elle. Denis dormait. Peggy se trouvait rue de Varenne, dans l'appartement qu'elle continuait de louer, bien qu'elle passât rue d'Alésia le plus clair de son temps. Que voulais-je, au fond, à part terminer mon roman, me suis-je demandé sous les acacias décharnés. La réponse me parut limpide : je voulais vivre avec elle. La Chevrolet était garée devant une affiche de Téchiné.

Françoise murmura : « Plus tôt, c'est encore plus beau. » La rue des Plantes était déserte. À neuf heures et des poussières, nous traversâmes le pont de Tolbiac. Elle me montra les péniches, la fumée des usines, décrivant son paysage comme on vous présente un ami, insistant à peine, me faisant découvrir la balade qu'elle accomplissait chaque matin. Pour me permettre de tout voir, elle conduisait lentement, coiffée du chapeau de cow-boy ramassé sur la banquette arrière. Nous fîmes halte sur les quais : elle souhaitait appeler Peggy, à moins que ce ne fût Florence, de toute manière il fallait un bistrot. Le visage du patron s'éclaira quand elle entra. Dès que nous fûmes servies, elle prit son sac et m'abandonna. Ses « téléphonages » duraient longtemps, j'en avais pris l'habitude. Accoudée au comptoir, je sentais que tout mon être changeait de saison. Un drôle de printemps s'installait et toute la tristesse des jours sans elle tomba à mes pieds comme une branche morte. Lorsqu'elle remonta, le teint éclatant, souriante, la conductrice semblait rentrer de vacances.

– C'est ma tournée, madame Sagan. Vous croyez qu'un jour la gauche finira par passer ?

– Il faut écouter François Mitterrand, je l'aime bien cet homme-là, fit-elle en fixant le patron avec intensité. Il faut que je lui envoie une lettre, ajouta-t-elle en sortant. Il s'agit de mes impôts, les écrivains sont très maltraités dans ce pays.

Dehors, elle prit mon bras et s'arrêta : une femme dormait sous une bâche. Sortant une liasse de sa poche, elle offrit son argent à la vieille. La malheureuse contemplait la fortune qui ornait son galetas.

– Prenez, madame. Je pourrais me retrouver un jour à votre place. L'argent n'a aucune valeur, il doit circuler.

Dans ces moments-là, elle ne réfléchissait pas. Comme George Sand (qui l'ennuyait prodigieusement) avait été la bonne dame de Nohant, elle était celle de la rue d'Alésia. La femme serrait ses billets contre sa poitrine. Nous rejoignîmes la Chevrolet devant les tours de Notre-Dame. La femme serrait les billets contre sa poitrine. Françoise pouvait d'autant mieux ressentir la souffrance d'autrui qu'elle était capable de l'envisager dans le détail, ce qui n'est pas donné à tout le monde. La plupart des êtres n'ont pas ou peu de compassion, faute d'imagination. Il leur faut vivre la séparation, la maladie, le chômage, le deuil, avant de comprendre. Françoise, elle, ressentait les drames des autres. Lorsque je lui avais parlé de la chevalière de mon père, l'acier avait blessé sa joue, violence inimaginable pour la fillette qu'elle avait été. Que l'on pût regretter ses premières années me semblait un mystère que nous avions le temps d'élucider.

– Nous n'avons plus un sou, tant pis pour les Puces, allons cité Florale, dit-elle en claquant la portière.

Elle démarra après avoir remis le chapeau texan. Je notai qu'elle ne portait aucune bague.

– À quoi penses-tu, Minou ?

Je faisais partie de la famille. Pourtant, je n'avais pas fait grand-chose pour cela.

– À toi.

Elle lâcha le levier de vitesses et alluma une Kool, puis une seconde qu'elle glissa d'autorité dans ma main.

– Passons, passons puisque tout passe, je me retournerai souvent, chantonna-t-elle en démarrant.

Dans l'habitacle de la Chevrolet, nous étions isolées du reste du monde. Je pouvais sentir l'odeur de sa peau, ce mélange de menthe et de vanille. Elle tourna un bouton. Un solo de batterie donna à l'instant son relief sonore. Elle avait raison et je l'avais toujours su, le bonheur était ce qu'elle m'offrait, une succession d'instants qui prenaient de l'altitude, tels des ballons dans l'air léger de nos rencontres. Il fallait les saisir au vol et les garder. Dans ma vitrine intime, il y aurait ce moment qui, s'ajoutant aux autres, faisait mon éducation. Un peu tardive, certes, mais bien que la différence d'âge entre nous ne fût pas si grande, Françoise était mon aînée au sens noble du terme. Elle me guidait dans Paris et dans la vie, c'est-à-dire en littérature. Au premier chapitre, il y avait cette voiture qui filait et notre amitié dedans, bonne fille, assise entre nous et concentrée sur sa chance. Les rues de Paris semblaient livrées à notre bon plaisir. À voir le profil de la conductrice sous son chapeau, je sus que la fête ne finirait pas de sitôt. Elle fit halte au feu rouge. Devant nous, Paris semblait un dessin au trait, une sanguine, de l'art contemporain, notre pare-brise était son écrin.

– C'est vrai que j'ai commencé d'écrire un…

Posant un doigt sur sa bouche, elle me coiffa du chapeau texan.

*
* *

Nous avons tourné à gauche, pris un sentier de gravillons. Je vis une placette, un banc, trois platanes autour desquels des pavillons formaient un hameau. « Il y a beaucoup de jardins secrets à Paris, voici le mien », dit-elle. Aucun bruit, pas de voitures, personne, nous étions en province vers dix heures un samedi matin ; un merle chantait, le lierre courait sur des murs de briques rouges. On se serait cru dans les *news* de Londres. Du jasmin fleurissait près des thuyas. Je pouvais imaginer ici l'arrivée du printemps : des jonquilles parsemaient les pelouses, des mésanges se posaient dans le chèvrefeuille, leur poitrail brillait au soleil et, entre deux vermisseaux, leurs becs frappaient la tige des rosiers. Dans cette campagne assez kitsch apparut Isabelle. Emmitouflée dans un duffle-coat, elle nous salua sans manifester de surprise. Nous la suivîmes jusqu'à l'angle de la rue des Iris et du carrefour des Glycines. Les volets étaient percés d'un cœur, il ne manquait plus que les nains de jardin. Isabelle s'effaça pour nous laisser passer. La pièce de réception ne contenait qu'une table sur laquelle trônait une Remington.

Surprenant un regard d'Isabelle, je compris. Elle aimait Françoise et portait le deuil du bonheur. Elle gagna sa cuisine à pas lent et nous prîmes place pour faire honneur au petit déjeuner qu'elle servit en silence. Françoise se mit à relire les feuillets de la veille. Isabelle ôta la housse de la machine et, tout en nettoyant ses lunettes, me jeta un coup d'œil. Si j'étais partie en prétextant un malaise, j'aurais pu atténuer cette souffrance que je lui infligeais malgré moi, mais je ne pouvais faire si peu de cas de l'honneur qui m'était consenti. Françoise punissait sa secrétaire en même temps qu'elle me faisait plaisir. De quelle erreur Isabelle la-trop-dévouée s'était-elle rendue coupable ?

– Page 5, le dialogue est un peu longuet, déclara la romancière.

Isabelle relut le passage en question.

– N'oubliez pas, Françoise, que votre personnage est un homme qui se sait trompé. Il a donc toutes les raisons d'énumérer ce qui...

– Il faut couper, vous dis-je.

Il s'agissait d'une nouvelle, l'avant-dernière d'un recueil dont la parution semblait proche. Elles se remirent au travail. Avant de commencer sa dictée, Françoise m'avait jeté ce regard suppliant qui lui échappait parfois, ce regard qu'elle ne maîtrisait pas. Elle se demandait sans doute comment j'allais supporter l'inaction parmi ce chantier qu'était la fabrication du livre. Au rez-de-chaussée d'une maison de poupée, la romancière arpentait ses terres enveloppée d'un cardigan beige : la phrase venait d'une seule traite ou se faisait désirer. Il fallait la faire se tenir droite, la maquiller, la rendre digne de paraître en public.

Je sortis de mon sac le dossier *Alias*. Le journal ne serait jamais dans les kiosques, mais il fallait faire semblant. Le cliquetis de la Remington emplissait la maison. Isabelle ôtait parfois ses lunettes, arrachant la page du tabulateur pour en glisser une autre. Françoise dissipait la fumée à grands gestes. Son corps rapetissait, elle n'était plus qu'une face dont les yeux perçants scrutaient le vide.

– Sais-tu que Bernard n'est jamais venu ici ? fit-elle soudain.

– Peggy non plus, enchaîna Isabelle.

Un chien aboya. Je refermai le dossier *Alias*. Les projets de Sagan étaient merveilleux et irréalisables. Il y eut un silence.

– Pouce, j'arrête. Isabelle dit que je ressemble à un vieux général irrité, soupira la romancière.

Elle eut un sourire pour sa secrétaire. Isabelle s'étira, lui jetant un regard reconnaissant par-dessus ses lunettes. Pendant qu'elles évaluaient la moisson du jour, j'ouvris un classeur : des articles classés par année de parution avec la photocopie du chèque. De toute évidence, Françoise m'avait fait cadeau de l'inédit. Le prix demandé au *New Yorker* pour son Fitzgerald le disait assez. « Il était jeune, mais il aimait les bêtises. Il aimait l'alcool, mais il le supportait bien. Si je dis mais à la place de et, c'est en pensant aux historiens et à leur conviction que le métier d'artiste se doit d'être malheureux. Or le talent est indéfinissable, insaisissable, et immérité… »

– Tu lis quoi ? Ah ! Mon texte sur Fitzgerald ! C'est vrai, quoi, c'est agaçant, ces clichés sur l'artiste affamé, suicidaire et tutti quanti, tu ne trouves pas ?

– Je vais chercher des cigarettes, cria Isabelle en claquant la porte.

– Je ne sais pas ce qu'elle a, aujourd'hui, elle est d'une humeur massacrante, chuchota Sagan.

*

*   *

Ses regards perpétuellement posés sur moi m'apprirent combien Peggy aimait Françoise. Tel un bon dragon, elle veillait sur la forteresse, éliminant sans pitié ce qui pouvait « être mauvais pour Françoise » ; accidents, suicides, ruptures, maladies, désamour, mort : tous ces ennemis de l'insouciance de Sagan, Peggy les combattait tant bien que mal, un œil rivé sur ces forces contraires, l'autre sur Françoise. Sagan se sentait protégée par cette présence forte et sombre, ce double si proche et si lointain, car Peggy était tout sauf une intellectuelle. La mode étant son oxygène, elle revendiquait sa frivolité. Bien qu'elle n'ouvrît jamais un livre, « sauf ceux de Françoise », Peggy savait ce qu'ignoraient tous les autres, y compris moi-même. Elle animait Françoise au sens propre du terme, et sans elle tous les volets se fussent refermés. Sagan m'imposait à elle ? Plutôt que d'affronter une rivale à fleurets mouchetés, Peggy décida de pactiser avec moi dans l'intérêt supérieur de sa compagne. Elle déboulait parfois au salon quand j'arrivais.

– *Alias*, c'est bien joli, me dit-elle un soir, soufflant la fumée d'une Marlboro, mais Françoise devrait dormir et manger davantage, et beaucoup d'autres choses. Il faut que tu m'aides.

– À quoi ?

– À la rendre raisonnable.

– Comment ?

– Essaie d'avoir de l'influence sur elle. Elle a besoin qu'on la dirige, mine de rien.

Moi qui avais tant souffert naguère de tous ces mots jetés à ma figure, des mots carrés, précis, durs, des mots qui ne laissaient aucune place à l'imagination, des mots blessants comme des pierres effilées et qui m'étaient entrés dans le corps, j'étais gâtée. Rue d'Alésia, les mots semblaient inutiles, le style de la maison, c'était de laisser l'allusion surfer sur la crête des idées.

– Tu comprends, ces médecins pas trop regardants sur les ordonnances et qui débarquent chaque nuit, ça suffit.

Sartre prenait des amphétamines et Sagan se droguait. Où et comment, je l'ignorais, nous n'en avions jamais parlé.

– Elle appelle « Rapide Urgence » ici ou chez Isabelle, peu importe, ils mettent n'importe quoi sur la souche, et vogue la galère. Elle a ses seringues. Tu as vu l'endroit où elle travaille ?

– Oui.

Elle se retourna pour écraser son mégot et je compris que j'aurais mieux fait de me taire.

– Je peux compter sur toi ? reprit-elle en me faisant face, le visage éclairé d'un étrange sourire.

– Promis.

Il ne fallait pas lui déplaire. Elle dirigeait les domestiques, rédigeait les listes de courses, attribuait les emplois du temps, organisant vacances et week-ends selon les vœux que Françoise formulait dans l'intimité. Je voulais m'incruster.

– Topons-là, reprit-elle.

Pendant que Peggy scellait notre accord au Ruinart rosé, je restais sur mes gardes. Nous levâmes nos verres en faisant mine d'oublier qui j'étais venue voir.

– À quel moment as-tu pensé que Françoise allait devenir ton amie ?

– Dès le premier soir.

– Elle t'a fait monter dans sa chambre, j'imagine ?

– Mais oui, souviens-toi, tu étais là.

– Laisse-moi rire ! Elle fait le coup à tous les journalistes, comme s'il s'agissait d'une faveur. Et ça marche ! Tu n'as qu'à lire leurs papiers ! Il ne faut jamais croire Françoise.

Grande dame, Peggy me tendit la perche.

– Cela dit, elle t'aime beaucoup, ajouta-t-elle, elle me l'a dit. Mais que fait-elle ? Tu as assez poireauté, je vais voir.

Elle alluma la télévision en passant, je reconnus le shah d'Iran. Werther la suivit comme font les chiens avec leurs maîtres. Avant d'appeler Françoise, elle se tint un instant au bas des marches et me contempla avec cette commisération due à celui qui manifeste trop de patience, et va souffrir.

– Tu fais attendre Annick, Françoise !

II

Françoise

On accepte d'être normal par courtoisie.
Madame de STAËL.

Lorsque je rentrais dans une pièce que j'avais quittée un quart d'heure, il me semblait que Françoise reprenait des couleurs ; son regard s'animait, ses mots se précipitaient, s'entrechoquaient, interrompus par son rire saccadé. Une sorte de morosité me gagnait lorsqu'elle s'absentait, si bien qu'il me fallut admettre que je n'avais pas connu l'amitié avant elle. Si je me cantonnais dans ce registre, malgré certains signes annonciateurs d'autre chose, c'était par refus de revêtir les habits du figurant. Françoise m'avait affranchie. Entre ses points d'ancrage – Peggy à droite, Bernard à gauche –, elle vivait des élans éphémères. Devenue son amie, je m'inscrivais dans la durée.

– Et dire que tu n'as jamais voulu obtenir ton permis de conduire ! s'exclama-t-elle, un soir que nous avions parlé d'*Alias*.

J'avais posé dans ma chambre le sac qu'elle venait de m'offrir. Vert sombre, gravé à mes initiales et confectionné sur mesure, il était vaste comme le programme des réjouissances. J'y avais jeté le matin même une photo de David et mon manuscrit. C'était un vendredi et nous allions passer le week-end à Paris.

– On n'a pas vraiment besoin de voiture, ici, dis-je en réalisant combien j'avais tort.

Pouvait-on se targuer d'être une femme indépendante en se laissant conduire par les autres ? Françoise devait me plaindre, bien qu'elle fût trop bonne pour manifester un atome d'agacement. Alors que je souffrais en silence, elle me lança un coup d'œil en allumant le téléviseur : elle venait de louer une dizaine de vidéos à Lido Musique.

– Ce genre de choses arrive à des gens très bien, tu sais. Tiens, Bernard, par exemple. Il n'a jamais tenu un volant de sa vie. J'aimerais bien avoir des nouvelles.

Pourquoi l'avait-elle laissé partir, s'il lui manquait à ce point ? Elle éteignit la télévision et prit place à table en poussant la chaise pour que j'en fasse autant. Teresa servit une blanquette avec du riz. Deux couverts seulement : Peggy et Denis n'allaient pas se joindre à nous. Les yeux de Werther étaient braqués sur sa maîtresse.

- Tu crois que je devrais appeler Barbara ?

– Barbara ?

– Sa personne, pardi ! C'est une belle femme, mais elle écrit ; deux écrivains sous le même toit, ça ne va pas. Il y en a forcément un de sacrifié.

Je ne pus m'empêcher de sourire.

– Barbara ne pense qu'à ses propres livres, reprit Françoise en mordant son pain.

J'aimais bien sa mauvaise foi, c'était celle que nous avions tous quand il fallait plier le réel pour qu'il ressemblât à nos constructions et à nos discours. Teresa fit irruption avec le plateau de fruits. Françoise alluma nos cigarettes. Alors que nous finissions de dîner, deux femmes surgirent. D'abord Isabelle. Ses cheveux blonds cachaient la presque totalité d'un visage que finissaient de dissimuler ses lunettes noires. Elle affichait de vains efforts pour dominer sa tristesse, comme si elle avait voulu nous prendre à témoin de son courage. Je trouvais admirable son dévouement, et plus encore cet amour qui l'obligeait à servir au plus près de ses désirs la personne qui la détruisait en secret. Me faisant signe de loin, elle omit de saluer Sagan, qu'elle avait sans doute quittée quelques heures plus tôt. Isabelle s'adossa au canapé et se mit à fumer en me fixant rêveusement. Françoise s'adressait à une petite brune aux joues rondes, aussi volubile que la secrétaire était taciturne. Nos visiteuses portaient des housses de voyage qu'elles posèrent sur la moquette. Elles avaient l'air d'attendre quelque chose, ou quelqu'un.

– Si on allait à Équemauville, demanda soudain Françoise, c'est un long week-end, nous avons trois jours et il va faire beau.

Elle ajouta qu'elle aimait conduire la nuit. Il y avait moins de monde sur l'autoroute et nous pouvions profiter de la cuisine de Teresa pendant que tout le monde s'entassait dans les voitures. « Annick vient avec nous », précisa-t-elle à la ronde, comme si nous nous connaissions. Sans me laisser le temps de protester, elle monta prendre ses clefs.

Rares étaient ceux qui osaient la contredire. La faim, la soif, l'envie de partir ou de rester ne se décrétant pas, je manifestais quelque réticence à la suivre en toutes choses. Dans l'adolescence, le culte des vedettes, la possession de leurs affiches, l'imitation par les vêtements ou la coiffure et la quête pathétique de l'autographe m'avaient toujours paru ridicules. Les « idoles », ce n'était pas mon truc.

– Vous voulez qu'on vous aide ?

La blonde et la petite brune me regardaient desservir. Je fis non de la tête. Françoise avait à peine grignoté, comme d'habitude, et j'ai jeté dans l'évier son verre de vin blanc à peine entamé. Familières des lieux, nos visiteuses papotaient. Mieux valait prendre les choses du bon côté. Je saisis peu après mon sac dans la chambre. Le coupé Mercedes était stationné sur le trottoir. En prenant place près de la conductrice, j'ai humé l'odeur du cuir.

– Il te va bien, ce pull irlandais, dit Françoise.

– Pour *Alias*, il nous faudra beaucoup de lecteurs ou énormément de publicité.

Elle ne répondit pas.

– Figure-toi que « Sagan » signifie « rive gauche » en Japonais, dis-je encore, tandis qu'elle se repoudrait.

Sa nouvelle avait été achetée à prix d'or par mes confrères de Tokyo, qui allaient la publier comme je l'avais fait entre deux bimbos et trois Barbie.

– Proust serait ravi de l'apprendre, fit-elle en remettant le rétroviseur à sa place.

– Du coup, les Japonais, qui ont leur logique de Japonais, voudraient lancer un journal intitulé *Sagan*. Pour les royalties, ils vont t'envoyer un télex.

– Trop chère pour eux ! dit-elle en mettant le contact.

Elle s'était changée et portait un blouson de jeans, un pull à col roulé et des bottines. Je la trouvais toujours belle, mais il me sembla qu'elle l'était davantage, avec ce foulard rouge rehaussant sa blondeur et cette pâleur que la pénombre rendait plus flagrante. Entre Orgeval et Mantes, nous doublions toutes les voitures, mais à minuit et des poussières elles commençaient à se faire rares.

– Les autres nous suivent ? demandai-je d'un ton peu convaincu, car à cette vitesse, cela m'eût étonnée.

– Elles ont les clefs, quelle importance ?

– Qui est Marylène ?

– Flammarion règle directement ma banque, qui veille au grain via mademoiselle Detcherry. Que ferions-nous sans elle, mon pauvre chat ?

Son rire projeta ses cheveux entre nous. En manipulant l'allume-cigares, je me suis demandé pourquoi nous partions avec sa comptable et sa secrétaire. La voiture s'aplatissait dans les virages, se coulait dans le relief qu'imprimait le terrain. Nous écoutions Brahms ou Mozart, Françoise augmentait le son lorsqu'une pièce l'émouvait. Elle fumait en silence et conduisait avec beaucoup de maîtrise et de prudence. Je n'ai jamais eu peur avec elle. Dans la lueur des phares, j'apercevais son profil, les cils, le menton, le cou et la main, belle et fine, la main de Françoise sur le levier de vitesses. « J'ai dit à madame Fernande de préparer la chambre rouge, c'est la plus spacieuse, elle se trouve au dernier étage, je loge au bout du couloir, nous pourrons parler. » Je ne pus réprimer un frisson, et j'ai relevé la vitre.

– La nouvelle de l'autre jour, tu l'as finie ?

– Le livre aussi.

Il était une heure du matin, à la fin d'une rude semaine. Après Rouen, nous fîmes halte dans une station-service. Nous n'avions ni soif ni faim, et encore moins besoin d'essence. Elle sortit et claqua la portière. « Excuse-moi, dit-elle, penchée dans la pénombre, ça ne sera pas long. » Je la suivis du regard tandis qu'elle filait sur le terre-plein. Un homme était adossé à des pneus, derrière une vitrine, il la contemplait de loin, l'ayant sans doute reconnue. Tout en fouillant dans son sac, elle se dirigea vers les toilettes, à droite du bâtiment principal. Quand elle passa sous un réverbère, j'aperçus son profil de petit soldat en denim bleu nuit, le col roulé, les bottes dans la boue séchée. Je restais seule avec Brahms, et contemplant l'étoile de Vénus, j'ai baissé la vitre ; un petit air frisquet souleva mes cheveux. Profitant de l'absence de Françoise, je me refis une beauté. Mon enfant dormait depuis longtemps ; lorsqu'il vivait sans moi, m'oubliait-il ? Ou pensait-il parfois à sa mère ? L'année prochaine, il entrerait à la « grande » école. Daniel songeait à quitter la France pour refaire sa vie en Suisse. Je m'inquiétais des conséquences qu'aurait sur David l'éloignement de son père.

J'ai refermé le poudrier et me suis retournée. Sur la banquette arrière, une vingtaine de livres étaient jetés en vrac, Françoise avait dû passer au Drugstore Champs-Élysées. Qui avait été aussi bon avec moi ? Personne. Sauf Marie, mais partait-on pour la Normandie avec sa grand-mère, dans un coupé Mercedes, à minuit ? Même mon amant, si perméable à toute demande, toute récrimination, cet amant de haute taille, si attentif à mon bien-être, et qui me donnait tant de plaisir, n'arrivait pas à la cheville de Françoise. Les hommes avaient beau faire, même bons, amoureux et rêveurs, ils étaient frustes par nature. Mon amant eût-il pensé à réserver la chambre rouge, à téléphoner à madame Fernande pour que le lit fût fait et qu'un bouquet fût placé sur la commode ? Eût-il invité des tiers pour nous éviter la gêne que n'eût pas manqué de provoquer un premier week-end ? Françoise savait combien l'on appréhende de se retrouver seuls la première fois, à mille lieues de ses habitudes. Dans ces circonstances, les autres sont une bénédiction. Avec leur jovialité, leur naturel, les autres détendent l'atmosphère. Ils permettent de supporter la présence de l'autre, et leurs discours totalement à côté de la plaque compense la force des émotions. Françoise guidait notre relation comme elle eût aidé un enfant à faire ses premiers pas. Ma tête heurta la vitre et je me redressai. J'allumai la radio. C'était Jimmy Carter. Un bruit de pas me réveilla tout à fait. Françoise revenait. Je reconnus sa silhouette bondissant dans la lueur des phares. De rares bolides vrombissaient sur l'autoroute. Finissant à peine de refermer son sac, elle me fit signe. À sa manière de claquer la portière, de mettre le contact, de changer de cassette, je sentis que cette pause lui avait permis de reprendre des forces. Extrêmement gaie, la conductrice démarra en trombe et se mit à me parler de son fils. Lorsqu'elle exigea une cigarette, j'ouvris son sac. En cherchant le paquet de Kool, je découvris ampoules et seringues dans leur étui de plastique. J'allumai une cigarette que je tendis à la conductrice. Ma main tremblait. Incapable de prononcer un mot, je pensais à tous ces arrêts dans les cafés, soi-disant pour téléphoner, et à notre dernière halte sur l'A13. Je me souvins de la mise en garde de Peggy. Françoise se mettait en danger.

– Que veux-tu, j'ai besoin de Palfium, les suites d'une intervention. Par moments, j'ai mal, tu comprends ?

Je fis oui de la tête.

– Tu verras, quand David aura l'âge de Denis : c'est un grand bonheur d'être mère. Le plus grand bonheur de ma vie, c'est Denis, reprit-elle en doublant un poids lourd.

Elle appuya sur l'avertisseur. Dans la lueur des phares, la remorque n'en finissait pas. Puis nous nous sommes rabattues, le cœur battant.

*

* *

De jour comme de nuit, Équemauville était d'abord une allée de peupliers qui menait au manoir. On garait les voitures devant la maison avant d'entrer dans une pièce ornée d'une cheminée. La mèche d'une veilleuse sculptait nos traits, tremblement de lumière qui accentuait un sourire, un regard, effaçant le décor. Le foulard que Françoise avait dénoué se détachait de la pénombre. Tout semblait rouge et or. Ce chatoiement embellissait la maison dont le mystère subsistait derrière la porte. Ma fatigue s'envola. Sur une table ronde, madame Fernande avait disposé un souper froid. Un livre était ouvert sur le canapé ; dans cette lueur qui donne aux veillées ce charme contre quoi la réalité ne peut rien, je reconnus *La Côte sauvage*, de Huguenin. Des disques traînaient près d'une chaîne. Beethoven, Haydn, du jazz, Barbara, Callas, beaucoup d'opéra. Lorsque Françoise parlait, visage penché par-dessus les couverts, j'entendais craquer les bûches dans l'âtre. Je surpris son coup d'œil sur mes poignets.

– Tu as faim ? demanda-t-elle.

Je vis dans un angle une vieille affiche, la *Tête de mort* de Picasso. Malgré le trou des orbites, le crâne exprimait une douceur amusée. Françoise pensait toujours à la mort, moi aussi. C'était un lien très fort entre nous. La détresse que je ressentais par moments la terrassait pour d'autres raisons. Soudain, elle perdait pied. Dans ces moments, que j'avais fini par repérer à un certain silence, une manière de s'absenter, ses traits semblaient parés d'une gaieté malheureuse. De même, la tristesse montait en moi telle la mer au Mont-Saint-Michel. La fillette que j'avais été m'apprenait qu'on reconnaît les filles sans père à leur solitude. Les filles sans père semblaient mortes à l'amour. « Mais tu m'as », semblait dire le cher visage de Françoise entre les dorures du miroir.

– Tu es triste, Minou ?

– Pas du tout, dis-je avec le sourire.

Parfois, je songeais à l'avenir de notre relation, et l'idée d'une éventuelle séparation m'accablait. Françoise et Peggy devaient partir pour la Guadeloupe. Pourrait-elle quitter Paris un mois avec tout ce qui se passait entre nous ? Elle se pencha pour choisir un disque, et je reconnus un air de *Carmen*. « Nous avons de la chance d'être là où nous sommes », reprit Sagan en me tendant un plat. Elle alluma une Kool. Je me servis, pendant qu'elle me regardait du coin de l'œil, fumant par-dessus le poulet froid. Elle choqua son verre contre le mien. Bordeaux et Coca. « Tu travailles énormément, avec ton air de ne pas y toucher, je sais ce qu'est la direction d'un journal. Quant à moi, je ne chôme pas non plus, tu connais le labeur du romancier. Pour finir, nous n'avons pas volé nos lauriers, chuchota-t-elle. L'été, au Breuil, il y a des marguerites, des rhododendrons. Sur le plateau de Grâce, on voit toute la côte, c'est superbe. » Je levai les yeux et surpris son regard d'une profondeur nouvelle. Nous avions beau faire, l'appétit nous manquait.

– Je vais te confier un secret. Il t'aidera ta vie durant. Quand on est dans son manuscrit, on se sent protégé par une armure immatérielle, un bouclier de mots. Il est rare qu'un auteur meure avant d'avoir fini son livre. Ce roman que tu as commencé avance-t-il ?

– Oui.

Si j'avais la chance de mener ce travail à son terme, elle saurait un jour qu'il s'agissait d'elle. À la manière qu'elle eut de me contempler, je me suis demandé si elle ne le savait pas déjà. Dans mes imaginaires, je me voyais lui montrer le manuscrit. Elle me lisait, assise sur le canapé du salon, rue d'Alésia. Je faisais les cent pas en fixant la statue du jardin. Françoise levait la tête et me souriait avec une infinie douceur. « Personne n'est aussi parfait, mon chéri… »

– Tu penses à ton livre ? demanda-t-elle.

Je tressaillis. L'arrivée des retardataires et leurs questions ponctuées d'éclats de rire firent diversion. Françoise parlait avec d'autant plus d'animation qu'elle pouvait vérifier dans le miroir la direction de mes regards. L'après-midi, elle se sentait bien, le soir, elle pétillait, la nuit, son esprit se déliait davantage, la nuit, elle écrivait, il n'était donc pas surprenant qu'elle fût si gaie après avoir passé deux heures au volant. Elle compara les plaisirs de la vitesse à ceux du jeu et me proposa de l'accompagner au casino de Trouville, où elle devait se refaire d'environ deux cent mille francs, son découvert du mois. Marylène hocha la tête. Sûre de moi, Françoise maniait le double sens, et bien qu'elle ne m'adressât pas la parole, elle s'arrangeait pour que la conversation fût orientée de manière troublante. Ce fut au Breuil que ma timidité mourut de mort naturelle ; sur son cadavre, chacun de mes gestes, chacun de mes mots se mit à virevolter. La veilleuse du Breuil éclaira tout à coup une fille mystérieuse qui portait un pull blanc.

Les deux amies n'en parurent pas étonnées, ou, si elles le furent, elles se gardèrent de le montrer. Leurs visages restaient dans l'ombre, elles avaient reculé leurs chaises avec prudence. De temps à autre, Françoise se levait pour souffler sur les braises et la lumière tremblait sur sa joue. Il n'avait échappé à personne, le plaisir que nous éprouvions à aligner des arguments ineptes. Telle est la vertu des assemblées, aussi réduites soient-elles : elles renforcent l'attachement. Afficher sourire et rire ensemble, quand les autres ne suivent pas toujours, quelle joie ! Françoise surprit mon regard sur ses mains.

– Tu ne portes pas de bagues, dis-je.

Elle ne répondit pas. Je sortis cinq minutes. Dans le couloir, le téléphone sonna. Qui pouvait appeler si tard ? « Tu peux décrocher, s'il te plaît ? » cria de loin la maîtresse de maison. Je reconnus la voix de Peggy. Elle me vouvoyait à nouveau.

– C'est vous qui répondez, à présent !

– Pourquoi n'êtes-vous pas avec nous ?

– Ne dites pas à Françoise que j'ai appelé.

– Je lui dis quoi, alors ?

– Débrouillez-vous.

Elle raccrocha et je restai dans le couloir, sonnée. Je revins au salon.

– C'était qui ? demanda Isabelle en baillant.

– Une erreur.

Après tout, leurs histoires ne me regardaient pas. J'en avais assez, de ces divas qui m'en voulaient de l'on ne savait quoi ! Pendant qu'elle allumait une autre cigarette, je me rembrunis au souvenir d'un soir où Françoise m'avait accueillie pour me conter avec force gestes un cambriolage qui avait eu lieu ce jour-là ; deux gangsters étaient montés dans sa chambre, où elle était en train de lire le dernier Modiano ; brandissant un revolver, ils avaient dérobé ses bijoux sans que personne n'entendît quoi que ce fût. Munis de leur butin, les malfaiteurs étaient repartis sans avoir commis la moindre effraction. J'avais fait mine de croire cette histoire, d'autant qu'elle était peut-être vraie. Avec Françoise, tout était possible. Elle eût trouvé du plus mauvais goût qu'on manifestât la moindre surprise face aux événements qu'elle avait l'art de pousser devant elle comme un troupeau qu'elle remettait dans le droit chemin, lui évitant les chausse-trapes du quotidien. Tant de choses extravagantes avaient lieu en sa présence que personne n'osait contester sa version des faits. Elle les relatait avec de bouleversants accents de vérité, et il y avait une chance sur deux qu'elle dît vrai.

– J'espère que ce n'est pas *Alias* qui te donne des soucis ? Tu fais une drôle de tête, Minou !

Françoise recommençait à prendre des photos. Je devins le sujet autour duquel s'organisait le tableau. « Les pivoines sont belles, si Isabelle s'asseyait devant ? » Ce qu'elle aimait surtout, c'était le contraste de mes cheveux sur le pull blanc. Les Polaroid passèrent de main en main. La portraitiste s'était changée et portait sa panoplie « intérieur nuit ». Chemise bleue, jeans, ceinturon : mains sur les hanches, en meunier de la nuit normande, elle se tenait devant moi, insolente. Je pris l'appareil, espérant que le miroir allait donner au Polaroid sa dimension. Soudain, son visage me parut empreint de gravité, j'y perçus l'émotion que je ressentais tandis qu'elle me fixait une fraction de seconde de trop, celle qui me permit de réussir ma photo. Il y avait de la force dans cet instantané. Françoise contempla son portrait et rougit. « C'est bien moi », dit-elle à la ronde. « Je trouve que vous êtes un peu trop sérieuse, je préfère quand vous souriez », déclara Isabelle, à moins que ce ne fût mademoiselle Detcherry. « Pas moi », dit-elle en me souriant. À l'instant où je gagnais en assurance, son charme atteignit une sorte d'apogée. Lorsque la secrétaire et la comptable levèrent le camp, nous évitâmes de nous regarder. Les masques tombaient. La bonne amitié prenait congé.

Nous étions assises l'une en face de l'autre. Le silence des campagnes, rompu de temps à autre par les craquements du feu, ne m'intimidait pas. Les vestiges du repas gisaient dans la porcelaine blanche. Françoise avait la mine radieuse de qui revient de vacances. Ce n'était pas le Palfium, pour une fois. Les bougies fumaient et je vis disparaître la pleine lune. La nuit avait ses noirceurs que déchirait l'aube, parcimonieusement.

– Pourquoi tu n'as pas dit à Peggy que tu m'invitais ici ? dis-je.

Elle tressaillit.

– On gagne tellement de temps à dire ce que les autres attendent. Et toutes les versions se valent, Minou. Ça n'a aucune importance.

– Et comment veux-tu que je te croie quand tu prétends que tu es bien avec moi ?

– Parce que c'est vrai.

De trois quarts, le menton dans la main, elle me scrutait tandis que je jouais avec ma fourchette à cinq heures du matin. Alors que je poussai ma chaise pour me lever et qu'elle esquissait le même geste, je surpris notre reflet. Je me penchai et soufflai sur la bougie.

*

*   *

Malgré le manque de sommeil, je m'éveillais tôt, ce qui aurait dû finir de m'ouvrir les yeux. La chambre rouge se situait dans un couloir au bout duquel Françoise avait disparu. Dotée d'un double point de vue sur le domaine, la pièce permettait d'apercevoir la piscine et l'allée qui menait au Breuil. Madame Fernande avait tiré la courtepointe assortie aux rideaux et garni de fleurs les guéridons. Avec ses meubles dénichés chez les antiquaires de Honfleur – quelques marines, un broc posé sur une commode –, la pièce n'avait de rouge que le nom, la couleur dominante étant plutôt fuchsia. Pour accéder à la salle de bains, il fallait emprunter ce corridor au bout duquel se trouvait Françoise. Dotée d'une terrasse invisible de l'extérieur, la chambre de la romancière était son refuge lorsque le Breuil était plein à craquer. La veille, nous avions fait le tour du propriétaire et elle avait décroché son peignoir. « Prends, m'avait-elle dit, il est à toi. »

Je me rendis pieds nus au bout du couloir. La surprise de ma jeunesse commençait là. Les matins sont beaux quand tout semble possible. J'ouvris une fenêtre. Un temps radieux donnait aux champs ce vert plein de promesses et d'odeurs enivrantes. Le tracé des clôtures découpait les prairies en autant d'émeraudes. Les pommiers en fleur rappelaient une toile de Sisley. Le bleu du ciel se découpait avec délicatesse et la lumière ricochait sur la carrosserie du coupé Mercedes. Il me sembla que la voiture avait quelque chose de sa propriétaire.

Surmontée d'un toit d'ardoises, une bâtisse figurait la maison des gardiens. Françoise avait griffonné un mot à l'office. Madame Fernande devait monter nos plateaux à onze heures. Rentrant dans ma chambre, j'entendis craquer les marches qui menaient au dernier étage. Quelqu'un frappa à l'extrémité du couloir. Madame Fernande réveillait Françoise. Elle redescendit, puis remonta. Je lui ouvris. Vêtue d'une blouse grise, chignon assorti, la paysanne dégageait l'autorité qui manquait à sa patronne. Fixant mon peignoir avec insistance, elle posa son plateau sur la commode. J'ai tout de suite vu l'écriture de Françoise. Cette manière qu'elle avait de rédiger mon prénom avec un grand A.

D'une voix bourrue, la gouvernante s'assura que je ne manquais de rien. « Madame attend dix personnes pour déjeuner, quelle pitié, me dit-elle. Heureusement que mademoiselle Held y a pensé, Madame avait oublié ! Vous déjeunez aussi, mademoiselle ? » Je fis oui de la tête. Madame Fernande me contemplait, mains sur les hanches, évaluant le surcroît de travail que je représentais. Elle scruta encore mon peignoir – ce qui me ravit – et sortit.

Je déchirai l'enveloppe. « On peut être une femme jeune, riche, assez belle, célèbre, et vouloir en finir, mais une main nue alors est venue qui a pris la mienne... » Les mots couraient dans tous les sens, bleus, profonds, ils disaient ce que disent les mots bleus et profonds. « À l'amie qui a compris l'amie, à la future romancière qui a compris la romancière, à la Bretonne qui a compris la Lotoise. » Je posai la lettre signée Françoise alias Sagan. Bien que sa parfaite éducation lui dictât les mots et les gestes pour que ses invitées se sentent également appréciées, elle me préférait. La seule femme qui, jusqu'alors, m'avait préférée vivait au pied des remparts de Saint-Malo. J'enfouis le billet dans la poche du peignoir.

Enfin, je descendis. D'instinct, comme si j'avais connu les us et coutumes du lieu – l'affection réciproque génère une accélération des intuitions, et le sens de l'à-propos qui les accompagne –, je me dirigeai vers le petit salon. Tout partait de là, tout y revenait. Me conformant sans le savoir à une très ancienne tradition, je m'y installai. La pièce avait quelque chose de rassurant, avec ses hautes fenêtres, la proximité de l'entrée – donc de la sortie – et ses petits maîtres. Sous l'affiche de Picasso, j'entrepris de ranger dans leurs pochettes les disques épars sur la moquette. Dans la cheminée, un feu était préparé, bien qu'il ne fût pas midi, parce que, au Breuil, les journées ne servaient qu'à préparer la nuit.

– Vous allez bien ? Marylène est partie à Deauville, déclara Isabelle, qui entra en coup de vent.

Elle portait sa tristesse assortie à d'immenses lunettes de soleil.

– Je vais faire un tour, ça va finir de me réveiller.

– Bonne promenade, alors !

Non loin de la piscine, un chêne étendait ses branchages jusque sous les fenêtres du deuxième étage. Ancré loin de la façade, l'arbre déployait sa couronne, dans laquelle s'agitaient merles et mésanges. Je perçus un bruit de pas. L'herbe embaumait, mais il y avait aussi l'odeur de Françoise, la menthe, la vanille, le peignoir blanc.

– Tu vois cette fenêtre ? C'est la chambre verte, celle de Bernard.

Sagan montrait du doigt les branchages, comme si l'arbre avait voulu m'indiquer la direction.

– Il vient d'appeler. Je lui ai parlé de toi.

– Et tu lui as dit quoi ?

– Que tu allais prendre sa chambre s'il continuait à jouer les courants d'air.

– Ça l'a fait rire ?

– Bernard dit qu'on ne plaisante jamais.

Son visage, à peine marqué par les jeux de la veille, semblait empreint d'une gaieté de bon augure. La nuit gardait nos secrets. Il ne fallait jamais dire les choses – la nuit, la lettre, tous événements qu'elle me demandait de tenir à distance.

– Il travaille, au moins ?

– Je crains que non.

Appuyée contre l'énorme tronc, à demi cachée par l'entrelacs des branches, elle semblait si fluette que je m'approchai. Dans son ensemble de daim à franges, elle me parut élégante, c'est-à-dire adaptée aux circonstances.

– Que vas-tu faire ?

– Trouver une idée pour qu'il ne reparte plus lors de son prochain passage. Fais-moi confiance, je trouverai !

Elle soupira. À Grimaud, Bernard prenait racine, prisonnier de sa belle dame et de la piscine : son livre n'avançait pas. Je vis passer sur le visage de Françoise tous les nuages de Honfleur. Un tel désarroi m'attrista.

– Sais-tu que Sartre lui a confié la critique littéraire des *Temps Modernes* alors qu'il avait vingt-deux ans ?

– C'est un grand écrivain méconnu, dis-je, embarrassée par le fait que je ne l'avais toujours pas lu.

« Seuls les snobs aiment ses livres », m'avait confié Peggy, un soir de fausse ivresse, sans doute pour tester ma discrétion. J'avais gardé pour moi cette perfidie qui témoignait de son incapacité à vivre avec toute la sérénité requise la délicate balance des amours immanentes. « Peggy est à Paris ? » demandai-je. « Oui, pourquoi ? » répondit Françoise. Elle ramassa une brindille qu'elle examina. « Bernard et moi nous disputions, les derniers temps, c'est normal, après toutes ces années ! » Elle jeta le brin d'herbe avec leurs motifs de chicanes. « C'était une lettre mémorable et je t'en remercie », dis-je. Elle eut ce genre de sourire qui répondait à sa place.

En revenant vers la maison, nous avons parlé d'*Alias*. Avait-elle perçu cette voix que j'avais eue sans la vouloir ? Un velours né de moi, une douceur inconsciente.

*

* *

Et si on allait se promener avant le déjeuner, proposa-t-elle devant sa voiture. Nous partîmes en direction de l'estuaire de la Seine. La vitesse oubliée dans les agglomérations se rappelait à notre bon souvenir par le crissement des pneus dans certains virages. Je basculais vers Françoise, les yeux rivés sur un avenir sans obstacle, entre des talus que j'aurais pu toucher en tendant le bras. Devant nos lunettes noires, le même horizon. Il se déroulait avec docilité vers des falaises de craie. Avant Honfleur, nous fûmes sur le plateau de Grâce. Françoise coupa le contact. Le cri des mouettes succéda aux vibratos de Callas. La mer s'étalait devant nous, comme grisée par son immensité, du diamant gris avec des ailes en bordure. Elle sortit de voiture, me montra la rade du Havre, tout s'élargissait devant nous.

– On est mieux ici qu'avec tous ces gens assommants, dit-elle en prenant mon bras.

Je me gardai de lui demander de préciser. Nous fîmes quelques pas dans l'herbe odorante. Des merles s'en donnaient à cœur joie autour d'une chapelle qui surplombait l'océan.

– C'est Notre-Dame-de-Grâce.

– Et tu n'as pas honte de ne croire en rien, demandai-je d'un air faussement sévère.

J'étais moi aussi une mécréante. Ma grand-mère s'en désolait sans doute, bien qu'elle n'en parlât jamais, elle qui se rendait à l'église chaque dimanche un foulard sur la tête, chantant des cantiques dont la naïveté égalait l'obscurité des célébrations en latin. Avaient eu raison de toute transcendance, ces cours de catéchisme d'une bêtise rare, ces prières qu'il fallait ânonner à genoux chaque matin. Il y avait eu ensuite Beauvoir, Marx et Trotski, la lutte de classes, *Le Monde libertaire*, Aragon, *Les Lettres françaises*, Camus, Sartre, Mai 68, ce parcours de ma génération. Les religions méprisaient les femmes, je n'aimais pas les religions.

– Bernard dit toujours que si Dieu existait il ne serait pas Dieu, car un existant est forcément humain.

Je cachai une moue dubitative en allumant une Kool légère que je lui tendis. « Relis *L'existentialisme est un humanisme* », reprit-elle en aspirant ma fumée. Je fis le tour d'un calvaire qui se trouvait derrière nous. « Qu'elle gagne ! » dis-je en touchant le granit avec la ferveur de mes aïeux. Qu'elle gagne quoi, je l'ignorais, mais Dieu, s'il existait, saurait reconnaître les siens. La vie était étrange. Féministe et passionnée de littérature, ne m'étais-je pas donné naissance d'une certaine façon ? Je me surprenais cependant dans ces pratiques venues d'un autre âge. Magie, superstition, il y avait en moi le cerveau archaïque et la raison. Je revins vers Françoise, qui fumait devant la mer. Elle n'avait rien vu.

« Disons que je crois au Dieu des écrivains, conclut-elle sur ce chapitre, écrasant son mégot sous sa chaussure de daim. » Elle me sourit avec confiance et cueillit un bouton-d'or qu'elle accrocha à ma boutonnière. « Ton roman va bien ? » dit-elle soudain. Je fis oui de la tête. « Mon ange, c'est toi », reprit-elle avec un sérieux déconcertant. Elle rentra dans la Mercedes, où je la suivis. Nous fîmes marche arrière. Tournant le dos à Honfleur, nous reprîmes le chemin d'Équemauville. Les « ennuyeux » n'avaient qu'à bien se tenir, nous étions deux.

*

* *

Madame Fernande nous accueillit au petit salon, où Françoise se servit un Coca. Elle ouvrit quelques enveloppes, des factures tombèrent sur la moquette, elle eut à nouveau ce visage chiffonné qui affichait sa vérité. Isabelle avait dû regagner sa chambre, à moins qu'elle ne fût allée à la rencontre de Marylène. Profitant de leur absence, j'interrogeai Françoise. Flammarion menaçait de couper les vivres, les fins de mois commençaient à être difficiles. Avoir deux cent mille francs de découvert semblait un handicap plus facile à surmonter la nuit que dans la journée.

« Je t'aiderai », dis-je stupidement, car je n'en avais pas les moyens. Soudain, il y eut des bruits de voitures, des portes qui claquèrent, des rires, toutes sortes de voix, et avant que j'eusse le temps de réaliser ce qui se passait, les amis de Françoise arrivèrent. Comme une nuée de sauterelles, ils s'emparèrent des chaises, des fauteuils, du canapé. Des couples, encore et toujours, des têtes connues, des visages étrangers. Ils venaient déjeuner. Leur humeur était charmante, le lendemain était un jour férié. Madame Fernande termina de dresser la table pendant que la maîtresse de maison serrait des mains, installant chacun au petit salon. Je me taisais, horripilée par ces mouvements qui rompaient le charme. « Pourquoi ne passeriez-vous pas le prochain week-end à Équemauville ? » proposait Françoise. Ses amis ne se le faisaient pas dire deux fois, et leurs voitures emplissaient pelouses et sentiers. Des duchesses aux cheveux brillants m'observaient en silence.

Leurs bouches rouges tranchaient sur des peaux blêmes. Leurs compagnons étaient des joueurs de golf ou des artistes qu'on reconnaissait à vue d'œil. Françoise semblait parfaitement à l'aise, et je lui en voulus de m'avoir oubliée. Pourquoi lui fallait-il toujours ce renfort piapiatant de la mondanité ?

« Madame est servie », dit la gouvernante, grommelant sous cape. Le personnage de l'intendante jamais contente était celui qu'elle avait choisi de jouer une fois pour toutes dans cette comédie foutraque qui aurait pu s'intituler *Le Printemps du Breuil*. Vu l'extrême rapidité avec laquelle la maison contenait tout à coup dix invités pour le déjeuner servi vers quatorze heures dans la « grande » salle à manger, madame Fernande devait rarement être de bonne humeur. Cela permettait à Françoise de faire crouler de rire ses amis en imitant la brave femme dès que celle-ci avait le dos tourné. Nous étions quatorze. Françoise présidait l'assemblée, à l'extrémité d'une table tournant le dos à la piscine. Aidée d'une extra venue d'une ferme voisine, la gouvernante avait aligné des sets sur lesquels la porcelaine étincelait. La lumière entrait à flots, le soleil dansait sur le chêne et jouait sur l'épaule de Françoise, qui, le menton dans la main, écoutait avec un intérêt feint l'anecdote que lui contait son voisin. Tout le monde semblait d'excellente humeur, sauf moi. Coudes sur la table, menton appuyé sur les mains pendant que ses hôtes se servaient, Françoise parlait comme si je n'avais jamais existé. À l'autre bout de cette table immense, loin, très loin, elle me distinguait à peine. Un journaliste de radio évoqua sa nouvelle émission. Il me demanda si j'avais une voiture et se proposa de me ramener à Paris le surlendemain. « Moi aussi j'habite le septième, ça tombe bien », dit-il en souriant à sa voisine, mais c'était à moi qu'il parlait. Il me posa des questions sur le journal. Certains, plus sûrs d'eux que la moyenne des hommes, aimaient que j'exerçasse mon métier, cela les amusait d'imaginer une femme dans ce rôle. Mon amant serait jaloux lorsque je lui décrirais par le menu, pour le faire enrager, ce visage aux traits réguliers, ces cheveux noirs, dont une mèche retombait sur l'arrête du nez, ces yeux clairs qui tentaient par tous les moyens de fixer les miens, afin d'y faire naître un intérêt dont on pouvait penser qu'il allait croître à mesure que les plats passaient et que les verres se remplissaient. Le jeune homme s'appelait Bernard, comme celui qui manquait tant à Françoise. J'ai pensé à une nouvelle qui aurait pu s'intituler *Les*

Deux Bernard. Aucun homme n'étant parfait, une femme avait deux amants, l'un jeune, l'autre non, dont les défauts et qualités se complétaient admirablement. Par chance, ils portaient le même prénom, ce qui était très commode à tout point de vue. « À quoi pensez-vous ? » me demanda un blond qui portait une chemise ouverte. Je tressaillis. Il se pencha, mes rêveries ne le dérangeaient pas. Des femmes riaient aux éclats, Isabelle et Marylène s'esclaffaient aussi dans le lointain, tous semblaient ravis du tour pris par les événements, ce déjeuner paraissait aussi réussi que l'était le printemps. Bernard m'annonça qu'il avait été convié à rester au Breuil jusqu'au lendemain, ce dont il était enchanté – le calme d'Équemauville allait le reposer des couloirs d'Europe 1, dit-il à mon oreille.

– Les généralités m'assomment, s'exclama Françoise, accaparée par une discussion animée. Les hommes, les femmes. Quel ennui ! Et puis, vous avez déjà été sondés, vous ? Moi, jamais, alors vous savez, les sondages ! Je trouve tout cela très ennuyeux.

– Toi aussi tu mets des étiquettes sur les gens ! répliqua Frédéric Botton, la contemplant avec une sévérité feinte.

Son air blasé, au point qu'il en devenait mélancolique, accentuait son côté gentilhomme des Lumières. Il ne lui manquait qu'un jabot, un peu de poudre. Je l'imaginais devant un clavecin. Sa jeune épouse contemplait l'horizon. Ses cheveux courts et ses grands yeux accentuaient la rondeur de ses joues. Françoise eut son petit rire, dont je savais désormais toutes les déclinaisons. Elle ne s'ennuyait guère.

– Que veux-tu, nous portons des œillères, s'inclina-t-elle en toute modestie.

– L'essentiel est invisible pour…

– Ah non, je t'en prie, Frédéric, ne me sors pas cette maxime pour enfants attardés. Je les aime dans la vie, pas en littérature !

Tout le monde écoutait à présent.

– Même chez Lewis Carroll ?

– Le pire, c'est *Le Petit Prince*. Ces fleurs qui pensent et ces petites phrases prétendument poétiques et moralisatrices ! C'est assommant, mais les gens adorent ça. Pure cucuterie, dirait Bernard…

– Bernard ? reprit le blond au jabot.

– Bernard Frank, précisa Isabelle.

Françoise se mit à dévider avec forces balbutiements une histoire saugrenue, se tournant en ridicule, comme elle le faisait souvent, d'autant plus impavide que son anecdote était hilarante. Je la contemplais avec admiration. Isabelle me jeta un coup d'œil et je plongeai dans mon assiette. Françoise renversa la tête en arrière. Ses cheveux eurent ce mouvement blond et profond qui toujours appelait le désir, la tension du regard, et je baissai la tête, assommée ; ce que je venais de comprendre me coupa le souffle. Sidérée, je me figeai sur ma chaise. Parvenant enfin à respirer, je ressentis un profond vertige, comme si je m'étais trouvée en haut d'une falaise qui tombait à pic sur l'océan. J'avais éprouvé ce coup dans la poitrine un soir, il y avait longtemps, en contemplant le visage du localier. Il avait été le premier. Amour, amant, tout à la fois. D'autres hommes avaient suivi, mais la sensation délicieuse et coupante comme le fil de l'épée s'était volatilisée. J'avais fini par croire qu'elle n'avait été qu'une vue de l'esprit, un substrat d'enfance. Mon front se couvrit de transpiration, je me cachai derrière le rideau protecteur des cheveux. « Et il se vend à combien d'exemplaires, votre journal ? » me demanda Bernard junior, à la seconde même où je pus nommer l'ardeur qui s'était emparée de moi. Blême, je parvins à sourire. La fascination que j'avais éprouvée pour cette femme cédait la place à une émotion dont la violence semblait trop familière pour que je continue de l'ignorer.

Françoise jouait avec sa cuillère en argent, celle réservée aux œufs à la neige qui allaient être servis tout à l'heure; et pendant que ses amis la fixaient en riant, tête basse, je me suis dit que j'aimais cette femme.

Pour la première fois, le sentiment que j'avais pour elle se dévêtait des apprêts qui avaient su masquer jusqu'alors sa vraie nature, et, sous le choc, j'ai relevé la tête. Je l'ai observée tandis qu'elle jouait toujours avec sa petite cuillère, tout le monde s'est mis à rire, je voyais les visages, mais je n'entendais plus rien, le déjeuner était devenu un film muet, elle devait raconter quelque anecdote particulièrement drôle, car cette femme que j'aimais avait l'art de recevoir dix personnes, de les nourrir, de les amuser, alors qu'une heure plus tôt elle avait oublié qu'ils allaient arriver. Cachée par une mèche qui me protégeait du monde, incapable de proférer un mot, je vis le présent et l'avenir embellis et compliqués. Elle avait tout chamboulé.

Elle leva son verre de Coca. Il fallait absolument savoir. C'était une question de vie ou de mort. Soudain, à l'instant même où je pensais cela, son regard se posa sur moi. Je n'ai pas cillé, elle non plus. Nos prunelles s'accrochèrent le temps d'apprendre, l'une par l'autre, devant tous ceux qui l'ignoraient, la bonne et exquise nouvelle, si bien, donc, disais-je, que j'obtins une réponse à ma question.

Baissant les yeux, elle approcha son verre de sa bouche et but une gorgée de Coca. Les rires fusaient, le brouhaha semblait total, la confusion, générale, je voulais être sûre, mais dès qu'on aimait, l'était-on jamais ? Madame Fernande me tendit un plat que je laissai passer d'un signe de tête. Un homme prit le relais dans la conversation et Françoise se mit à l'écouter avec une attention démesurée, si bien que j'ai su avant elle qu'elle allait tourner la tête, afin de me regarder à nouveau, de ce regard qu'elle avait eu tout à l'heure et qui n'avait plus rien à voir avec nos échanges précédents, ce regard qui disait clairement la volupté de l'instant. Coupée du monde, j'assistais, impuissante, à l'envahissement de tout mon être par la passion. Je n'entendis pas les propos du journaliste de radio, il parlait dans le vide, jusqu'au moment où il me demanda si je me sentais bien.

« Oui, très bien », ai-je murmuré, si bas qu'il se tourna vers sa voisine de droite afin de m'éviter la gêne que ne manquerait pas de provoquer le malaise que je voulais dissimuler et que trahissait cette douceur essoufflée. Pour me donner une contenance, je vidai mon verre. Quand je le reposai, j'en profitai pour jeter négligemment un coup d'œil en bout de table. Elle me regardait encore, et de la même façon. Je n'avais jamais vu Françoise piquer un fard, or elle devint soudain écarlate, et moi aussi d'ailleurs, en secret, sous la masse des cheveux. « Il fait chaud ici ! » déclara-t-elle assez fort, et le son revenait dans mon rêve ; elle s'est levée, jeans, chemise claire, boots, elle s'est levée pour ouvrir une haute fenêtre, et une marée verte tachée d'or a envahi cette table autour de laquelle mon amour et le sien se donnaient la main de manière invisible et pour toujours. Toutes les prairies alentour et les pommiers qui piquaient de dentelle la bordure des fermes participaient à la fête, et ce soleil qui illuminait la pièce, obligeant certains à mettre leurs lunettes noires, transformait le Breuil en pays africain. Au pied du Kilimandjaro, éléphants et autruches parcouraient l'herbe haute, et cette sauvagerie nous donnait raison. Une mèche dissimulait le cher visage, sous le poil blond le regard était scandaleux et beau. Prenant note du progrès accompli, il entérinait la situation.

« Je lève mon verre à cette journée si particulière », dit-elle comme si elle avait entendu la lionne ou l'antilope, et elle me jeta un coup d'œil furtif qui finit de m'édifier. Nous portâmes un toast à la jeunesse du monde. Ma main tremblait, mais tout le monde semblait un peu ivre.

« Excusez-moi, ajouta-t-elle soudain, poussant sa chaise, je dois passer un coup de fil, c'est assommant ! » Et comme elle savait si bien le faire, comme elle le faisait toujours, elle se leva, dans le bruissement des conversations, et s'éclipsa. J'ai entendu ses pas légers sur les marches, elle nous laissait les desserts, le café, le soleil, les plaisirs du bavardage, elle fuyait dans sa tanière d'écrivain, pour songer à qui ? À quoi ? L'impression de soleil levant s'anéantit, l'ombre gagnait du terrain autour de moi. Je ne pus m'empêcher de fixer sa chaise, dans un état de manque. Le soir, rue d'Alésia, je la voyais quitter la table tandis que fusaient bons mots et plaisanteries. Elle me faisait un clin d'œil et disparaissait sans bruit. Sa place restait vide, mais à part moi qui en souffrait ? Souffrance que tempérait le fait que, partageant son secret, je la savais chez Isabelle. Elle aimait que je fusse assise en face d'elle, ici ou ailleurs, mais elle me préférait sa littérature. Je pouvais d'autant mieux le comprendre que j'écrivais.

Cette fois, sa désertion signifiait autre chose. Elle signifiait un changement radical. Françoise s'était enfuie parce qu'elle savait que rien ne serait plus facile, ou charmant. Il y avait dans la passion cette force qui exigeait l'équilibre. L'avenir changeait à toute allure, tout se trouvait remis en question. Qu'allions-nous devenir à présent ?

Ce fut alors que Peggy entra. Il y eut des mouvements divers, de petits cris, beaucoup de joie. « Peggy ! Quelle bonne surprise ! » déclara un architecte d'intérieur. Elle parcourut l'assemblée du regard et, sans me saluer, prit la place de Françoise. Madame Fernande eut vite fait de remettre un couvert. On sentait chez la retardataire une maîtresse de maison bis ; je m'effritais intérieurement.

« Servez-moi seulement le dessert », dit Peggy. Chacun lui posa des questions, elle y répondit avec grâce, sûre de son élégance, dominant parfaitement la situation. Puis, me regardant comme si elle découvrait ma présence, elle alluma une Marlboro et, secouant ses cheveux noirs par-dessus le chemisier de soie beige, elle s'exclama : « Mes enfants, mes enfants ! Il y avait un monde dans le train, vous n'avez pas idée ! »

Quand je me suis levée de table, après le café, j'ai surpris le sourire d'Isabelle. Son visage exprimait une sorte de compassion, comme si elle avait su tout ce que j'allais endurer – ce qu'elle avait vécu et qu'elle continuait de vivre – parce qu'on ne pouvait cesser d'aimer quelqu'un avec qui l'on passait le plus clair de son temps. Peggy m'observa à son tour et je perçus dans ce regard une parcelle de cette douleur qui commençait de poindre en moi. Les invités sortaient pour gagner la piscine et ses abords. Isabelle prit le bras de Peggy. « Tout le monde aime Françoise », dit-elle en passant.

*

* *

Le Breuil possédait le charme des paquebots d'antan. Ses coursives menaient aux cabines. Chacune d'entre elles possédait son style, et si elles semblaient toutes défraîchies, après tant de tempêtes, leur patine compensait l'inconfort. On se serait cru à bord du *Queen Elizabeth* lors de sa dernière croisière. Le commandant s'appelait Sagan. Les bras des fauteuils avaient beau être râpés, la moquette, brûlée, les boiseries, mitées, au Breuil, on se sentait chez soi. Un cocon duveteux nous protégeait du monde.

Ce soir-là, Françoise dîna à Honfleur avec Peggy. Je me couchai tôt. Lorsque je descendis, le lendemain, vers midi, Peggy fumait dans le petit salon. Elle portait un tee-shirt ivoire et des pantalons bruns. Sa bouche très maquillée durcissait ses traits. De fines rides à demi cachées par le fond de teint surmontaient la lèvre supérieure. « Vous avez bien dormi ? » fit-elle avec indifférence, et je lui souris avec toute la naïveté dont j'étais capable. D'abord, j'étais plus jeune qu'elle. Et Peggy avait beau être belle, elle ne pouvait rien contre la révélation de la veille. En attendant la suite, avril empiétait sur la saison à venir, si bien que l'été s'invitait à Équemauville. Peggy se laissa choir sur une chaise, près de la fenêtre. Fixant le pendentif que je tenais d'un bijoutier du Caire, elle m'interrogea. Je lui expliquai qu'il s'agissait d'un poids de Suse, représentant An, le dieu des Sumériens. Retrouvés dans les tombes de Mésopotamie, les poids de Suse évoquaient la pesée de l'âme après la mort. L'antiquaire, un érudit qui connaissait aussi bien le Coran que l'Ancien Testament, avait précisé qu'il s'agissait non seulement d'un objet rare, mais d'un talisman. Peggy s'approcha pour voir mon pendentif de près.

– Pourquoi cette étoile ?

– An personnifiait l'instance céleste qui dirige l'univers.

– Mazette ! fit-elle, mi-sérieuse, mi-ironique.

S'approchant encore, elle souleva délicatement le poids de Suse. « Essayez-le », dis-je, ôtant le collier, car je voulais lui être agréable. Devant le miroir qui avait été témoin de ces jeux dont il ne fallait pas parler, a fortiori devant elle, Peggy eut vite fait d'actionner le fermoir, d'un maniement pourtant compliqué. M'avait-elle pardonné ? Mais qu'avais-je fait au juste, sinon exister davantage ?

– Pas mal, dit-elle.

Le poids de Suse ornait son cou. Sa belle voix grave résonna dans le petit salon.

– Pas mal du tout !

– Épatant, tu veux dire ! coupa la maîtresse de maison, qui entra en coup de vent.

Avant que nous eussions le temps de dire ouf, elle se posta derrière Peggy pour essayer le collier à son tour. Puis elle se retourna et me sourit. Elle portait son ensemble à franges et la perle noire accentuait la pâleur du daim.

– J'adore.

– Il est à toi, dis-je, tandis que Peggy sortait.

– Tu es folle ?

Sa présence métamorphosait le petit salon. Tout devenait important, le temps, qui s'était traîné jusqu'à son arrivée, se précipitait, les murs se rapprochaient, ma respiration s'accélérait. Je ne voyais plus les tableaux avec précision, les objets perdaient leur consistance, ce qu'elle disait n'avait aucun sens, il n'y avait plus que sa voix aux inflexions tendres, sa présence qui bouleversait tout. J'aurais voulu qu'elle sortît de ses gonds. Un regard un peu appuyé, un bégaiement trahissant l'émotion que lui inspirait ma présence. Bien qu'elle sût ce que je savais désormais, qui lui plaisait autant qu'à moi, car je n'étais pas née de la dernière couvée, par pudeur autant que par science des commencements, elle ne me donna pas ce plaisir. La bonne amitié régnait. Comme elle refusait toujours mon cadeau, j'utilisai mes dernières cartouches.

– C'est un porte-bonheur. Tu le mettras au casino.

– Allons-y.

Avant que j'eusse le temps de protester, me laissant trois secondes pour attraper mon sac, elle sortit. Tout en sifflotant, elle rabattit le toit du coupé Mercedes, et après avoir pris place au volant, se pencha pour m'ouvrir la portière. « Peggy, cria-t-elle, mains en porte-voix, on va au casino de Trouville. Tu viens, Minou, on t'attend ? » Je me glissai à l'arrière, elle ne fit rien pour m'en dissuader mais, tandis qu'elle vérifiait la position du rétroviseur, ses yeux reconnurent ce que ma posture avait d'inconfortable. Ils me rappelèrent aussi qu'elle portait mon collier. Peggy revint et s'installa à l'avant. Le nez sur son siège, je sentis une fois de plus l'odeur du cuir.

« Ton talisman tombe à pic, j'ai besoin d'argent ! » décréta la conductrice, démarrant en trombe. Peggy se taisait. Leurs nuques rapprochées activaient cette douleur née la veille et que je tentais d'atténuer en songeant aux risques du voyage. J'avais eu tort d'évoquer les pouvoirs du collier. Françoise m'avait prise au mot. Si elle perdait, ce serait à cause de moi et de mes légendes à dormir debout ; tout en essayant de me concentrer sur le paysage, je résolus de retrouver l'état antérieur, celui de la bonne amitié, qui m'aurait permis de jouir de l'instant, au lieu de souffrir. Je découvris la lisière du Breuil, les chemins de la Claire, le mont Joli, Criquebœuf et son étang, le porche en colombages de l'église de Montreuil-en-Auge et ces bourgs aux toits de chaume, que nous traversions au pas. « On se promène d'abord, le casino n'ouvre qu'à quinze heures », précisa Françoise. À l'heure dite, elle fonça vers ces tapis verts comme les prés qu'elle franchissait, aimantée par de futures victoires. Ses traits devenaient aigus, pointus, son profil semblait métamorphosé par l'appât du gain.

– J'espère que tu es malheureuse en amour, dis-je très fort, alors qu'elle cherchait une cassette en fixant la route.

– Je ne crois pas à ces sornettes, cria la joueuse face au vent.

À qui ou à quoi croyait-elle, me suis-je demandé. Par moments je lui en voulais de plaire à tout le monde, d'aimer tant de gens à la fois et de faire souffrir tous ceux qui avaient cette foi en l'amour qu'elle ne partageait pas. L'odeur de l'herbe et celle, puissante, de la mer qui surgit en haut d'une côte emplissaient l'espace. Grâce à « *Casta diva* », Callas nous transporta aussi. Rouler avec Sagan ne consistait pas à prendre la route, c'était une méthode pour vivre plus fort : tous les sens étaient sollicités. En ce jour férié, les auberges du Calvados faisant le plein, nous étions seules sur la route côtière. L'air chargé d'embruns fouettait nos joues et le soleil donnait à ce chambardement un tremblé irréel. Le tronc élancé des pommiers semblait ployer sous le poids des pétales. Bleu cobalt, le ciel du pays d'Auge n'en finissait pas de contraster avec ces vallées dodues dans lesquelles nous nous engagions, précédées par l'odeur des fleurs.

« Vous n'êtes pas trop mal ? » demanda Peggy en se retournant. Elle me sourit, regard caché par ses lunettes noires, puis étendit un bras chargé de bracelets jusqu'au siège de Françoise. Sa bonne humeur signifiait que j'avais récupéré ma place, celle qui correspondait au rang que j'occupais vraiment. Foulard sur les cheveux, Peggy avait les épaules carrées, une belle nuque. J'éprouvais ma petitesse face à ce bloc d'élégance dont je ne voyais qu'une partie. Le cœur de Peggy, en effet, était son joker. Meilleur que le mien, car elle ne voulait voler la place de personne, ce cœur fondait sa superbe. « Le style, c'est l'âme », ç'aurait pu être sa devise. Peggy réussissait le prodige de transmuer la futilité de la mode en quelque chose de profond et de pérenne, si bien qu'elle incarnait ce que la vanité des apparences pouvait avoir, paradoxalement, d'éternel. Françoise avait dû aimer tout de suite ce paradoxe. Elle qui détestait la mondanité parce qu'elle en avait besoin, elle qui se moquait des modes, sachant qu'elle pouvait en être victime, avait trouvé chez sa compagne ce que la mode pouvait avoir de sublime et de bouleversant par moments. Entre les deux femmes, cette alchimie était palpable.

Leur amour formait une troisième personne, invisible, mais qui riait de mes prétentions. Leur silence complice se chargeait de tout ce qu'elles avaient vécu sans moi, anéantissant l'espoir qu'avait fait naître le peignoir blanc. Les regards de Sagan, la veille, n'engageaient-ils que l'instant ? Peggy semblait le repos de Françoise, son ange gardien, sa foi. Penchées l'une vers l'autre, la brune et la blonde m'avaient oubliée, et pour cacher mes larmes je plongeai à la recherche d'une cigarette.

– À quoi penses-tu ? cria Françoise en me fixant dans le rétroviseur.

Rien ne lui échappait. Même et surtout quand elle regardait ailleurs.

– Que vous allez bien ensemble, dis-je, chaussant mes lunettes noires.

Françoise posa le coude sur la portière, et Peggy eut un mouvement d'épaule prouvant qu'elle était sensible au compliment.

– Ton collier est divin !

– Je suis contente qu'il te plaise.

Dans le genre sainte nitouche, je me posais là. Pourtant j'étais sincère. Je lui aurais tout donné.

– Au retour, tu t'installeras à l'avant, n'est-ce pas Peggy ?

– Évidemment !

– Merci, ce ne sera pas la peine, je suis très bien.

Peggy levait sans doute les yeux au ciel. Nous traversâmes Vasouy, Pennedepie, puis Barneville ; la conductrice ralentit pour me montrer l'église où elle avait épousé le père de Denis. « Bob est très gentil, tu verras. Le problème, ce n'était pas lui, mais le mariage. » Peggy avait allumé une Marlboro, gardant le silence des femmes qui se savent victorieuses malgré les accidents du parcours. Le vent soulevait nos cheveux, les promeneurs étaient sortis de table, leurs voitures ralentissaient la balade. Vers seize heures, nous fûmes à Villerville, puis à Trouville. Françoise fit halte au pied du casino, abandonnant la décapotable devant le perron, comme si elle rentrait chez elle. Elle m'aida à sortir de voiture, claqua la portière, Peggy suivit et nous montâmes l'escalier de pierre.

« Nous revenons dans une heure », fit-elle en souriant au groom auquel elle tendit ses clefs et un billet. Le poids de Suse faisait paraître son cou plus fragile. Une fois encore, je m'en voulus d'avoir vanté des pouvoirs auxquels je ne croyais pas. Nous franchîmes un porche et ce fut la nuit des temples et des églises, rompue par la lueur que distribuaient de hautes fenêtres donnant, d'une part sur une cour intérieure, de l'autre, sur le bocage normand. Des visages se détachaient ici ou là dans la pénombre, des hommes en costume sombre, des femmes trop hâlées se rangeaient sur notre passage. Un murmure salua l'arrivée de Sagan. Nous nous dirigeâmes vers la banque. Peggy et Françoise devant, moi à la traîne. Françoise régla les entrées, signant un chèque qu'elle tendit à l'employé. Heureusement, j'avais mon passeport. Elle nous pria de l'excuser cinq minutes et s'éclipsa. Peggy savait certainement comment Françoise s'arrangeait pour reprendre des forces dans les sous-sols de France ou d'ailleurs. L'air sévère, tout à coup, elle m'entreprit. « Je vous la confie », dit-elle, me contemplant du haut de sa stature. Elle rappelait la duchesse de Lassalle vue par Tamara de Lempicka.

– Je vais m'acheter un pull chez Finette, je ne supporte plus le numéro de Françoise. Tout ce que je vous demande, c'est de ne pas l'encourager trop longtemps.

– Elle est au courant ?

– Bien sûr que oui, vous passerez me prendre au Normandy dans une heure.

Elle jeta ses Marlboro dans son sac, j'entendis le claquement du fermoir, et, me plantant là sans plus de manières, elle disparut.

– Peggy est déjà partie ? demanda Françoise, affichant une ingénuité déconcertante.

Elle me sourit, avec cette expression reposée qu'elle devait au contenu des seringues. Sa voix semblait joyeuse, ses yeux pétillaient.

– Je me demande si je ne la dérange pas, par moments.

– Tu es folle ? Peggy t'adore.

Derrière son guichet, l'employé comptait les billets. J'avais envie de répondre quelque chose de sec, d'intelligent et de définitif, j'en avais assez de cette bonne entente et des trios aimants, mais quelqu'un poussa vers nous des plaques que Françoise jeta dans son sac. « J'ai horreur des radins et des gagne-petit, murmura-t-elle, pas toi, mon chéri ? » La catastrophe annoncée se profilait à l'horizon.

« Et si tu perdais tout ? » Elle me scruta un instant, rejetant la mèche qui cachait ses yeux et me sourit avec une certaine autorité, sac en bandoulière. « En ta présence, c'est impossible. » Puis elle prit mon bras avec tant de naturel qu'il me parut impossible de ne pas jouer le rôle qu'elle m'assignait et que j'étais priée d'interpréter avec grâce, comme si rien n'avait eu lieu entre nous ; le personnage de la bonne amie, celle qui demeure parfaite et solide, quelles que soient les circonstances. Telle une pensionnaire du Français, je devais sans cesse changer de répertoire. Ce naturel étudié constituait sans doute ce qu'elle appelait l'élégance. Toujours à l'affût d'une émotion, celle qui tenait le rôle-titre tentait de dénicher partout des Polaroid de sensations. Pour éviter l'ennui, annonciateur de spleen, elle provoquait les êtres, donc les situations. Il fallait lui donner la réplique sur le mode qu'elle souhaitait, seuls les sourires, à peine esquissés, et certains regards chargés de sens balisaient ces reliefs mouvementés. L'abandon de Peggy changeait la donne, mais il ne fallait pas le souligner, cela eût été un pléonasme, le réel n'avait pas à être commenté, il invitait au silence. Françoise avait son côté vieilles familles de Bristol, châteaux et sœurs du Lake District. Elle manifestait en toutes circonstances cette neutralité bienveillante qui est l'apanage des habitués d'Ascott. C'est en l'observant que j'ai appris à mater mon côté grec, à l'opposé de cette distance amusée dont elle m'apprit les avantages et la supériorité.

Alors que nous nous dirigions vers la salle de jeu, son visage s'éclaira d'une joie qu'elle ne cherchait pas à dissimuler, celle de l'enfant qui a retrouvé son jouet. « Ton collier va m'aider », dit-elle. Puis elle alluma une Kool, aspira la fumée et reprit :

– Il représente quoi, déjà ? Tu l'as dit à Peggy, mais je n'ai pas tout entendu.

– C'est un poids de Suse. Le plus petit des instruments qui soupesaient l'âme des Sumériens. Meilleurs ils avaient été, plus le poids était léger.

– À supposer que j'aie une âme, ce qui reste à prouver, il me faudrait le poids le plus lourd.

Elle m'entraîna en riant vers le bar qui surplombait la salle. Toute de bois vernis et de cuir, celle-ci bruissait des conversations tenues en sourdine autour des tables de jeu, dans une pénombre provoquée par de lourdes tentures et que rompait le halo de lampes disposées le long des allées. La mine hautaine, le chef de table surveillait ses troupes, cerné de joueurs qui, en cette fin d'après-midi, avaient déserté plages et hôtels pour figurer dans ce film improbable. Je repérai la roulette française, le black jack. Notre arrivée ne passait pas inaperçue. « Je croyais qu'elle était interdite de casino », s'étonna quelqu'un. « Faites vos jeux », répétaient les croupiers, imperturbables. Et, dans le silence qui suivit, le roulement des boules sur le bois se chargea d'électricité.

« J'aimerais te voir jouer », dis-je, suivant Françoise parmi les habitués qu'elle saluait d'un signe de tête. Elle souleva un tabouret qu'elle changea de place, s'y installa, en redescendit puis en prit un autre, qu'elle plaça ailleurs. Lorsqu'elle eut déniché la bonne place, celle qui me permettrait de dominer la situation, elle parut enchantée.

– Ici, tu seras bien, fit-elle, impériale. Ils ont d'assez bons club-sandwiches. Je reviens dans une heure, j'ai promis à Peggy.

J'accusai le coup avec le sourire. Une fois qu'on acceptait la suprématie des autres, tout allait bien. Elle contemplait la fosse aux lions, ce vide qui allait la happer, la détruire, la réduire en miettes sous mes yeux. L'air extrêmement concentré, elle effleura mon collier. Dans l'éclat des spots, le grigri brillait sur sa peau blême, et la veste à franges évoquait ces pampas qu'elle allait devoir traverser pour en rapporter son trésor. Elle releva la tête, respira profondément et m'adressa ce sourire désarmant qu'elle avait eu le premier soir, il y avait longtemps. Des groupes s'étaient formés aux alentours, propriétaires de yearlings et Castafiores nous observaient. « Le faux dadais à droite, murmura-t-elle à mon oreille, c'est le physionomiste. » Mon talisman n'allait aider personne, c'était une histoire à laquelle je n'avais jamais cru de toute façon, mais rien ne pouvait arrêter la joueuse. Elle arborait un nouveau masque, et je reconnus avec nostalgie le garçon manqué dont la compagnie m'avait tellement manqué quand j'étais gamine. Les filles de ma classe n'avaient jamais eu ce goût du risque, cet aplomb face au danger, ce désir impérieux de se mesurer à lui. Elle n'avait pas froid aux yeux, la luronne qui déboulait dans l'arène, nous adressant son meilleur souvenir en guise de bristol.

Les tables de roulette française se trouvaient en pleine lumière, une lumière éblouissante qui rendait Françoise plus petite et plus pâle. Elle traversa l'allée de part en part, jetant ses jetons en passant, comme si elle avait voulu semer la panique, annonçant ici un chiffre, là une couleur. Moi qui n'entendais rien à la roulette, oubliant les toasts, le thé et le Coca commandés pour elle, je m'appuyai à la balustrade. Françoise jouait à toutes les tables. La voix des croupiers formait une sorte de chœur, la tragédie attendait son dénouement ; les acteurs se tenaient immobiles dans l'attente du numéro gagnant, foule compacte compliquant le parcours de la combattante qui avançait à toute allure, puis faisait demi-tour, s'arrêtant pour reprendre son bien. Le visage dénué de toute expression, elle m'avait oubliée. Seul l'intéressait son rôle, celui d'une championne de la chance, qu'elle interprétait avec entrain. Parfois, sans doute pour me faire plaisir, elle portait la main à l'encolure de sa veste pour caresser le poids de Suse, mais il était clair qu'avec ou sans le secours d'An elle eût joué avec la même foi. « On va déguster si elle continue », murmura un blond à mes côtés, et je reconnus le physionomiste. Levant la tête, je vis qu'il y avait des caméras partout. Des serveurs passaient entre les joueurs avec leurs plateaux. Comme si elle avait eu des yeux dans la nuque, Françoise se retournait d'un coup et lançait « noir, impair et manque » au moment où on la croyait à une autre table, qu'elle rejoignait pour proposer une nouvelle combinaison. Son numéro sortait, ou sa couleur, en général le noir, à moins qu'elle ne perdît assez pour se mettre en jambes. Un murmure gagna l'assistance quand elle misa tous ses gains sur le huit, qui sortit trois fois de suite. Chaque fois, elle renchérit et reprit son bien avec une désinvolture qui n'était qu'un masque de plus. Elle cessa de jouer le huit à l'instant où j'entendis « onze, rouge impair et manque ». Pensait-elle à moi à cet instant ? Avec elle, on ne savait ni le faux ni le vrai. Françoise avait ce côté sphinx du personnage, une manière littéraire de vivre sa vie, ce manuscrit qu'elle surveillait de près. De toutes les intrigues qu'elle avait l'art de tricoter, sa propre histoire semblait la plus réussie. Sa vie était son chef-d'œuvre, dépassant *Bonjour tristesse*, sa vie était une fiction si bien pensée qu'elle faisait d'elle un mythe.

« Rien ne va plus, la main passe ! »

Elle gagnait avec ce sang-froid que les autres joueurs perdaient peu à peu. Je compris qu'elle ramassait des sommes très importantes au silence qui s'abattit soudain. Tous retinrent leur souffle tandis qu'elle raflait sa mise. Les plaques tombèrent en un cliquetis réjouissant dans son cabas qui ne pouvait les contenir toutes, si bien qu'un croupier dut lui proposer le renfort d'un plateau. L'assistance s'écarta sur son passage lorsqu'elle se dirigea vers le bar, sac en bandoulière, plateau à bout de bras. Je la vis se hâter vers moi, chargée de sa fortune. Ses cheveux formaient une tache claire parmi les tenues sombres. Elle posa cabas et plateau sur ma table et but son Coca d'un trait.

« L'argent ne sert qu'à ça : s'en moquer », dit-elle avec un sourire méchant. Le groom s'approcha avec un respect augmenté par le fait qu'elle avait gagné.

« Madame Sagan ? Madame Roche a téléphoné. Elle me charge de vous dire qu'elle est rentrée en taxi », dit-il tout bas. Je vis passer sur le visage de Françoise cette expression de contrariété qui était la sienne chaque fois que Peggy l'inquiétait. Si j'avais décidé de fuir, aurait-elle eu, devant celui qui lui eût annoncé la nouvelle, ce froncement de sourcils que dissimulait aux yeux non avertis un sourire *old sport* ?

– Merci, dit-elle, donnant quelques plaques au messager.

– Mais, madame, je ne puis…

– … rien me refuser, bien sûr !

*
* *

Pendant que Françoise jouait, il avait plu. Beaucoup, et pas longtemps. À présent, l'orage était terminé. Elle rabattit le toit du cabriolet et nous nous rendîmes à Deauville. « Ça te dirait de prendre un verre ? » dit-elle, conduisant vers la plage. Elle posa la question de manière distraite, comme si cela n'avait pas d'importance, alors que Peggy attendait. Je fis oui de la tête, sur le même mode, affichant un triomphe d'autant plus modeste que je gagnais aussi. Elle avait besoin de moi. Chaque jour un peu plus, et ce soir-là comme jamais avant. Le poids de Suse brillait à son cou.

L'aimait-elle en dehors de sa valeur d'usage, parce qu'il était cet objet que j'avais porté ?

Lorsque nous avons quitté la voiture, dans ce claquement des portières qui coupait la vie en deux, le ciel avalait la mer. De rares promeneurs dont les silhouettes se mouvaient devant tout cet azur semblaient des miniatures chinoises tentant de faire illusion ; chassés par le vent du soir, quelques cumulus s'effilochaient vers Le Havre, à mesure que la brume chargeait l'horizon. La marée descendante des parasols fermés dressait vers le ciel ses pourpres et ses ocres, les tentes cadenassées tournaient le dos au rivage. Grise, avec des crêtes coupantes comme un diamant, la Manche paradait, vaste comme ma chance. Un soleil crépusculaire parsemait le sable d'une poussière d'or. Dans le claquement des sabots au rythme scandé comme une berceuse, des cavaliers s'approchèrent, longeant le casino. L'écho s'amplifia avant de mourir doucement. L'air était si vif, chassant les nuages, que nous relevâmes nos cols, pendant que l'iode emplissait nos poumons. Sur les planches, nous marchions face au vent.

Au bar du Soleil, la terrasse était vide. Pendant l'orage, tout le monde s'était réfugié à l'intérieur. On sentait poindre dans cette désolation la fin du long week-end, l'heure du départ vers les bureaux, le devoir, les soucis supplantaient la beauté des dimanche estivaux. Tables et transats étaient empilés le long du mur. Nous avons poussé une porte, la salle était bondée. Couples, familles, fumée, serveurs affolés. Dans cette pagaille pleine de cris d'enfants et de tables encombrées, rien qui donnât envie de rester.

– Tu ne trouves pas qu'on serait mieux dehors, m'a demandé Françoise.

J'étais contente qu'elle y eût pensé, je n'osais le lui proposer. « Je vous libère une table, mesdames », cria un garçon en passant. Puis, reconnaissant Françoise, il fit marche arrière.

– Madame Sagan ! Quelle bonne surprise ! Vous nous amenez le beau temps ? Ne bougez pas, je vous…

– Ce qui me ferait plaisir, c'est de prendre le thé dehors répondit-elle avec ce sourire qui anéantissait toute velléité contraire.

Il nous suivit pour pousser table et chaises contre un mur. Le soleil éclairait notre abri et nous prîmes place, face à la plage. Françoise ouvrit son sac et des billets tombèrent, qu'elle ramassa en gloussant.

– Ici vous serez bien, dit le garçon en donnant un coup de torchon sur le plastique blanc.

– Et Peggy ? ne pus-je m'empêcher de dire lorsqu'il s'éloigna avec sa commande.

– Je vais lui téléphoner.

Elle n'en fit rien.

– Il faut que je demande à Isabelle de s'occuper des réservations pour la Guadeloupe, murmura-t-elle en me contemplant, comme si elle avait voulu vérifier sur mes traits la nécessité d'une telle démarche.

– Tu pars longtemps, dis-je.

Elle fronça les sourcils.

– Je me demande si *Alias* est une si bonne idée que ça, soupira-t-elle.

Je ne répondis pas. Le serveur revint avec son plateau. J'avais ce genre de corps qui revit près des rivages. J'offris donc mon visage au soleil, sur ma joue l'iode accentuait le hâle. Elle se pencha pour prendre ses cigarettes, et quand elle releva la tête, munie des Kool et de son briquet, elle me regarda subrepticement, de ce regard voleur qu'elle avait lorsque je lui plaisais. Par chance, le soleil se mit à briller davantage ; les embruns envahirent chaque pore de ma peau, les écailles de mes cheveux s'ouvrirent pour mieux les recevoir, le poil châtain s'étoffa considérablement, je sentis jusque dans mes yeux l'embellissement, l'air marin agrandissait mes prunelles, mon sourire devenait éclatant, les bords de mer étaient mon truc. J'avais beau être jeune, je l'avais vérifié souvent.

– Tu as l'air en pleine forme, dis-je, et même si elle était à contre-jour, c'était vrai.

Mon collier brillait dans les rayons du soir, il semblait fait pour elle, cette bille parfaite, une rondeur qui correspondait à son cœur, elle qui n'était qu'angles et maigreur.

– J'aimerais te photographier, là, à cet instant, dit-elle en écrasant sa cigarette.

Elle s'empara de la théière et nous servit, comme si elle avait voulu à tout prix agir, passer à autre chose, mais sa main tremblait. Je regardai ma montre, celle que Marie m'avait offerte il y avait longtemps. Il était cinq heures vingt.

– Tu as peur que nous soyons en retard, poussin ?

– Non. Je suis heureuse.

– Tu regardes toujours ta montre quand tu es heureuse ?

– Je ne le suis jamais.

Elle tressaillit.

– Toi aussi ?

Elle rougit et baissa les yeux.

– J'aimerais ne plus m'appeler Sagan, ajouta-t-elle, l'air faussement badin.

Elle voulait me confier une part de sa tristesse ; quant à la mienne, elle diminuait chaque fois que j'étais assise dans un fauteuil face au soleil, dans ces heures qui précèdent le soir, me suis-je dit en contemplant l'horizon. Et l'horizon, c'était elle.

– Tu comprends, j'ai beau changer chaque fois d'époque, de style, de ton, la critique m'a cataloguée une fois pour toutes, la critique fait toujours le même article, quel que soit le livre que je publie : « Peut mieux faire, charmant petit monstre, nonchalante Françoise, d'Équemauville à Saint-Tropez, vitesse, paillettes et pieds nus dans sa voiture », j'en passe et des meilleures. La bande à Sagan, les copains de chez Castel, la vie de château. J'en ai assez, si tu savais !

Elle reposa la tasse, blanche elle aussi, moins cependant que sa joue, qui avait pâli pendant sa diatribe. Elle se recroquevilla sur son siège et propulsa ses cheveux vers l'avant comme je le faisais quand je voulais me cacher pour rire ou pleurer. Sans doute pleurait-elle intérieurement. J'avais envie de la prendre dans mes bras, mais elle détestait autant que moi les effusions en public.

– Quand on écrit des romans, ce n'est pas un hobby, un passe-temps, mais une vie, toute une vie, tu le sais, n'est-ce pas, puisque tu as commencé ? Sors-moi de cette cage.

– Au lieu de perdre ton temps avec *Alias*, publie ton prochain livre sous un pseudonyme, dis-je en me rapprochant terriblement du danger, c'est-à-dire de cette femme que j'aimais et qu'il fallait consoler – même s'il s'agissait d'une tâche impossible, j'étais bien placée pour le savoir, moi qui, accablée d'une mélancolie congénitale, ne reprenais pied que dans les ports, enfin, partout où il y avait la mer. Regarde Boris Vian et ce qu'a fait Gary avec Ajar, dis-je encore en lui servant une nouvelle tasse de thé.

Elle ne recula pas, si bien que je sentis son bras contre le mien, ainsi que la pression qui l'accompagnait.

– J'y pense, mais c'est plus facile à dire qu'à faire, mon chéri.

– Oui.

J'avais dit oui à notre rapprochement et à l'idée qui terminait sa phrase. Elle le comprit si bien qu'elle rejeta sa frange vers l'arrière. Son regard affirmait ma victoire sur le sort. Rien n'était réglé pour ce qui était de sa littérature, mais je prenais place dans sa vie.

– Ne pas publier sous mon nom n'arrangerait pas les ventes, ni mes affaires. Je suis obligée de continuer à signer contre mon gré. Ce sont toutes mes dettes, tu comprends. En France, les auteurs sont étranglés par le fisc, je vais écrire à François Mitterrand, je l'aime bien, cet homme-là, et je crois que c'est réciproque, c'est un homme fidèle en amitié, il va m'aider. Fais-moi penser à te remettre une lettre pour lui demain quand tu vas rentrer à Paris.

– On ne rentre pas ensemble ?

Elle plongea vers sa besace et je ne vis plus que la masse des cheveux. Elle faisait mine de chercher quelque chose, un porte-monnaie, d'autres cigarettes, que sais-je ?

– Tu as peur que Peggy…

– Oui, m'interrompit-elle en levant brusquement la tête.

Je cessai de la fixer et dirigeai mon regard vers le rivage. Un enfant courait, muni d'un cerf-volant. Des chevaux avançaient au pas. Chaudes et douces, mes joues rebondissaient, mes cheveux brillaient. Je sentais confusément qu'il s'agissait de ma jeunesse, je la ressentais physiquement, elle habitait tout mon être pour un certain temps seulement.

– Que devons-nous faire ? dis-je en pensant aussi à tout ce qui allait mourir, tout ce que nous allions perdre, et qui vivait là, autour de nous, quelque chose de vivant, de doux, de prenant comme une rengaine de printemps.

Elle le savait bien, Françoise, que nous ne pouvions rien au fond, sinon savoir cela, ce que nous savions déjà.

– Rien, répondit-elle comme si elle avait lu en moi.

Cette faculté que j'avais en certaines circonstances d'accéder à la pensée des autres, ces vibrations, ces sensations que je percevais et qui me permettaient de naviguer à l'intuition, elle la possédait au centuple, si bien que mes secrets n'en étaient pas. Elle but une gorgée de lapsang souchong. Lorsqu'elle reposa le bras sur l'accoudoir, elle s'arrangea pour que son geste démentît ses propos. En deux secondes, en effet, elle s'était appuyée sur moi de cette manière qui prouve l'attachement. Le garçon ne s'y trompa guère, qui, survenu à l'instant où Françoise et moi nous taisions, dans ce confort qu'instaure une tendresse réciproque, se hâta de repartir après avoir pris l'argent et déchiré son ticket.

– De toute manière, dit-elle, tu viendras ici souvent, disons même tout le temps, chaque fois que j'y serai. N'est-ce pas, mon chéri ?

– Oui.

Nous verrons bien, ai-je pensé, dans un bien-être tel que l'avenir parut se plier à mes désirs.

– Ne crois pas que ça m'amuse de partir pour la Guadeloupe. Je dois bien ça à Peggy, tu comprends ?

Je fis oui de la tête. La Guadeloupe ne me faisait plus peur. Elle irait à contrecœur. Nos transats inclinés, les yeux clos, nous gardions ce genre de silence qui ouvre des portes sur la mer.

– Vous ici, Françoise, quelle coïncidence ! Je tiens à vous remercier encore pour ce merveilleux séjour.

La voix était celle du producteur d'Europe 1 ; une belle voix de radio. J'ouvris les yeux. Bernard junior avait quitté le Breuil une heure plus tôt, projetait d'aller dîner avec des amis au casino, et, en attendant, faisait un tour sur les planches. Le jeune homme se tint entre le soleil et nous, et Françoise répondit à ses questions avec cette chaleur dont elle était capable, même et surtout face aux ennuyeux. Bernard junior n'avait-il pas eu les honneurs du Breuil ?

– Je suis ravie de vous revoir, dit-elle. Justement, je me disais que j'avais oublié de vous demander à quelle heure est programmée votre émission.

– Vingt-trois heures, après les infos, dit-il en essayant de garder l'air aussi modeste que possible face à une personne considérable comme celle qui allait juger son travail.

J'étais prête à parier que Françoise ne l'écouterait jamais. Rassuré sur son propre charme face à un tel déploiement d'amabilités, le garçon s'attarda, sans qu'elle le priât de s'asseoir pour autant. Il me jetait des regards en coin, et je sus qu'il se posait la question de savoir si j'étais la maîtresse de Sagan. S'était-il ridiculisé en me faisant un brin de cour au Breuil ? On pouvait donc être lesbienne sans que cela fût visible ? Étais-je une amazone pure et dure, ou m'arrivait-il d'aimer les garçons ? Quel était au juste le statut de Peggy dans toute cette histoire, puisqu'il avait semblé établi la veille, lors de son arrivée tardive au Breuil, qu'elle était la compagne officielle de Sagan ? Toutes ces questions, et d'autres encore, Bernard se les posait en écoutant Françoise. Mais n'étais-je pas plus hypocrite qu'il ne le serait jamais alors que j'usais et abusais de cette modestie et de cette naïveté de façade qui n'étaient que des masques, et, surtout, une arme très efficace contre le danger que pouvaient représenter les mascarades d'autrui ? Françoise m'arrêtait d'un sourire dès que je commençais mon numéro de fille pétrie de gratitude. Personne ne pouvait lui faire avaler la moindre couleuvre, elle qui jouait sans cesse la comédie.

Elle possédait cette hypocrisie qui est l'instinct de conservation des femmes propulsées dans des situations singulières ou dangereuses, ce qui, d'une certaine façon, et pour des raisons opposées, nous caractérisait. Nos destins lui plaisaient.

– En conduisant des amis à la gare, tout à l'heure, reprit le producteur de radio, j'ai croisé Peggy qui rentrait à Paris. C'est la femme la plus élégante que j'aie jamais vue !

– N'est-ce pas ? fit Françoise sans changer d'expression, alors que son cœur se serrait forcément.

Ainsi, après nous avoir abandonnées en plein casino, Peggy s'en était repartie par le premier train ? Sans doute n'avait-elle pas supporté le fait que, non contentes de faire bande à part, nous ne prissions pas la peine de lui téléphoner. D'une certaine manière, je lui donnais raison. Les êtres étaient souvent imprévisibles, surtout ceux que nous aimions ; un silence s'installa à notre table. Les nuages revenaient par l'ouest et Françoise remonta le col de sa veste. Mon collier disparut.

– C'est la seule personne que je connaisse qui, dans un film d'Hitchcock, au moment où l'héroïne va se faire trucider, note la longueur de ses gants, poursuivit-elle en souriant.

– Elle va lancer sa griffe d'ici peu, je crois, d'après ce qu'elle m'a dit, reprit notre interlocuteur, jouant avec ses clefs de voiture.

Il nous cachait une part du soleil, et son ombre se projetait sur le Formica. Le producteur de radio était brun, son pull noir lui conférait ce caractère que la mode et l'air du temps attribuaient aux garçons bruns qui portaient du noir.

– Oui, nous cherchons une boutique vers Saint-Sulpice.

Le « nous » me désola, d'autant que Bernard junior ne put réprimer un coup d'œil dans ma direction afin de comprendre la situation. Je ne bronchai pas et le mystère de notre trio perdura. Avais-je espéré que l'affection de Françoise pour Peggy pût s'atténuer d'un cran ? Il fallait me rendre à l'évidence : Françoise ne quittait jamais personne. La liberté ne se divisait pas plus que l'attachement. Aimants, aimables, de nouveaux venus s'ajoutaient au système ambiant ; cet agrégat de l'amour et du désir circulait en tous sens, dans un flou artistique, et les joueurs manquant de souplesse quittaient le terrain.

– Tu sais quoi ? dit Françoise quand notre visiteur eût tourné les talons.

Je ne répondis pas. Elle avait fait de la peine à Peggy, ce qui devait lui en causer aussi. Qui se souciait de la mienne ? Lisant en moi avec sa clairvoyance habituelle, elle tendit la main, et sa paume tiède saisit mon poignet, qu'elle serra, comme pour me rendre cette chaleur que j'avais perdue et cette foi que je n'avais plus.

– Eh bien, mon chéri, c'est très bien ainsi. Nous serons tranquilles. Isabelle est partie avec Marylène.

– Tu crois ?

– Mais oui, grosse bête ! Et si on allait dîner aux Vapeurs ? Tu aimes les soles grillées ?

Il commençait à faire froid. Je n'osai la fixer, le menton frileusement enfoui dans le col du caban. Après tout, c'était à elle désormais de recoller les morceaux. Peggy s'étant enfuie, Françoise n'avait plus qu'un seul être à réconforter, et c'était moi. Elle s'approcha encore et posa la tête sur mon épaule, comme pour se faire pardonner, ce qui devait être assez farce, avec tous ces Pascal qui jaillissaient du réticule posé entre nous. Je ne pus m'empêcher de sourire. La machine amoureuse repartait comme jamais, mon pouls s'accélérait. Je brûlais de poser mes lèvres sur un coin de sa bouche, je ne sais pourquoi, c'était un fantasme qui me hantait, qu'elle fût présente ou pas. À présent, son visage étant si près du mien, il m'était possible de lui donner corps, il suffisait que je me penchasse, ma bouche allait se poser avec tout le naturel requis sur la sienne, mais je ne bougeais pas, car il pouvait s'agir de sa part d'un simple mouvement d'affection ; comme toujours, je restais sur un fil, dans cet entre-deux de l'amitié et du désir, jongleuse haletante et incertaine. Elle s'approcha encore. Je humai la menthe et l'odeur de ses cheveux, que je ne connaissais pas, et que je découvris, le souffle court, sans bouger de mon siège.

*

* *

Mon voisin de gauche portait un shetland anthracite sur une chemise blanche. Il avait le nez aquilin, une mèche de cheveux gris cachait ses yeux tandis qu'il me parlait de son livre. Parler est un bien grand mot, car il chuchotait ; autour de cette longue table, nous avions eu le temps de faire connaissance. Il était onze heures du soir, rue des Saints-Pères. Les invités de Bernard-Henri Lévy s'exprimaient à voix basse, attendant le plaisir de poursuivre les conversations au salon. Tout en écoutant Barthes, je pensais à Françoise. Depuis mon retour d'Équemauville, je souffrais de son absence. Le livre que mon interlocuteur s'apprêtait à publier et que j'avais lu sur épreuves comprenait ma douleur et donnait à la moindre passion un tour emblématique.

– La critique va m'assassiner. L'amour n'intéresse personne. Je sors du champ de mes recherches habituelles.

– C'est déjà un classique.

Il me contempla un instant et ses épaules s'affaissèrent.

– Vous êtes trop indulgente, mais je vous remercie, dit-il.

Parfois, un rire devenait assourdissant, à moins que ce ne fût une main qui, prenant tout l'espace, grossissait démesurément. Les conversations avaient pris leur vitesse de croisière, elles filaient, harmonieuses ; au zénith des échanges, nous ressentions tous cette cordialité qu'exacerbaient un bon dîner, de vieux bordeaux, la douceur d'une nuit de mai et nos jeunesses, sans doute, car nous étions jeunes peu ou prou, à moins que nous ne fussions, pour une minorité d'entre nous, dans ce qu'on appelle la force de l'âge, et qui n'était, à regarder notre assemblée, qu'une autre manière d'être encore et toujours jeune, à deux ou trois détails près.

Roland Barthes grisonnait, mais son air de curiosité lui conférait ce genre de jeunesse que j'avais reconnue un soir, rue de Varenne, sur le visage d'Aragon. Ce soir-là, donc, nous étions dans la fleur de l'âge les cadets de Saint-Germain-des-Prés, le présent et l'avenir en somme, ce pourquoi nous semblions accordés tels des violons, sûrs de nos pouvoirs sur la musique que nous aimions, ou dans l'attente de ceux qu'allaient lui conférer nos interprétations. L'homme au pull ardoise portait une chevalière en or, comme mon père, mais le professeur de sémiologie qui parlait si doucement n'aurait jamais frappé personne, a fortiori sa fille, s'il en avait eu une. Sa main droite était posée sur la nappe blanche, elle était blême, d'une finesse exemplaire. Quand j'ai pris une cigarette, il l'a soulevée pour saisir un briquet. J'ai revu la chevalière de mon père briller juste avant la douleur, dans ce laps de temps microscopique du mouvement.

« Ma mère ne va pas bien », murmura-t-il tandis que j'aspirais la fumée, et sa pâleur soudaine me frappa. Barthes semblait chérir les siens. Françoise aussi, que j'enviais chaque fois qu'elle me parlait de sa mère, chaque fois qu'elle m'emmenait chez l'aïeule, avenue de Wagram, avec des gâteaux secs et du vin blanc. Ce visage qu'elle avait dans l'ascenseur, sa gaieté quand elle me priait d'entrer, la traversée du couloir, la petite dame dans son fauteuil, devant la fenêtre, l'adoration muette, ses doigts frôlant la joue de Françoise. Les cheveux blancs, quelque chose dans le visage qui rappelait Françoise. Le regard probablement, cette malice que l'âge n'atténuait pas. La voix d'une mère, aux accents semblables à ceux qui me manquaient à présent.

– Ça ne marchera pas, murmura Barthes. Ah ! si je pouvais arrêter la publication.

– Ce sera un grand succès, dis-je, parfaitement sincère, touchée par sa simplicité, son malheur, et surtout par ce beau livre qu'il craignait de publier.

Il baissa la tête. J'étais journaliste, mon avis pouvait présenter quelque intérêt. La soirée s'achevait dans ce maelström de mots choisis, d'idées défendues et de pensées secrètes, sans doute, car l'obsession qui m'éloignait d'autrui devait forcément en distraire d'autres ; ainsi, elle, là-bas, à qui pensait-elle, et lui, en face de moi, songeait-il à une absence qui lui ôtait la vie ? La soirée voguait vers son happy end, elle atterrissait en souplesse, se dissolvant déjà parmi toutes les soirées passées et à venir. En mourant, elle nous précédait. J'ai considéré avec bienveillance ces hommes et femmes aux visages que je connaissais, et dont j'aurais voulu fixer la grâce fugitive, comme l'eût fait Françoise ; son Polaroid me manquait soudain, car dans cette fête qui commençait de s'enfuir un ange passait, tel le silence qui la recouvrirait demain. Nos présences devenaient déjà éphémères, superfétatoires, les heures se précipitaient vers la sortie, les poignées de main, nos marches rapides par les rues de Saint-Germain, qui vers sa voiture, qui vers le métro, un taxi, et demain la nuit chuchotée, riche de connivences, allait se dissoudre dans l'oubli. Ce qui rendrait ce dîner mémorable, outre le plaisir des rencontres, c'était qu'il s'agissait de mes premiers pas dans un Paris déserté par Françoise. Elle avait avancé d'un mois le voyage en Guadeloupe, pour d'obscures raisons que m'avait énoncées Teresa, lorsque j'avais téléphoné rue d'Alésia. Le retour de Bernard Frank se précisait-il ? La mort prématurée d'*Alias* l'avait-elle déprimée ? Avait-elle voulu mettre une distance entre nous, tout en donnant à Peggy un gage de fidélité ? Je ne pouvais l'imaginer dans son île, car je ne connaissais pas les Antilles. Je savais seulement qu'elle séjournait à La Désirade. Son éloignement et le mystère de sa destination transformaient nos instants en autant de chimères. Mes joies d'hier, la certitude que j'avais ressentie qu'elle m'aimait, se délitaient. Cependant, dans mon sac, il y avait sa lettre, celle du peignoir blanc. À cette heure, elle lisait dans un fauteuil à bascule, tandis que bruissait la nuit tropicale. Les alizés caressaient ses cheveux comme ils le font sur les îles de Haute ou Basse-Terre. Peggy affichait un triomphe modeste, sachant qu'avec Sagan rien n'était acquis. Françoise voyait-elle mon visage dans ces miroirs qui ne me reflétaient pas ? La jalousie qui m'effleurait parfois m'atteignait à l'estomac.

– Quoi de plus bête qu'un amoureux ? reprit mon voisin de table.

– Pourquoi ?

– Parce que celui que nous aimons n'existe pas.

J'avais lu ses *Fragments* dans une délectation morose, avec ce plaisir que l'on éprouve à se reconnaître à la nuance près dans les pensées d'un autre. La passion ne me rendait ni stupide ni aveugle. J'en mesurais la vanité, le côté obsessionnel. Cependant, elle détruisait mes comédies et ce qui pouvait subsister en moi de cucuterie, elle brisait les archétypes verbeux de ma province, foulait aux pieds les préjugés. Haute, dure, coupante, elle exigeait que je fusse toujours sur mes gardes. Elle me demandait de revisiter avec précaution toutes les salles de mon musée intime, elle vivifiait mes imaginaires, alimentait mon roman, donnant à ma vie sa profondeur de champ. Elle aiguisait mes sens, nourrissait mon esprit, le mettant en appétit, et les sommaires du journal n'avaient jamais été aussi épatants, au dire du maître de maison, avec lequel je déjeunais une fois par mois au Récamier, dans l'arrière-salle.

Au dessert, Bernard s'octroyait une Gitane filtre qu'il n'allumait jamais, car il ne s'aimait pas fumant, et pendant la conversation qui suivait cafés et macarons, il jouait avec la cigarette sur la nappe blanche, et nous sortions du restaurant sans qu'il l'ait allumée. Je lui avais parlé de Bernard Frank.

– Superbe. Du Saint-John Perse. Un écrivain pour écrivains.

Lui aussi s'appelait Bernard, me suis-je dit rêveusement. Sombre et pâle, notre hôte se leva de table à cet instant et tout le monde l'imita. Il m'adressa un sourire empreint de cette tendresse particulière qui animait ses traits en ma présence, et ce beau visage de jeune homme en gloire me toucha au plus profond. Je ne sais pourquoi, je ressentis de la tristesse en le regardant, comme si j'avais craint ce qui allait suivre, et que je voyais déjà, je veux parler de l'âge, évidemment, avec son cortège de déceptions, de séparations d'avec les autres et surtout d'avec soi-même, choses que

Bernard ignorait alors superbement, bien qu'il fût sur ses gardes, l'esprit aux aguets, avec cet air fiévreux, attentif, vigilant, qui le caractérisait. Il s'empara d'une Gitane filtre et la glissa entre ses lèvres sans l'allumer, avant de se diriger vers un canapé où son épouse le rejoignit, une brune qui m'adressait à peine la parole, comme si j'avais été dangereuse, alors que notre innocence fraternelle se voyait à dix mètres. « Mon bonheur vois-tu, ce n'est pas elle, et j'aime ailleurs ; comme je ne puis et ne veux la faire souffrir, c'est douloureux ; mais, au fond des choses, mon travail passe avant tout, si bien que cela n'a pas grande importance », me disait-il.

Nous prîmes place au salon. Il y avait des poutres, une moquette marron. Les murs étaient couverts de livres, évidemment. Roland Barthes parlait d'amour, le sien, celui des autres. Il se moquait de ses souffrances passées, ou présentes, il était parvenu à transformer son histoire en une sorte de bible amoureuse. Sa chevalière brillait dans le halo d'une lampe. Pourquoi aimais-je une femme ? Était-il donc habituel de changer de registre avec tant de naturel ? Notre nature était-elle donc si complexe qu'elle parût simple comme bonjour, et que soudain nous pussions tout miser sur notre semblable comme si les amants qui l'avaient précédé n'avaient été qu'un avant-goût du bonheur ? L'écrivain me scrutait sous la mèche de cheveux. Sa voix basse, monocorde, articulait lentement les questions qu'il me posait.

Rentrée de Deauville trois jours plus tôt, j'avais dû reprendre pied dans une vie sans Françoise. Celle-ci se juxtaposait à l'ouvrage principal qu'était ma *vita nova*, la rue d'Alésia affaiblissait tout ce qui avait compté avant elle. Comment en étais-je arrivée là ? Avec mon enfant, puis au journal, j'allais, vaguement autiste ; l'institutrice à la maternelle, les amis, la hiérarchie, avaient beau me parler, je répondais à peine ; ils auraient pu s'inquiéter, mais je n'ai jamais fréquenté quelqu'un d'assez près pour qu'on pût s'inquiéter à mon sujet.

– Et les propos des autres nous indiffèrent, surtout dans l'espace mondain, chuchota mon voisin.

En évoquant le sujet de son livre, il me parlait sans le savoir de ma passion pour Françoise et me confiait la sienne, moribonde, pour cet autre adorable et fuyant. C'était, précisa-t-il, pour se moquer de sa douleur qu'il avait pris la plume. « Un désespoir qui se raille », aurait dit

Léautaud. Soudain, des gens firent irruption, quelques dîneurs sortirent, le parquet craquait, on poussait des chaises, des fauteuils, on riait dans les couloirs, c'était l'heure des arrivées tardives et du départ ; notre hôte serrait des mains dans l'entrée. J'entendis la voix de mon amant. Il saluait Bernard, sans doute lui avais-je demandé de passer. « On m'attend, hélas », dis-je en me levant.

– Laissez-moi votre adresse. Je commence mon service de presse.

Mon amant patientait sur le seuil, voyant sans doute à cette façon que j'avais de lui tourner le dos qu'il ne pouvait se joindre à nous. Je ne l'avais jamais vu commettre un faux pas.

– Il est très aimable, mais j'aime quelqu'un d'autre, dis-je en me penchant vers Barthes.

– Moi c'est pareil, et je ne sais comment rompre, soupira-t-il. « La seule chose qui compte en amour, c'est la peine que l'on fait, et qu'il s'agit d'éviter à tout prix », vous avez lu *Adolphe*, n'est-ce pas, reprit-il.

Françoise et lui s'étaient-ils donné le mot ? Il n'avait pas levé les yeux vers la porte où se tenait l'amant, ni même tourné la tête dans sa direction. Par certains côtés, Françoise et lui se ressemblaient. Barthes était un Anglais de la rive gauche. Qu'avaient-ils en commun, outre ce flegme ? La voix ? Cette tessiture un peu sourde, le débit monocorde ? À moins que ce ne fût la posture dans son ensemble, une manière d'exister avec pudeur, une façon de rayonner timidement. De se poser comme une montgolfière, dans une infinie douceur. On pressentait que cette délicatesse les poussait vers leur perte. Ils allaient contre leurs intérêts, définition de l'élégance.

– Il ne m'aime pas, hélas, murmura Barthes, et la mèche grise retomba tel un couperet.

– Elle non plus, répondis-je en m'éloignant à regret.

Il releva la tête, rejeta ses cheveux vers l'arrière et me sourit avec tact. La lueur grise avait des reflets bleus.

– Cela nous passera, dit-il en serrant ma main, mais rien ne s'arrangera.

– C'était bien, ton dîner ? demanda mon amant plus tard en m'ouvrant la porte de sa R5.

Il portait un imperméable beige et des lunettes. Il m'était arrivé de passer deux heures chez le coiffeur afin de me présenter à lui sous mon meilleur jour lorsqu'il me laissait espérer dix minutes avant de rentrer chez sa femme. Il était toujours aussi distrait, fureteur, dégainant son carnet de notes à la moindre alerte, le grand reporter des lettres, la version « presse quotidienne nationale » du localier de mon enfance, le Columbo de Saint-Germain-des-Prés ; sa douceur n'était pas en cause, pas plus que sa patience. J'avais changé. Françoise se tenait entre nous, invisible, muette, elle rendait caducs nos échanges. Ange ou démon, Éros avait déserté nos territoires et c'était dans la chambre de Françoise qu'il avait élu domicile. Sur l'échiquier, certains étaient renversés, d'autres renversants. Comment nommer ce jeu poignant ? L'école des amants, ai-je pensé, sans joie aucune, ni témérité, dans la neutralité du constat.

– Tu n'es pas bavarde.

– J'ai des soucis.

Il démarra et je me félicitai de n'avoir plus à le contempler, car distinguer ses traits dans la nuit établissait sa défaite, la mienne aussi, par conséquent. Françoise avait raison. Deux ans tout au plus. Parfois moins. J'allais le changer en frère. Encore fallait-il qu'il acceptât cette métamorphose.

– À quoi penses-tu, demanda le conducteur tandis que je contemplai les quais de la Seine, me disant que j'avais emprunté la voie sur berge avec Françoise et que demain peut-être, quand elle reviendrait, nous allions retrouver nos habitudes.

Lui arrivait-il de penser à moi avec ce pincement au cœur, cette impression d'injustice et de temps perdu ? Je la connaissais assez pour savoir qu'après trois jours en Guadeloupe elle devait déjà regretter d'avoir quitté Paris. Et, d'une certaine façon, j'étais Paris. J'étais ce qu'elle avait laissé à Paris.

– À rien.

– Tu veux qu'on aille prendre un café à La Coupole ?

– Je te remercie mais nous bouclons un trente-deux pages demain.

La lueur des réverbères ricochait sur la Pagode. Il s'arrêta devant chez moi et coupa le contact. Nous fixâmes le pare-brise en silence. Je savais ce qu'il voulait, et qu'il n'aurait pas. Ma « fidélité » eût bien fait rire Françoise, qui n'en demandait pas tant. « Bon courage », lança-t-il en baissant la vitre, comme s'il avait eu besoin d'air. La rue Vaneau était déserte. Seule la fenêtre de Curtis était éclairée. C'était une nuit de printemps. Notre jeunesse s'habillait d'ombres et de lumière, elle battait le pavé du septième arrondissement.

J'allumai une cigarette en pensant à cette manière qu'« elle » avait de tenir la sienne ; quand elle aspirait la première bouffée, elle avait ce mouvement de la tête, incontrôlable, incontrôlé, elle qui maîtrisait tout, et la mèche tombait d'un seul coup. Mon amant remit le contact. Je sortis et claquai la portière. Il faisait meilleur dehors que dedans, puisque je ne le désirais plus, ce que je savais alors qu'il l'ignorait encore. Sa voiture était beige comme son imperméable, et son côté déglingué, qui m'avait attendrie, me laissa de glace.

– Tu m'appelles, alors ? reprit mon amant avec son air de journaliste orphelin du monde.

Non seulement j'étais à des années-lumière du désir que cet homme m'avait inspiré, mais je désirais son contraire, puisque je désirais une femme. Il me fit un dernier sourire dans la nuit de mai, un sourire qui m'aurait fendu le cœur si j'avais été moins jeune, mais l'idée qu'il pût souffrir ne m'effleura pas. Je n'avais qu'une hâte, filer chez moi afin de relire les billets de Françoise, dans l'ordre chronologique. Le téléphone sonnerait-il à un moment donné ?

Tout en tapotant le volant, mon amant commença de me faire miroiter un prochain week-end, au cours duquel il pensait pouvoir se libérer de sa femme. Nous pourrions aller à

Étretat ? C'était agréable, Étretat, au mois de mai. Il parlait de l'Aiguille creuse, tout le ramenait à la littérature, ce pourquoi il m'avait plu. Je n'écoutais pas, perdue dans mes pensées. La dernière lettre de Françoise était d'autant plus troublante qu'elle se gardait de dire les choses. Tout était entre les mots, entre les lignes, *up in the air*, aurait dit Bob, président du groupe américain qui éditait à Chicago ce journal que j'animais en France et que personne ne lisait, sauf Bernard Pivot. Mon patron m'avait mise en garde : « Méfiez-vous de Bob, mon petit, au contraire des autres, il est intelligent. » L'Américain devait passer un de ces jours à Paris. *« We don't want any woman as the editor in chief of our magazine. Worst of all, she is a kid »*, s'était-il insurgé par télex lors de ma nomination. La rencontre promettait d'être agréable. Me surprenant à penser au journal en pleine débâcle amoureuse, j'eus la confirmation que notre histoire était morte.

– Houhou, tu m'entends ? Ma femme se doute de quelque chose, reprit mon compagnon.

Je sursautai.

– Ce n'est pas le moment de partir en week-end, alors, dis-je.

Il baissa la tête. Il était facile d'avoir raison des hommes, il suffisait de ne pas les vouloir.

Françoise avait raison. « Les corps, Annick, les corps. » J'entendais sa voix. Je vis un quartier de lune au bout de la rue Vaneau. La plus belle histoire de Françoise, c'était celle qu'elle n'écrivait pas, dans laquelle je jouais un rôle.

Lequel, exactement ?

*

* *

Ce dimanche-là, David se trouvant en Suisse, je pris le train pour Deauville. Je n'avais pas la moindre idée de ce que je devais y faire, tout ce que je savais, c'était qu'il m'était aussi impossible de rester chez moi que d'aller au Breuil, comme Françoise me l'avait proposé. Certains y séjournaient sans elle. Logés, nourris, blanchis et servis par une madame Fernande suffisamment dévouée pour les rendre heureux, ils pouvaient se croire reçus dans un Relais et Châteaux ; la piscine était belle et la cave contenait d'excellents millésimes. Sans Françoise, je détestais Équemauville.

Gare Saint-Lazare. Le compartiment étant bondé, je me réfugiai sur la plate-forme. Nez contre la vitre, je songeai à Françoise logeant fidèles et profiteurs, sans se faire d'illusions, ne se compromettant avec personne de crainte de se tromper sur quelqu'un. De la même façon qu'elle quittait le Breuil sans rien dire, pour ne pas « casser » l'ambiance, de même, lorsqu'elle recevait à Paris, filait-elle à l'anglaise pour rejoindre la cité Florale. Partout ses invités poursuivaient la fête sans elle. Ce dédain qu'elle revêtait de sa parfaite courtoisie témoignait de la justesse de ses intuitions. Elle devait se douter que ces jolis cœurs eussent disparu si elle avait eu besoin d'eux. J'avais beau me sentir seule, quelque chose me disait qu'elle était plus seule que je ne l'étais.

« Billet s'il vous plaît », fit le contrôleur en tapant sur la vitre.

Je sursautai et lui remis ce qu'il demandait, avant de replonger dans la contemplation de nos photos. Celles qu'elle avait faites de moi, et ces instantanés que j'avais réalisés, la dernière fois. Mes souvenirs prenaient le pas sur le réel. Je la voyais au Breuil, l'été ; tout le monde était en vacances, sauf elle. Elle lisait les pages écrites la nuit, sur la terrasse qui échappait aux regards. Aimant ces ciels, ces bois, ces prairies qui l'inspiraient, elle travaillait d'arrache-pied. Lorsqu'elle paraissait, vers quatorze heures, présidant les déjeuners suivis de rafraîchissements au bord de la piscine, personne n'aurait pu deviner qu'elle avait écrit douze heures d'affilée. Elle prenait sur son temps de sommeil par délicatesse, d'autant plus gaie qu'elle avait bouclé un chapitre. Isabelle dormait encore, car malgré sa taille et son poids elle n'avait pas le tiers du quart de la résistance de sa patronne. Chaque nuit, son travail terminé, Françoise passait à l'office pour laisser ses instructions concernant les menus du lendemain. Avec son air faussement désinvolte, elle pensait à tout.

À l'aube, elle frappait à ma porte ; je refermai le manuscrit que je dissimulais tant bien que mal. Je serais morte plutôt que de lui laisser voir ce misérable tas de pages, elle, Sagan. Je portais son peignoir, qu'elle faisait mine d'avoir oublié, elle arborait mon collier, et nous fumions devant la fenêtre ; à un moment donné, elle s'étendait sur le lit, bras sous la tête, dans un rayon de lune. La lucarne était ouverte dans la pénombre verte. Je m'installai au bord du lit, et lorsque je devais croiser les jambes, forcément, le peignoir s'ouvrait, à moins qu'il n'eût tendance à remonter, de sorte que mes jambes semblaient lisses dans l'éclat lunaire. Suivait le silence un peu haletant des nuits qui basculent, et la bonne amitié attendait l'aube. La main qui tapotait les cendres dans un cendrier posé près du peignoir s'avançait, dispensatrice d'exquises sensations.

« Terminus, mademoiselle, tout le monde descend. »

Un employé de la SNCF me souriait ; son visage trop près du mien était rond et blafard comme dans un songe. Dès l'arrivée, je me hâtais vers les planches. Je voulais retrouver ce lieu qui nous avait réunies dans ce tremblé du désir qu'elle ne pouvait avoir oublié. S'était-elle enfuie parce que je prenais trop d'importance ? Je me réjouissais de revoir le bar du Soleil, témoin d'un bonheur naissant, et cette plage où j'étais la seule promeneuse solitaire, en ce dernier dimanche de mai.

C'était la fête des Mères. Jour honni ! Autour de moi la foule était dense. Une chaleur en avance sur la saison accablait les familles qui, par petits groupes soudés, devant les tentes ou sur des plaids jetés à même le sable, tentaient de faire honneur au pique-nique. Les cheveux décolorés des femmes et leurs seins noirs accentuaient la blancheur des assiettes. Le cri des mouettes, l'aboiement d'un chien, le choc d'un ballon, le prénom qu'une mère criait pour rappeler son enfant, le chuintement de sa bouée lorsqu'il s'en débarrassait, parvenaient à différents niveaux de ma conscience pour me sortir de cette torpeur bienheureuse que je devais au soleil. Étendue sur une serviette de bain, yeux clos sous mon chapeau de paille, je serrai contre moi le manuscrit. Du sable s'était glissé entre les pages, de l'huile solaire menaçait d'en tacher la tranche, peu importait, il était mon compagnon des bons et mauvais jours. Avec lui, je trouvais la parade à cette solitude dont je voyais bien qu'elle semblait étrange un tel jour et en ce lieu. J'ignorais alors, tout en le pressentant vaguement, qu'elle serait mon lot toute ma vie. Fille amnésique et mère oubliée, j'étais sans proches avec qui aller dîner quand le rivage se parerait d'or, avec ces guirlandes en charpie dans la brume qui précédait le soir. Françoise et moi avions partagé cet instant, appuyées l'une contre l'autre, dans l'abandon qui naît du désir mutuel, avec, de part et d'autre, la claire conscience de ce qui va suivre ; j'avais mes souvenirs et le manuscrit lorsque surviendraient, au crépuscule, l'envie de parler, le désir d'éprouver le désir de quelqu'un, la hantise de fuir ma solitude et celle d'échapper à ce dîner parmi les couples qui me jetteraient un coup d'œil apitoyé, et ces mères qui, du haut de leur statut de mères, comparant leur sort au mien, ravies de n'être pas qui j'étais, serreraient contre elles les enfants qui les protégeaient de l'échec. L'époux sortait son chéquier et sa compagne lui lançait ce genre de regard qui prouvait l'habitude. J'étais une femme impaire, je les enviais tout en me félicitant de ne pas leur ressembler. Je n'avais rien fait pour être différentes d'elles, je l'étais. Comme Sagan incarnait l'autre radicale, je serais à jamais le contraire de ces mamans. L'enfant que j'observais en songeant à David jouait avec sa pêche-Melba. Une cuillerée pour maman, l'autre pour papa. La chantilly industrielle me dégoûtait. D'où provenaient ces goûts de luxe ? À quel ancêtre devais-je ces gènes qui m'entraînaient sur une plage vibrante du bonheur d'autrui, tandis que je me languissais d'une femme mince et blonde ?

« Ça suffit, maintenant, Damien, ou papa va se fâcher ! » s'impatientait la mère. Elle me souriait pour s'assurer de ma neutralité et remettait à l'enfant la chaussure qu'il jetait à nouveau. Il y avait des mégots dans le cendrier, du rosé dans les verres. Un serveur débarrassait, front luisant de sueur. Les parents me saluaient en partant, comme on se signe : pour écarter la poisse. J'aurais voulu des restaurants en terrasse réservés aux êtres perdus de vue, solitaires et assez sauvages, forcément.

Un temps estival rendait mes voisins plus gais et faisait paraître leur sort désirable. J'avais ce qu'ils ne posséderaient jamais. Un trésor sans valeur, sinon celle que je lui accordais : qu'y avait-il de moins nécessaire que le manuscrit inachevé d'un premier roman ? Françoise éprouvait aussi la douleur d'être séparée du monde et la fierté du travail en cours, seul barrage contre cette douleur. C'était comme si j'avais eu accès à sa psyché, comme si pour la première fois je l'avais comprise de l'intérieur. La femme que j'aimais était moi au centuple, la romancière des romancières, la femme impaire par excellence, c'est-à-dire une personne, parce que la création vous propulsait dans l'imaginaire, ce troisième genre.

Je m'assoupis, songeant aux saisons à venir. En automne, le manoir était beau et tranquille. Deux tourterelles vivaient un amour puissant ; si l'une mourait, l'autre demeurait solitaire à jamais. Nous aimions ces bruits d'ailes, depuis la lucarne où nous contemplions l'horizon. Les colombes s'envolaient lorsque nous nous penchions. Les arbres entourant la propriété prenaient feu dans la brume des fins de journée ; les feuilles se paraient d'or, le feu de l'âtre rougissait nos teints. La saison des prix battait son plein. Les listes du Goncourt et du Renaudot traînaient dans la maison. Nous avions nos favoris, nous connaissions l'injustice des récompenses. Françoise me répétait que son nom emprisonnait ses livres. « J'aimerais tant pouvoir écrire sous un pseudonyme », concluait-elle, d'un air faussement gai, en jetant son mégot dans l'âtre. Je la voyais brisée, saccagée, mais je n'y pouvais rien.

En me réveillant, les bras couverts de sable, joues brûlantes, je ressentis l'épaisseur des pages sous mon flanc droit. Aller me baigner était impossible, je ne pouvais prendre le risque de laisser le manuscrit sans surveillance. Je levai la tête pour le plaisir d'apercevoir le bar du Soleil ; parmi les promeneurs, je reconnus un pigiste du journal. Il avançait dans ma direction, au bras de sa compagne. Rouge de honte, car ma solitude en ce jour et en ce lieu disait tout, je rangeai le manuscrit et me rhabillai à toute vitesse.

Me faufilant derrière le casino, je revis le magasin d'antiquités où Françoise avait repéré une table à écrire en bois vernis. La pureté des lignes lui plaisait, elle qui ne s'enthousiasmait pas souvent. Le meuble comportait deux tiroirs, qu'elle avait ouverts et refermés.

– Tu vois, mon chéri, à Équemauville, je n'ai pas d'endroit pour écrire. J'aimerais un bureau dans ma chambre, dommage que celui-ci soit si cher, avait-elle murmuré, m'entraînant vers sa voiture.

– Mais tu viens de gagner des fortunes !

– Englouties d'avance, hélas. C'est déjà bien que je puisse payer mes dettes.

Son bureau me tendait les bras, parmi quelques marines et la porcelaine de Chine. Je n'avais pas besoin de réfléchir. J'avais mon sac, un chéquier, une carte de crédit. Elle découvrirait le meuble à son retour de Guadeloupe et inventerait quelque chose pour Peggy, ou n'inventerait rien, il n'était tout de même pas interdit de faire des cadeaux à celle qui passait sa vie à en offrir. Au Breuil, Françoise travaillerait sur mon bureau. Les cahiers Clairefontaine seraient rangés à droite. Elle disposerait à gauche stylos, photos, ses Kool et l'étui Saint Laurent. D'imaginer sa surprise, son émotion, je tremblais tellement que je dus rédiger un second chèque, sous l'œil du marchand.

– Nous appellerons le manoir du Breuil pour faire livrer selon vos souhaits, mademoiselle.

– Voici mon numéro si vous aviez le moindre problème.

– Voulez-vous laisser une carte pour madame Sagan ?

– Inutile, elle saura.

L'antiquaire me scrutait derrière ses lunettes, se demandant d'où provenait cette aisance remarquable à un âge où l'on vit d'eau fraîche. Mais j'avais tous les âges à la fois, car la passion exigeait des réactions à sa mesure.

*

* *

« Chaque journaliste est un artiste tristement doublé d'un salarié », s'exclama Angelo Rinaldi que j'interrogeais ce matin-là, au Flore. J'éteignis le magnétophone. « Dès que vous quittez le journaliste qui vous exaspère, et que vous côtoyez les gens d'un autre milieu, soudain, vos confrères vous paraissent cernés d'un halo de sainteté et d'intelligence », ajouta mon interlocuteur. Le soleil de juin ricochait sur nos tasses, illuminant la vitre, et les banquettes devenaient noires par contraste. Les bons romanciers avaient une belle voix. Avoir une belle voix donnait le *la*. « Les journalistes sont plutôt des gens debout, avec tout ce que cela comporte de frivolités, de bavardages, de vanités », poursuivit Rinaldi *off the record*, allumant la Marlboro avec laquelle il jouait depuis le début de l'entretien. Il avait bu trois cafés. Sa main tremblait légèrement. Je notais qu'il fumait les mêmes cigarettes que Peggy et j'appuyai à nouveau sur la touche *on* ; depuis que j'avais éteint l'appareil, ses propos devenaient plus personnels. Il fallait une heure de conversation avant que ne surgît une phrase sublime de justesse ou de méchanceté. Quand je reconnaissais cette phrase, je me réjouissais tout en me gardant de manifester la moindre émotion, afin de ne pas effaroucher l'interviewé, effarouchable par définition. Il fallait le respecter, et cependant, tout en le respectant, lui faire dire quelque chose d'incongru qui pouvait déclencher la polémique, ou, à tout le moins, le commentaire, en particulier celui des radios. Lorsque j'évoquais l'enfance, les masques tombaient. Normal. Si j'en croyais ma propre expérience, la fillette en moi existait davantage à mesure que je prenais de l'âge. Je n'étais que la somme de sa douleur et de son ressentiment.

« On est de son enfance comme l'on est d'un pays », dit l'interviewé.

Nous parlâmes de la province, des ruelles silencieuses, le dimanche, et de ces rideaux au crochet derrière lesquels l'on se savait observé. Pauvreté, humiliation, je connaissais. J'aimais sa lucidité, son absence de préjugés.

« Mes écrivains ? Je pourrais vous parler de la jubilation que j'ai eue à dix-huit ans lorsque j'ai lu la préface de Bernard Frank à *Gatsby le Magnifique*. Oui, c'est cela : Cioran, Frank, Gracq.

Il n'était pas certain que cette révélation pût bouleverser nos abonnés marins ou routiers, pas certain non plus qu'elle eût la moindre chance d'alimenter les revues de presse, qui ne s'intéressaient pas davantage à la littérature, mais elle m'enchanta. Françoise lirait cet entretien, elle serait heureuse de cet hommage. Je commençais à avoir envie de lire Frank, quelque chose me retenait. Quoi ? Angelo Rinaldi fumait à présent, dans un rayon de soleil, et je songeais à ce métier auquel je devais tout, en particulier l'amour et ma belle santé. La jeunesse me donnait sans mégoter ce qui tiendrait du miracle lorsqu'elle serait passée. Rinaldi était jeune lui aussi. Ses yeux possédaient ce velours des joueurs de bandonéon, et une dureté intéressante. *Le Monde* publiait sa photo en pleine page chaque vendredi avec la mention « Le plus brillant des critiques littéraires ». *L'Express* devait payer cette publicité une fortune.

« La littérature, c'est le luxe », murmura-t-il en contemplant les volutes de fumée qui s'étiraient vers le boulevard Saint-Germain. Il feuilletait l'exemplaire du journal que j'avais apporté et s'arrêta sur le sujet consacré à Françoise. Soudain, le visage de celle que j'aimais s'interposa entre nous. Elle nous fixait, un foulard dans l'encolure de la chemise à carreaux, les cheveux recouvraient son front, et, selon la manière dont mon interlocuteur orientait le journal, elle semblait sourire ou me contempler avec cet air dubitatif que je craignais tant.

– Il suffit d'un livre, regardez *Bonjour tristesse*, dit-il en refermant le magazine.

– Lorsque nous évoquions votre narrateur, tout à l'heure, j'ai oublié une question, cette manière qu'il a de ne pas aimer, son incapacité à faire grâce à quiconque, dis-je en lui tendant la perche plus que le micro.

Il me rendit mon sourire, mais sa main se mit à trembler davantage.

– Oui, et alors ?

Dans le miroir, la tignasse héritée de Marie me donnait des airs africains. À cause de son volume, de son air indomptable, l'on ne pouvait ignorer cette féminité que je m'évertuais à cacher au journal.

– Le romancier ne doit-il pas être bienveillant avec tous ses personnages ? dis-je avec une prudente naïveté.

Il se pencha vers moi et son regard se ficha dans le mien, comme s'il voulait connaître la couleur de l'iris en fonction de mes mouvements face au rayon qui frappait la banquette.

– Il n'y a pas de règles en littérature, mais je crois que j'écris poussé par le remords.

Il se redressa et écrasa sa cigarette. Bien qu'il fût jeune, son front se dégarnissait, ce qui ne faisait qu'accentuer l'intensité du regard.

– En écrivant, on sauve ce que nous avons aimé. Et le passé, surtout s'il n'y a plus de témoins de ce passé.

– Je vous remercie, dis-je en refermant mes dossiers.

Il se leva, s'inclina, j'avais remarqué qu'il était d'une courtoisie parfaite. Cependant, et bien qu'il m'assurât de son estime et de son amitié, et que j'en fisse de même, il était autant que moi sur ses gardes car nous avions eu la même enfance. Il devait apprécier qu'une femme occupât ma fonction dans ce journal qui n'en était pas un, c'était un esprit libre. Si je n'avais pas aimé Françoise, j'aurais voulu lui plaire. Le doute, les remords. Il avait les yeux noirs. Nous aurions bu un cognac à la terrasse du Flore, tard, le soir. Le dimanche nous nous serions promenés dans l'île Saint-Louis, où je l'aurais rencontré, pas tout à fait par hasard.

Lorsqu'il fut parti, je téléphonai au journal. La secrétaire m'apprit que le ministère du Tourisme organisait un voyage en Guadeloupe. Il s'agissait de montrer aux représentants des médias les réalisations des élus locaux en matière d'équipements. Je n'entendis pas la suite.

*

* *

« Je vous ai conviée à déjeuner pour vous parler de notre voyage à Basse-Terre, via Pointe-à-Pitre : quatre jours, la semaine prochaine, cinq journalistes. Le ministre nous a avertis au dernier moment. Entre visites et dîners officiels, nous pourrons profiter des plages. »

L'attachée de presse saisit son verre de châteldon. Je baissai la tête. J'avais téléphoné à Denis. « Maman a semblé très étonnée d'apprendre que tu ne venais plus à la maison », m'avait dit l'adolescent avec cette douceur héritée de sa mère. Elle n'appelait pas, je ne passais plus, il fallait que cela change ; un garçon ôta l'assiette dans laquelle subsistaient deux asperges et une tomate confite. C'était l'avènement de la nouveauté dans tous les domaines : la cuisine, les hommes, la philosophie. Le chic et l'insouciance tressaient leurs lauriers à Paris. L'air du temps soulevait les branches du chèvrefeuille derrière Blandine de Fouquière. Tailleur pastel, bracelet en or, ballerines coûteuses, mon interlocutrice semblait aussi typique que je l'étais dans mon rôle de « rédactrice » ne pensant qu'à son journal. Françoise aurait eu son fameux gloussement avant de chuchoter à mon oreille : « N'oublie pas le garçon de café de Sartre, Minou ! » Avec ses mèches cendrées, sa voix « Fip », Blandine de Fouquière pouvait passer d'un ministère au suivant. Les attachées de presse étaient distinguées, pas distinguables. Celle-ci semblait une bénédiction : elle me rapprochait de Françoise.

Le maître d'hôtel circulait entre les tables avec sa carte géante. Raies impeccables, blazers à pochette, nos voisins avaient cet air de santé qu'on observe sur certains îlots de la rive droite et autour du lac Léman. Un couple de mésanges chantait dans le chèvrefeuille. D'abord trois notes presque timides, puis un trille dont la puissance semblait sans commune mesure avec les minuscules poitrails. Marie aurait aimé ces pans de ciel au-dessus de nos têtes, ce parfum d'été. Puisque j'avais perdu les chemins de la rue d'Alésia, j'allais lui écrire pour…

– Nous n'avons pas l'habitude d'emmener des journalistes si loin si vite, mais quand le ministre veut quelque chose...

On nous apporta les cafés. Nous étions dans les jardins du Bristol, sous un parasol jaune pâle. Je m'efforçai de rester impassible.

– Un voyage-éclair, en somme ?

– Fatiguant, je vous l'accorde, mais passionnant. Nous visiterons une distillerie, les marchés de Basse-Terre. Sans oublier la pointe des Châteaux, tournée vers La Désirade...

Je ne pus réprimer un frisson.

– Vous avez froid ?

– Non, merci. La Désirade est proche de Saint-François ?

– C'est une île assez ingrate. Au nord, les cailloux, au sud, la plage. Nous logerons une nuit à Saint-François. Vous aimez la langouste ?

J'opinai du chef, songeant à la joie de faire mes bagages en sachant que je partais vers l'endroit du monde où respirait Françoise. J'évitais les voyages, de presse ou autres, pour mon fils et parce qu'un journal ne peut se diriger de loin, mais il fallait saisir la chance. Allais-je rappeler Denis, afin qu'il prévienne sa mère ? J'imaginais Peggy jouant avec ses Marlboro sur la terrasse. Parmi les bougainvilliers, dans les lueurs du couchant, elle semblait une héroïne de Mankiewicz. Chemise de soie blanche, corsaires noirs, fume-cigarette. Tournant le dos à la caméra, elle écoutait la conversation de Françoise avec son fils et se retournait à l'énoncé de mon nom.

« Tu es sûr, Denis, Annick t'a dit "Saint-François" ? » Françoise raccrochait. Peggy la rejoignait. Son visage durci par le hâle se reflétait dans un miroir.

– Je sais que c'est très court pour décider.

– Qui invitez-vous ?

– Vos confrères de la presse économique, un peu de radio et quelques magazines de tourisme. Nous ciblons notre future campagne...

Je relevai la tête et souris de mon air le plus ingénu.

– Parce que vous avez aussi prévu de la publicité ?

– Oui, un gros budget, six pages en quadrichromie, plein tarif, évidemment.

– Tout cela demande réflexion.

Ce fut à son tour de sourire, et tout en brandissant sa carte de crédit elle fit signe à quelqu'un. Je saisis un macaron.

– Imaginez que vos « infrastructures touristiques » ne conviennent pas à nos lecteurs et que je décide de ne rien publier ?

– Nous le comprendrions très bien.

– Par ailleurs, vu la campagne dont vous parlez, aucun article ne sera crédible. Il faudrait songer à un publireportage. Nous avons un service pour cela ; je pourrais demander à son responsable de partir à ma place ?

L'attachée de presse rougit comme si je l'avais insultée et but une nouvelle gorgée de châteldon.

– Nous n'invitons que des rédacteurs en chef et directeurs de rédaction. La campagne est prévue en décembre seulement, il n'y aura donc aucune confusion avec le rédactionnel. Si vous ne pouvez venir, nous le regretterons, mais vous aurez quand même nos pages de publicité : le ministre aime beaucoup ce que vous faites.

Blandine de Fouquière savait que je n'étais pas dupe. Mes trois cent soixante-dix déjeuners avec les médiaplanneurs et chefs d'agence m'avaient enseigné l'art des négociations. On ne faisait pas de chantage, on n'exigeait pas de citations, encore moins le soutien de la rédaction pour le lancement d'une voiture, mais à la fin du repas celui qui m'aidait à passer veste ou manteau savait le sort qui m'était réservé dans son plan médias. Bichromie, quadrichromie, passe, repasse, deuxième de couv, quatrième de couv, pages contre sommaire et édito, plus chères *of course*, j'entendais l'argent tomber dans notre escarcelle, ce qui me permettait de réclamer un cahier supplémentaire pour ces articles que personne ne lisait. L'invitation en Guadeloupe étant assortie d'une carotte publicitaire, mon refus nous priverait de cette manne. Ce chantage avait le mérite d'anticiper sur mes remords : si j'abandonnais le bouclage pour me rapprocher de Françoise, je ménageais aussi l'intérêt du journal.

– Notre formule ne dérange pas le ministre ?

J'avais séduit Françoise aussi parce que je dirigeais un journal, et, cerise sur le gâteau, un journal d'hommes. J'allumai une Kool légère en me demandant quelle heure il était à La Désirade.

– Vos photos ne choquent personne, elles sont très chastes. Le ministre a découvert votre journal en regardant « Apostrophes ». Il a beaucoup aimé l'interview de Bernard-Henri Lévy. C'est quoi, la prochaine interview ?

– Roland Barthes.

– Je vois, fit Blandine en vidant son verre de châteldon.

Personne ne regardait jamais les photos ! Et l'on ne nous achetait pas davantage; on feuilletait le mensuel chez le coiffeur, ce qui avait fait bien rire

Françoise, la première fois. Cependant, la placide personne assise en face de moi disait vrai. Grâce à Bernard Pivot et à quelques relais d'opinion, un snobisme ultraparisien se développait autour du journal. Le mariage des « filles qu'on épingle » et des intellectuels séduisaient un certain milieu, que Blandine aurait dit prescripteur. Le journal devenait chic à son corps défendant. Comment expliquer cela à Bob, qui, dans son bureau dominant le lac Michigan, se demandait peut-être ce qu'il faisait là ? Patron de la Public Library de New York, puis conseiller de Bob Kennedy et de Martin Luther King, il dirigeait à présent un groupe de presse qui exportait dans le monde entier le machisme *made in USA*. L'ancien étudiant de Stanford rêvait-il en secret d'un monde où la force des femmes cesserait de surprendre ?

– Faites le maximum, reprit l'attachée de presse, nous aimerions tellement vous avoir parmi nous !

– Je ne vous promets rien.

*

* *

Le Royal Palm était une usine à touristes, et la chambre était assez laide. *King size bed* recouvert d'acrylique orange, téléviseur accroché au mur, loggia surplombant un faux lagon à débordement. Dans l'entrée, un interrupteur commandait tout l'éclairage, impossible d'allumer une lampe à la fois. On se serait cru dans une caserne pour équipages en escale. Aucune fantaisie n'était tolérée. Il ne fallait pas attribuer au steward une loggia différente de celle qui formait l'horizon du chef de cabine. Je lus la notice derrière la porte ; la nuitée n'était pas donnée, alors qu'il devait y avoir à Saint-François de petits hôtels où le ti-punch coulait pour presque rien. Dès qu'on apercevait les orchidées et les eucalyptus dissimulant le rivage, on avait le cœur content. Le rythme du mien s'accélérait. Telle était la végétation que Françoise apercevait depuis sa chambre. Nous vivions sous le même fuseau horaire. Le plaisir de me savoir près d'elle, ajouté aux charmes du dépaysement, dissipait ma fatigue. Tout à l'heure, ce serait la nuit tropicale, sa force et ses mystères bruissants.

La penderie contenait des cintres scellés et un peignoir trop grand pour moi. J'ai pensé à celui d'Équemauville, avec ses notes de vanille, mais l'heure n'était pas à la nostalgie. Je vidai ma sacoche et rangeai mes hardes sans mouvements inutiles, car j'avais douze minutes et trente secondes pour me préparer avant le dîner prévu au Marie-Galante, le restaurant de l'hôtel. Tenue de ville, avait précisé Blandine sur les cartons distribués dans les chambres avec la bouteille de rhum, une carte des environs et le programme des réjouissances.

Chaussures sur l'étagère du bas, tee-shirts dans les tiroirs du haut, pantalons alignés avec leurs vestes. Lors de voyages antérieurs, j'avais appris l'art de tout faire en quelques minutes : entrer dans la chambre, découvrir ses paramètres – lumières, orientation, numéro de la réception, etc. –, défaire les bagages, ranger papiers et passeport dans le coffre, allumer la télévision, écouter les informations depuis la salle de bains. Prendre une douche, se vêtir; se brosser les cheveux face au réveil de voyage, ne pas perdre de vue la grande aiguille, afin de n'arriver jamais en retard au rendez-vous fixé à la réception. Chaque journaliste se sentait en effet tenu à une ponctualité irréprochable. En voyage dit « de presse », les réputations se faisaient vite, qui vous collaient à la peau. Malgré les sept heures de vol et la chaleur, je fus vite prête et m'autorisai quelques minutes de répit dans la loggia. L'humidité dressait le poil sur ma tête. Je devais à ma grand-mère cette tignasse de Gitane. Quand l'aïeule avait soulevé un soir le toupet brun gisant dans la boîte à photos, j'avais découvert que nous avions la même chevelure. Épaisseur, couleur, texture, tout concordait. « J'avais des cheveux, ma petite fille ! Des cheveux ! Tu n'imagines pas ! » s'était-elle exclamée en caressant les miens. Je rouvris les yeux. Françoise avait loué une maison à Beauséjour, m'avait appris Denis. À cette heure, sans doute se préparait-elle pour le dîner. Après deux semaines loin de tout, elle s'ennuyait. Dans la glace, mon air abattu trahissait la vanité de ces constructions. Françoise aimait Peggy, Paris et moi étions le cadet de ses soucis.

Je me levai. Pouvais-je appeler mon ex-mari et prendre des nouvelles de notre enfant, ou était-ce mordre sur l'horaire ? En rentrant du dîner officiel, ce serait trop tard. Josiane devait me téléphoner après le bouclage. Soudain, la sonnerie résonna dans la chambre. Délaissant le parc de Saint-François, dont le bruissement et les coassements me plongeaient dans cet exotisme qui ravive le désir, je me précipitai. L'attachée de presse me demanda si tout allait bien. La chambre me plaisait-elle ? La vue ? Je remerciai Blandine de Fouquière, qui redoubla de sollicitude. J'avais beau être jeune, je savais que ces mots d'affection, ces questions empreintes de tact, ces inquiétudes quant à ma santé, n'étaient pas adressés au genre humain en général, mais caractérisaient le style des services de presse s'adressant à un membre de ma confrérie. La sollicitude augmentait avec la notoriété du journal et le rang occupé dans la hiérarchie.

« S'il vous manque quoi que ce soit, je suis à la 203. Vous avez encore cinq minutes pour vous reposer avant de descendre », conclut Blandine. Je la remerciai avec la même chaleur et raccrochai. J'ouvris le minibar pour vérifier qu'il contenait de l'eau minérale, quand la sonnerie retentit à nouveau. Blandine avait dû oublier quelque chose. Voulait-elle « situer » mon voisin de table, un député du coin ? Je décrochai en contemplant la mer, au loin. Ce dîner allait être mortel.

– Minou, tu es là ?

Il me fallut quelques secondes pour recouvrer ma respiration. Dans le miroir surplombant minibar et bureau, je vis cette femme jeune, assise dans son tailleur noir, pochette sous le bras, parée pour le combat. Blême, elle contemplait son reflet tel un poisson sur le sable. Je baissai les yeux et découvris les mailles du tapis. Certaines d'entre elles formaient des nœuds. Et puis il y avait mes pieds, dans les sandales, posés sur les mailles, en dehors de moi. L'écouteur à la main, je me laissais choir sur le *king size bed*.

– Minou ?

Sa voix. Elle savait que j'étais là, elle avait trouvé le nom de l'hôtel, le numéro de ma chambre, elle connaissait le programme, ce qui lui avait permis de supputer qu'à cette heure sans doute je serais dans ma chambre. Seule Françoise était capable de cette forme de génie, celui de la maîtrise de tout. Je contemplai le vernis sur les orteils. Les chevilles étaient blêmes, mais, avec un peu de chance, dans deux jours j'allais acquérir ce hâle qui avantageait tout le monde, même elle.

– Tu m'entends, Minou ?

– Oui.

– Tu as l'air bizarre. Tu es malade ?

– Le décalage.

– J'ai obtenu ton numéro cet après-midi par Isabelle, qui a tenté de te joindre au journal. Mais c'est formidable, mon chéri.

– Je suis heureuse de t'entendre.

– Et moi donc.

Il y eut un silence pendant lequel je me hâtai de déglutir. Il fallait reprendre mes esprits. Son absence avait été un tunnel dont je sortais enfin. Un tunnel tapissé de carrelage blanc, avec des néons tous les dix mètres, tel celui qu'on traversait en arrivant à Manhattan. Il était si long qu'on se demandait toujours si l'on allait revoir le jour.

– Je m'ennuie comme un rat.

– Et Peggy ?

– Elle va bien, pourquoi ? Quand je pense que tu es là ! À deux pas ! Tu as fait bon voyage ? Pourquoi ne m'as-tu rien dit ?

– Je n'étais pas sûre de te faire plaisir.

– Toujours tes idées bizarres, Minou. Tu arrives quand ?

– Où ?

– Ici, pardi.

Le rire qu'elle eut alors, je le connaissais. C'était le poteau indicateur d'un trouble authentique ; j'avais gardé mes pouvoirs sur elle.

– J'ai beaucoup pensé à toi, mon chéri. Tu es une drôle de petite personne.

Françoise alias Sagan se croyait-elle parfaitement normale, pas étrange pour deux sous ? Je me postai devant la loggia. Dans ce bleu que trouaient deux ou trois nuages, le soleil se couchait sur une mer que je ne voyais pas ; je la devinais, je la humais même, avec ses alizés, ses mouvements, sa vie secrète, ses poissons volants. Et pendant qu'à mon oreille Françoise à nouveau et comme par enchantement rendait ce monde enfin possible et vivant, je retrouvais peu à peu ma joie.

– Tu ne dis rien ?

– C'est un voyage professionnel.

– Et alors ?

Je me plaisais assez en héroïne intraitable, mais cette posture comportait ses inconvénients, car si je persistais à me draper dans la dignité Françoise allait finir par me croire. Était-ce si déraisonnable de la rejoindre ? Elle était vivante, moi aussi, nous étions voisines par les hasards de la vie, en bonne santé l'une et l'autre, et le désir, jamais exprimé, faisait trembler nos voix. Le reste n'était pas très important. Une fois de plus, son discernement la rendait plus avisée que je ne l'étais. J'ignorais que les êtres qu'on chérissait avaient en commun une fragilité extraordinaire – ils pouvaient mourir demain ; j'ignorais que ceux que nous aimons, éphémères par définition, passent avant tout. J'ignorais qu'il était urgent de les aimer, capital de les rejoindre, nécessaire de les servir, au plus près de soi-même, ce pour quoi l'on était sur terre. Ma seule excuse était qu'à l'âge que j'avais personne ne l'aurait su, sinon Françoise.

– Et qu'est-ce que je dis à ceux qui m'ont fait venir jusqu'ici ?

– L'empoisonnement passe toujours très bien. Tu peux aussi raconter que je te réclame parce que je suis malade. Si tu choisis cette version, méfie-toi de la presse locale.

– Je crois qu'il y a un bateau mais…

– Je réserve un vol sur Air Caraïbes. À quelle heure ?

– Il faut que je m'organise, Françoise.

– Ton journal est épatant, tu as bien le droit de faire un caprice une fois l'an ! La Désirade par avion, tu n'imagines pas, Minou, le ciel s'embrase, et puis on plonge. Après-demain soir, banco ?

– Et Peggy ?

– Elle a une mine !

– Pourquoi ne m'as-tu pas…

On frappait. Je regardai ma montre. Le dîner ! Les élus locaux !

– Je dois raccrocher.

– Je fais livrer ton billet demain au Royal Palm. Ce doit être assommant, non, ce voyage ?

– Assez, oui.

– Tu vois bien, Minou !

Derrière la porte de la 205 se tenait la blonde Blandine.

– J'ai cru que vous vous étiez endormie, dit-elle avec un sourire que contrariait un tic nerveux dans la joue droite.

– Ce doit être le décalage.

– C'est vrai, vous êtes livide ; dîner va vous faire du bien.

Je la suivis dans les escaliers, puis à travers le parc dominant la plage de la Coulée. Les lueurs du couchant donnaient à notre avancée un contour irréel, je reconnaissais le paysage et ses odeurs, la certitude de revoir Françoise, savoir que je lui avais manqué, transformait l'instant en un fragment de passé. Cette course dans les jardins m'était familière, et j'avais déjà vu cette nacre sur les massifs. La lumière naissait sur la mer. Mon exaltation augmentait la sensation de déjà vécu. Je reconnus le souffle du soir sur ma peau.

– Je vous ai placée près du conseiller général, s'écria l'attachée de presse.

Nous foncions parmi les balisiers et les alamandas. Du blanc, du rouge, avec des éclats d'or. Si je fermais les yeux, le feu de Bengale continuait, je les rouvrais, le dedans et le dehors clignotaient. C'était un beau pays que celui de Françoise. À La Désirade, nous l'arpenterions enfin.

– Excusez-moi de vous avoir fait attendre, dis-je parmi les citronniers.

Les gravillons brillaient, le crépuscule était un amas d'air chaud sur mes joues, la vie, ce sentier odorant, Françoise éprouvait-elle la fin du doute et des tourments ? Je reconnus les papayes, les caramboles et la mangue. Ma jeunesse habitait ce jardin, je ne l'avais jamais éprouvée avec tant de force.

– C'est superbe, criai-je.

– Et vous n'avez encore rien vu ! répondit l'attachée de presse, ne croyant pas si bien dire.

*

* *

Une secousse plus forte que les autres me précipita contre le siège avant. Le vol avait duré une heure, mais la distance parcourue entre Basse-Terre et l'île de Françoise semblait immense, vu les frontières que j'avais franchies, passant d'un monde à l'autre, d'un état au suivant. Libérée de mes complexes, et de ces derniers préjugés qui subsistaient en moi, poursuivant leur travail de sape, je ne tentais plus d'exorciser ma faim de Françoise, pas plus que je ne me cachais cette violence qui me propulsait vers le salut, sa présence. Vus de si haut, mes doutes volaient en éclats, ma passion n'était pas coupable ; depuis longtemps l'amitié avait viré de bord, comme l'avion, au décollage, l'avait fait sur la piste. Et dans la cabine qui valdinguait, le désir était mon bel accident. Je fermais les yeux. À quel moment avais-je commencé d'aimer Sagan ? Aimer comme l'on aime lorsqu'on désire, et non dans la paix qu'induit l'affection ? À quel instant précis l'imagination, cette folle qui hantait si bien notre logis d'Alésia, avait-elle fait son œuvre de construction du fantasme ? C'était elle en effet qui, sur le terrain meuble de l'amitié, déroulait les fils électriques de la passion. Le court-circuit s'étant produit, il était trop tard. Le désir est un petit renard qui ne revient jamais en arrière, l'attachement vous attache, et c'est bien. Le désir produit sa lumière, qui illumine les regards. Il suffisait de regarder les photographies prises par Françoise, la dernière fois. Un ange passait et un peu d'or lissait mes traits. La brise marine soulevait mes cheveux et nous avions levé la tête sur la terrasse pour contempler les nuages. Des nuages que poursuivaient les alizés, mes souvenirs avaient le mouvement. Je tentais de les saisir au vol, et leur texture neigeuse m'apparaissait par contraste, leur forme naissait de la juxtaposition des sensations. Je fixais cette nébuleuse en perpétuelle mutation. L'appareil tanguait mais j'étais immortelle. Dans le miroir du poudrier, mes yeux faisaient des étincelles. J'avais le visage que cette lueur produisait, projetant sur mes traits une beauté qu'il fallait reconnaître, dans la modestie des prières exaucées.

J'aimais une femme, et alors ? Cela n'avait aucune importance, l'on ne désirait ni un homme ni une femme, mais quelqu'un, tout simplement. L'on désirait ce quelqu'un parce qu'on était vivant. Mon désir de cette personne qui était d'abord Sagan avant que d'être femme augmentait l'espace vital, si bien que je grandissais au prorata de ce mouvement. L'avion soudain parut si petit que je me sentis à l'étroit, telle une géante qui poussait dans sa nacelle. Le Cessna ne pouvait contenir mes métamorphoses, il allait perdre l'équilibre, avec tout cet air brûlant qui soufflait de la terre.

Tout à l'heure, quelqu'un me conduirait en taxi-bus à L'Oasis, où logeait Françoise. Une villa créole « à quelques minutes de l'aérodrome et de Grande-Anse », avait-elle précisé. Tout était organisé, je n'avais qu'à me laisser faire. La revoir et imaginer notre mutuel embarras m'embarrassait déjà. Trouble délicieux, avant-goût du bonheur ! Le soir même, nous dînerions ensemble, avec ou sans Peggy. Puis… L'avion se cabra. Je serrai d'un cran ma ceinture, pour éprouver le réel, le bruit du métal, le choc du cuir sur ma peau, et mes pieds étaient sages sous la gibecière. Par le hublot, le sable étincelait comme de la glace. Le turquoise de l'océan étalait le ciel à l'envers. Pas de vagues ni d'écume, aucun clapotis ni mouvement, un azur sans faille ni commencement. Un bleu absolu et permanent. J'ai toujours craint les turbulences, cependant je me sentais invincible. Faisant corps avec le bimoteur, je plongeai dans le vide, puis la machine et moi remontions. Sur la balançoire amoureuse, j'étais libre.

Dans un vacarme inversement proportionnel à la taille de l'appareil, l'avion piquait, accélérait, et mon désir aussi devenait grand. Un désir sauvage, à l'aune des lieux où il s'accomplirait, ce cher désir d'un être qui se trouvait être femme, ma première femme. Suspendue dans le vide, je me moquais des contingences, songeant aux yeux de Françoise, à sa bouche. « Attachez votre ceinture, nous amorçons la descente », cria le pilote d'Air Caraïbes, se tournant vers moi. J'étais sa seule passagère dans l'avion affrété par Françoise. L'homme blanc portait des Ray-Ban, une chemise à épaulettes, des pantalons noirs. Il était si bronzé que je ne distinguais plus ses traits, juste ce hâle formidable qui le définissait. Dévoré par son personnage, il ressemblait tellement à l'idée qu'on pouvait se faire d'un pilote d'Air Caraïbes que j'ai pensé au garçon de café de Sartre. Françoise m'avait appris la seule science qui vaille : la destruction de ces comédies que nous jouons à force d'aveuglement sur nous-mêmes. Le regard qu'elle posait sur tout – elle incluse –, regard décapant, absolu, exigeant, l'avais-je perçu chez quiconque avant elle ? Et pourtant j'en avais rencontré, des savants, des méditatifs, des intelligents. Elle m'avait offert une machine à muscler la conscience. Il ne s'agissait pas seulement d'esprit critique, de cette ironie subtile qui était sa manière. Il s'agissait de ce pourquoi elle était unique.

Le pilote parlait dans le micro, ses épaules me cachaient le cockpit. Le bruit du moteur interdisant tout dialogue, les crachotements de la radio emplissaient la carlingue. Étendue dans une chaise longue, sur une plage semblable à celles que je voyais de si haut qu'elles perdaient toute réalité, Françoise observait-elle le ciel de Baie-Mahault ? Soudain, elle posait son livre et disait à Peggy, étendue près d'elle, telle l'esclave de Baudelaire : « Tout ira bien, Minou. Et puis vous avez sympathisé, toutes les deux, n'est-ce pas ? »

Comment l'avion pouvait-il tanguer autant sans qu'il y eût l'ombre d'un nuage ? « Turbulences sèches », cria le pilote, qui se retourna, toutes dents dehors. Je fis oui de la tête à ce sourire étincelant, mais l'homme n'eut pas le temps d'admirer ma vaillance, car la machine monopolisait son attention. J'imaginais le fuselage tel que j'en avais gardé le souvenir lorsque nous avions embarqué. L'appareil se cabra. Qu'elle fût homme ou femme, j'aurais aimé Sagan. Sa séduction surpassait les genres. On pouvait en conclure que le désordre régnait ici-bas comme il semblait le faire vers ces aires supérieures où nous étions secoués tels des fétus de paille. Nous n'allions pas mourir, et vive le saint désir, me suis-je dit, contemplant le vide qui se laissait voir dans la splendeur du couchant. Des étoffes poudreuses cernaient l'aéronef. La dominante rouge leur donnait un air de fête. Les ciels de Guadeloupe étaient en liesse, tendance opéra. Une chaleur irradiait tout mon être, j'étais souple comme une danseuse étoile. Il y avait sur terre, ou plutôt dans les nues, une coïncidence entre le dehors et le dedans. La mort ne pouvait rien contre cet état limite.

Avec entêtement, le bimoteur s'évertuait à percer le plafond de verre. L'obstacle résistait. Je m'agrippai aux accoudoirs. Derrière moi bringuebalaient valises, colis et caissons ficelés ensemble et parmi lesquels devait se trouver le sac de toile que Françoise avait fait graver à mes initiales.

« Tiens, m'avait-elle dit, un soir, rue d'Alésia, je me suis dit qu'il te rendrait service. » S'affranchissant des courants d'en haut et des pesanteurs d'en bas, l'appareil s'inclina. Je me penchai vers cette lumière qui rappelait les jardins de Saint-François, lorsque je vis pour la première fois le découpage des côtes, des criques, du sable, des rochers ; La Désirade prenait corps. Un lagon se dessinait au pied des falaises. « Vérifiez votre ceinture, nous allons atterrir », recommanda le pilote. La carlingue vibra encore, hésitant, puis, tout à coup, ce fut la paix horizontale, l'absence de mouvements. J'ai toujours aimé cet instant de l'approche lorsque les secousses cessent et que l'avion plane au-dessus de sa proie, le plancher des vaches, la bonne et vieille terre qu'il caresse d'une aile fanfaronne. On la voit depuis le hublot, elle ne bouge pas, projetant son ombre sur l'inconnu qui se donne déjà. Par le hublot, tout verdissait à la fois, les palmiers, les rochers, les herbes, les arbres, ce vert des tropiques. Je me penchai encore, car dans toute cette végétation je venais d'apercevoir un point bleu.

C'était elle, j'en étais sûre, même si je ne l'étais pas. La vision était floue, à cette altitude, mais à deux mille mètres je l'aurais vue. Tous ces palmiers, ces bananiers, ces frangipaniers, la cocoteraie, ces plages, cette mer, ces lagons prodigieux, ces terres basses que nous avions franchies depuis le décollage de Fort-de-France, ces paysages vus de haut, ces orages, ces nuages, se résumaient à ce bleu qui prenait forme et dont je reconnus le tracé. Il s'agissait d'une chemise trop grande pour son propriétaire, une chemise bleu ciel, en effet, serrée à la taille par un ceinturon de cuir, que je ne vis pas, bien sûr, de si haut et de si loin, mais que je devinais, car la chemise était surmontée de deux bras qui agitaient un chapeau ; et tout prit sens, le chapeau de cow-boy, la chemise, et la personne qui tenait dedans. Nous n'allions pas nous écraser sur le sable, nous abîmer dans ces cannes à sucre, nous n'allions pas nous précipiter vers ces roches qui découpaient le rivage, nous désintégrer sur ces falaises à pic sur l'océan. Françoise alias Sagan, dans sa chemise bleu ciel, agitait un chapeau texan.

Au milieu des champs, sous un drapeau français, une main sur les yeux, l'autre agitant le couvre-chef, elle fit le V de la victoire à l'instant où nous heurtâmes la piste. Puis elle s'avança pendant que l'avion roulait vers elle. La tour de contrôle était une cabane sur pilotis. Une pancarte précisait : « Désirade ».

– C'est Françoise Sagan, cria le commandant de bord sans se retourner, poursuivant la manœuvre.

Je connus à cet instant toutes les nuances de la joie. Sa silhouette menue, les cheveux blonds se rapprochant à vue d'œil, le drapeau qui flottait derrière elle, le tarmac désert, la chaleur, les odeurs de jasmin quand le pilote, d'un coup, ouvrit l'habitacle. Le bruit assourdissant du moteur, quelque temps encore, et puis le silence, rompu par le frémissement des herbes qu'inclinait le vent. Le cri d'un gecko rappelait qu'il s'agissait d'un soir en Guadeloupe. Sur l'aire d'atterrissage, courte, dangereuse, mortelle certainement, tandis que je marchais vers elle, le silence s'accentua ; elle souriait tout en se rapprochant de moi. Derrière l'« aérodrome », une cocoteraie bruissait dans l'attente de la nuit tropicale, envols furtifs, glissements, cris dans les branches. Lorsqu'elle m'avait fait d'ultimes recommandations, la veille, par téléphone, son île semblait aussi abstraite que mon désir de la rejoindre. À présent, tout prenait corps. Comme dans un western, elle s'avança alors que je faisais halte à quelques mètres d'elle.

« Quelle chance ! » dit-elle, puis elle posa sur mon crâne le chapeau texan.

*

* *

– Je connais un bistrot pas loin d'ici », ajouta-t-elle, comme si nous étions gare Saint-Lazare un dimanche soir. Tu ne trouves pas que l'aéroport est assez farce ?

– Si je m'attendais à t'y trouver !

Elle m'interrompit de son rire intimidé, intimidant, elle tentait de se comporter avec naturel, mais elle avait beau dire et beau faire, nous n'étions pas en gare de Caen ; loin de la côte de Grâce et des ciels gris, nous entrions dans la vie des îles. Nous nous taisions : l'émotion était forte. Elle constatait que j'avais gardé cet air corsaire qui lui avait manqué, je découvrais qu'elle était devenue noire sous des cheveux presque blancs à force de soleil, ce qui lui conférait une mine cannibale ; sa bouche semblait épaisse et ses prunelles lançaient des éclairs sur une peau basanée ; à la manière qu'elle eut de me regarder toutes les trois secondes, je sus que je lui plaisais plus qu'elle ne l'avait escompté. De mon côté, je ne cessais de me pencher pour dévorer son profil, un pan de cils, la masse des cheveux, je récupérais son visage à toute vitesse. À Paris, le puzzle ne se reformait jamais en entier. Elle faisait de même. Aucune subtilité dans cette reprise en main, deux goinfres avec leur faim. Parfois, nos regards se croisaient, nous baissions les yeux, gagnées par le trouble ; un vieux désir nous coupait bras et jambes.

Nous soulevâmes la barrière, ce à quoi se résumaient les formalités de douane. Derrière nous, le drapeau tricolore flotta un instant. Le chapitre « atterrissage » se refermait. Nous tournâmes la page en nous dirigeant vers une Méhari abandonnée sous les palmiers. Les signes d'une retrouvaille amoureuse s'imposaient avec force et nous n'avons pas essayé de feindre la bonne amitié.

Quelqu'un se hâtait derrière nous. Le pilote surgit avec ses épaulettes, son hâle et mon sac vert. Nous l'accueillîmes avec d'autant plus de chaleur qu'il régulait par sa présence cette masse de sensations qui nous contraignaient au silence.

– Vous n'avez pas eu peur ? fit-il, s'adressant à moi en fixant Sagan.

Il lui décocha son sourire d'homme près duquel l'on était en sécurité. Elle dut ressentir ce que j'avais éprouvé face à cet étalage de dents qui rappelait Burt Lancaster dans *Vera Cruz*, moins l'humour.

– Vous ne la connaissez pas, répondit Sagan avec flegme, elle n'a jamais peur quand c'est dangereux. C'est bien ce qui me fait peur, d'ailleurs !

Elle gloussa en me jetant un coup d'œil.

– Monsieur étant aux commandes, le vol ne pouvait que bien se passer, dis-je avec le même sérieux, en la regardant d'une certaine manière.

Elle baissa les yeux.

– De toute façon, ça n'était pas dangereux, précisa le pilote.

Je soulevai mon bagage, ressentant pour la première fois un tremblement dans les mollets. Je venais de réaliser combien le vol avait été turbulent.

– La région est agitée, le cyclone Hugo est tout de même passé par là, ne l'oublions pas, reprit l'employé d'Air Caraïbes.

Il ôta ses Ray-Ban cerclées d'or, les frotta contre sa chemisette immaculée et les remit sans quitter Françoise des yeux.

– Excusez-moi, je ne me suis pas présenté, je m'appelle Tinédor Maston et suis originaire de Fort-de-France…

– Enchantée, s'exclama Françoise, lui serrant la main avec toute la chaleur requise.

Même en cet instant, elle voulait changer le cours des choses, tester ses pouvoirs sur le premier venu. Allions-nous dîner avec Tinédor

Maston ? Lui offrir l'hospitalité, non par sympathie, ou pour lui rendre service, mais pour voir ce que sa présence allait provoquer comme rebondissements ? La vie était un manuscrit en cours. Elle usait à présent de sa voix acidulée, quasi murmurée. Je ne pus m'empêcher de sourire. Elle m'avait manqué, et voici que tout me revenait d'un seul coup, sa gentillesse, ses mensonges, sa vocation de charmeuse de serpents, son art de duper les gens, son humour, sa bonne humeur. Fantaisie en alerte, toutes antennes dehors, Sagan songeait à ce qu'elle allait faire du pilote. Bel homme au demeurant, Nestor me cassait les pieds

– Ma mère a beaucoup aimé *Bonjour tristesse*, à l'époque où votre roman est sorti.

Je jubilais. Françoise me jeta un nouveau coup d'œil.

– Vous m'en voyez ravie, dit-elle avec sécheresse.

Ce crépitement ne signalait rien de bon.

– Vous écrivez votre prochain livre ici, alors ?

– Oui, j'aime beaucoup cet endroit.

La voix était cassante. Le visage avait cette expression de politesse exagérée que je lui connaissais lorsqu'elle était mécontente.

– C'est curieux, les autres touristes préfèrent les Saintes ou Marie-Galante, dit l'homme, désarçonné.

– Justement, répondit-elle avec ce sourire inflexible que je reconnus et qui sanctionnait la bourde.

Tinédor s'inclina sans comprendre.

– Bon séjour alors, mesdames ! Je repars pour Pointe-à-Pitre.

– Merci et bon vol, dis-je en me demandant à qui je parlais, de quoi je parlais, et pourquoi nous nous tenions avec cet air emprunté devant la Méhari.

Beige, avec un toit de toile, elle était couverte de boue. Allais-je me réveiller à Basse-Terre, dans un bus climatisé, à l'instant où Blandine de Fouquière entraînait son petit monde vers un marché typique en consultant sa Rollex afin de vérifier qu'elle respectait l'horaire et que le conseiller général n'attendrait pas la presse à l'aéroport ?

– Tu viens, Minou ?

Françoise sauta dans sa bagnole comme on monte à cheval. Je l'imitai, jetant mes frusques à l'arrière, où traînait un cardigan bleu marine à boutons dorés. Je reconnus, dans l'encolure, le sigle de Peggy. Françoise avait laissé la clef sur le tableau de bord et je vis sa main pâle qui s'en emparait. Je faillis la saisir. J'ôtai son chapeau et le posai sur mes genoux. Elle se contempla dans le rétroviseur en faisant sa fameuse grimace, puis se tourna vers moi avec ce sourire qu'elle avait lorsque nous étions seules. J'aurais dû suivre mon instinct et prendre sa main car je respirai une odeur de terre rouge et de fleurs vénéneuses.

Quand elle démarra, un frémissement parcourut les fougères : pris de peur, un animal détalait. Serpent, oiseau, iguane ? Sur le tarmac, le bimoteur semblait un jouet, sa fragilité m'inquiéta rétrospectivement. Dans les lueurs du couchant, un Désiradien entassait colis et caissons au pied du Cessna. D'où venait-il ? Où allions-nous ? Le tremblement s'accentua dans mon mollet droit. Tinédor alias Maston fit halte pour allumer une cigarette, comme dans un film de Cukor. Pourquoi ne pouvait-il passer la nuit à La Désirade ? Derrière la cocoteraie, le ciel rougeoyait. La chaleur se dissipait à mesure que l'horizon s'embrasait. Des colibris piaillaient, c'était le crépuscule des tropiques.

– Ça sent bon, criai-je dans la voiture qui brinquebalait.

Je fixais son poignet. Sa minceur m'émut. Pas de montre, rien, il était nu. Elle avait relevé les manches de la chemise et ses cheveux volaient. Son profil surgissait, puis disparaissait.

– On va être bien, dit-elle en freinant pour laisser passer un char à bœufs.

Le paysan nous fit signe. Nous faisions des bonds sur la piste. Quelques cases de tôle étaient visibles. Près d'un balsamier, une pancarte disait : route de la Montagne.

– Je suis si contente que tu aies pu te libérer, mon chéri.

Libre, en effet, je ne l'avais jamais été autant.

– Je suis enfin arrivée, dis-je, fixant la mer qui nous sauta au visage.

J'aperçus des rochers, une côte écrasée sous la muraille de calcaire. La falaise surmontait l'océan. Je ressentis une certaine oppression.

– Jadis, La Désirade était la prison des pestiférés du continent, une sorte de Cayenne, l'île des exclus dans notre genre, cria la conductrice, donnant un coup de volant pour éviter un éboulis.

Elle bifurqua. Nous longions une plage plantée de cocotiers, des récifs émergeaient du lagon. L'eau clapotait sous les broussailles. Cette carte postale contrastait avec le paysage abrupt de tout à l'heure. Je vis une nouvelle pancarte : La Paillote Gri-Gri. Un scooter nous doubla.

– D'un côté, la falaise, l'Atlantique et ses rouleaux ; ici, les mangroves et la douceur des îles, précisa Françoise. Ils ont un punch-cajou qui va te remettre d'aplomb. Aimes-tu l'ananas ?

Elle montrait du doigt une case face au lagon.

– Peggy nous rejoint ?

– Elle n'avait pas envie de sortir, il faut dire qu'à L'Oasis nous avons une excellente cuisinière. J'ai faim, pas toi ? reprit-elle.

Elle arrêta la voiture sur un chemin bordé de flamboyants et se retourna pour saisir besace et cardigan, comme elle l'eût fait rue d'Alésia. La pénombre gagnait du terrain. Il faisait chaud. Une touffeur moite qui augmentait le sentiment que j'éprouvais de ma liberté. Nous entrâmes dans un restaurant presque vide, quelqu'un cessa de jouer du banjo. Des couples se retournèrent. J'entendis prononcer son nom. La rumeur qui entourait chaque apparition de Françoise me flattait sans que je fusse capable d'admettre ma propre vanité. Une femme vêtue de madras nous installa en terrasse. Derrière nous, trois touristes dînaient à la fraîche. Les conversations reprirent. Françoise alluma une cigarette. On apercevait le lagon entre les palmiers royaux et j'entendis à nouveau le cri du gecko. La flamme des bougies tremblait et le visage de Françoise disparaissait dans la nuit. L'humidité s'accentuait, je sentis le poil se dresser sur mon front. J'étais plus belle avec cet air sauvageon. Pendant qu'elle consultait la carte, j'ai pensé à mon futur roman. À cet instant, j'entendis un déclic. Derrière son Polaroid, Françoise gloussait. Alors qu'on nous servait, elle me tendit la photo de La Paillote Gri-Gri.

– Regarde, fit-elle, approchant la flamme d'une bougie.

Combien de fois avais-je eu ce visage ? L'été de Guadeloupe est l'hiver de France, mais le printemps régnait. Nous levâmes la tête pour contempler le Cessna qui repartait à vide.

*

* *

L'Oasis jouxtait La Paillote Gri-Gri. À Beauséjour, je m'étais réveillée vers midi, gardant le souvenir de Peggy, qui m'avait accueillie de cette manière propre aux mannequins de Balenciaga, lorsque, après le défilé, les plus beaux spécimens de l'élégance française donnent l'accolade aux admirateurs parvenant à gravir le podium. Des torches brûlaient aux quatre coins du ponton, on percevait le murmure du ressac, des vaguelettes mouraient pendant que Peggy me faisait faire le tour du propriétaire. Le bungalow avait un charme insulaire. D'une simplicité agréable, la cabane comportait un séjour avec son coin cuisine et trois chambres. La mienne avait servi jusqu'alors d'entrepôt pour les valises. Bien que le mobilier fût rudimentaire, je ressentis le plaisir du confort attendu après un long voyage. Sur la table, un paquet de Kool extrafortes, un cendrier. Peggy m'apprit que Françoise s'enfermait ici pour travailler, mais elle écrivait aussi dans sa chambre, je n'avais pas à m'inquiéter. J'étais tout ouïe, moi qui entendais Blandine de Fouquière sans l'écouter. Il m'arrivait de répondre à mes interlocuteurs alors que je pensais à autre chose, m'évadant sans les vexer. Au contraire, Peggy mobilisait tout mon être. N'était-elle pas la personne la plus proche de Françoise ? Par certains côtés, elle était Françoise ; la contemplant à la dérobée, il me semblait évident qu'elle détenait une large part du mystère qu'incarnait la femme que j'aimais. Une femme aux facettes changeantes. Un diamant dont Peggy semblait le châssis, qui, maintenant le bijou en place, augmentait son éclat.

Je fis mine de me réjouir de retrouver Peggy ; point dupe, celle-ci tapotait son paquet de Marlboro. Ses yeux m'auscultaient. Il y avait de la sévérité dans ce regard, que contredisait un sourire d'une courtoisie éprouvée. Je lisais son verdict. « Eh bien, petite intrigante, tu es contente ? Tu obtiens ce que tu voulais ? Tu t'es débrouillée pour nous rejoindre au bout du monde et troubler notre intimité, alors, s'il te plaît, arrête ton numéro de première communiante dépassée par les événements ! » disait son regard. Sa bouche, en revanche, dont les commissures se relevaient en un sourire, rassurait l'invitée. En femme du monde, Peggy savait qu'il n'est jamais facile d'arriver quelque part, même quand le terrain n'est pas miné.

– Il paraît que tu écris aussi ? claironna mon hôtesse, adossée à la porte.

Elle exhala la fumée en me fixant d'un air courroucé. Ma prétention à vouloir devenir romancière semblait une nouvelle violation du territoire délimité entre Françoise et sa cour. Je rougis. Françoise lui avait parlé. Cependant, elle ne lui avouerait jamais ce qu'elle m'avait dit tout à l'heure, au dessert.

– On ne peut pas appeler ça écrire, disons que j'aimerais bien terminer ce que j'ai commencé, dis-je, le dos tourné, penchée sur mes frusques.

– Ce serait bien la première fois que tu ne finis pas quelque chose…

– Tu te trompes. Pour *Alias*, j'ai déclaré forfait.

Je refermai un tiroir, accablée. Depuis que j'avais abandonné mon manuscrit pour rejoindre Françoise, j'y pensais tout le temps. À présent que je ne songeais à lui qu'en termes de frustration et de remords, le roman n'avait plus de consistance. Françoise déplaçait cette montagne qu'était l'achèvement d'un livre avec sa fausse désinvolture et une force de Titan.

Je parvins à prendre l'air vague et mystérieux qui s'imposait. D'ailleurs, j'avais tort de désespérer. Ce manuscrit qui n'avait de valeur que pour moi, ce roman auquel je pensais sans cesse, peut-être allais-je le mener à son terme ? J'avais emporté les vingt derniers feuillets, pour garder le contact. Pendant que je rangeais mes effets, Peggy m'interrogea sur le voyage de presse, et la manière dont j'avais pu m'en dépêtrer.

– J'ai dit que j'allais effectuer un repérage pour un sujet qui s'ajouterait au reportage initialement prévu, et que je prenais pour ce faire quelques jours.

– À ton journal, tu as dit quoi ?

– La même chose. Je n'ai pas pris de vacances depuis deux ans.

– Et ton fils ?

– Il restera chez son père une semaine de plus, je ne pense pas que cela soit un drame.

Peggy posa son fume-cigarette sur le bord du cendrier, secoua la cendre et le reprit, aspirant une longue bouffée de tabac.

– J'aurais bien aimé avoir un enfant, dit-elle en regardant la nuit.

Un rayon de lune frappait la façade et son profil brilla un instant tel celui d'une madone. Françoise avait disparu. Les installations, le pratique, les passages obligés qui prenaient du temps sur la part dévolue aux surprises et à l'imprévu, ce n'était pas son genre. Les palles d'un ventilateur tournaient sur nos silences. Peggy éteignit sa cigarette. Son visage devint impavide, c'était celui de la maîtresse de maison qui, malgré l'inanité d'une situation, veut atteindre la perfection.

Elle me demanda si j'avais assez de serviettes de bain. Ses yeux semblaient soudain empreints de compassion. Des petites rouées qui s'incrustaient, elle avait dû en voir beaucoup. La certitude de sa victoire lui rendit le sourire. Mon inquiétude apaisait sa souffrance.

Jamais je n'avais eu le loisir de constater d'aussi près la tranquille assurance de celle qui, dans sa façon de marcher, de se retourner, de poser une question, de mettre la main sur sa hanche, incarnait la quintessence du chic. Un chic qui, ne tenant pas seulement au style, n'avait rien à voir avec la mode, et tout avec la littérature. La compagne de Françoise existait-elle, ou s'agissait-il d'une rêverie d'écrivain ? Peggy incarnait une héroïne de Fitzgerald revue par Sagan. Appartenant à l'univers de l'un repensé par l'autre, elle atteignait à la splendeur du personnage.

Sur une île vraiment déserte, eût-elle gardé sa liberté ? Il semblait que oui, ce pourquoi Françoise l'aimait, car s'il existait des femmes élégantes, aucune d'entre elles ne pouvait cheminer entre réalité et fiction. Près de cette personne altière qui me souriait, fume-cigarette à bout de bras, je me sentis rapetisser. Dans le miroir qui surplombait le lavabo, je me vis petite, quelconque, assez vulgaire ; je n'avais qu'une hâte, me précipiter dans un coin de cette île pour me dorer au soleil, afin d'être à la hauteur de la situation. J'avais la disgrâce des arrivants.

– Si tu prends ton petit déjeuner avant l'arrivée de madame Poullin, tout est dans le réfrigérateur, précisa Peggy en sortant.

M'avait-elle souri avant de rejoindre Sagan ? Je n'en fus pas sûre au réveil, la fatigue et l'excitation de mon dîner avec Françoise avaient aplati les souvenirs de mon arrivée.

« Demain, nous irons à Petite-Terre », m'avait promis Françoise, qui changea de registre quand survint Peggy. L'expression que j'avais lue sur son visage m'avait laissé supposer un paradis sans Peggy. Ce pourquoi je me réveillais d'excellente humeur. Mon arrivée à La Désirade prouvait que j'avais pris de l'importance.

*

* *

Le sable se soulevait et glissait vers le rivage. J'eus un éblouissement. Effet d'optique dû à la chaleur de midi ? Mirage ? Je me frottai les yeux, les rouvris, le phénomène s'accentua. Enfin je compris. Ce n'était pas la plage qui bougeait, mais des centaines de crabes minuscules qui, jaillis du sol, filaient dans la même direction. Au bruit de mes pas, ils disparurent. Je me postai derrière un cocotier, et, rassurés par le silence, les crabes reprirent leur grouillement. Leurs carapaces se confondaient avec le sable.

« Déjà levée ? » cria quelqu'un en passant. Les crabes disparurent. En peignoir blanc, Peggy me doublait sans un regard, courant vers les nuances aigue-marine du rivage. C'était l'un de ces jours où la terre est trop belle, l'un de ces jours où, pour en être digne, l'on voudrait accomplir de grandes choses. Le ciel d'un bleu pur, immense, se confondait avec l'océan qui se dégradait en une variété de turquoise sur la ligne d'horizon. Une brise agitait les palétuviers, si bien que la chaleur, arrivée sur la pointe des pieds, et qui commençait à poindre avec la dureté des milieux de journée, semblait supportable. Le soleil exagérait l'éclat du rivage. Peggy, sans plus de façon, ôta son peignoir qu'elle jeta sur le sable comme un chiffon. Tel était le corps que Françoise désirait.

Entièrement nue, la baigneuse entra dans l'eau. Relevant ses cheveux, qu'elle noua dans un élastique, elle se retourna pour me faire signe, et dans un rayon de soleil, son sexe semblait un rébus noir. Je ne pus détacher mon regard de ce triangle aux lignes si pures. Parmi les éclaboussures, j'eus le temps d'examiner une plastique dont la perfection m'époustoufla, comme me surprenait cette nudité qui faisait si peu de cas de ma présence. La compagne de Françoise m'avait sûrement vue avant de descendre l'escalier qui reliait L'Oasis à la plage. Puisqu'elle l'avait voulu, je pris place pour le spectacle.

Elle se mit à nager un crawl parfait, tête entrant et sortant de l'écume formée par des bras projetés vers l'avant avec une force tranquille; soudain enfoui dans l'eau, son profil mat surgissait à nouveau. Le clapotis qui rompait le silence donnait au tableau sa réalité. La nageuse s'éloigna à un rythme régulier, et je ne vis plus d'elle que ce mouvement qui traçait la route. Elle atteignit le ponton, s'y accrocha, les yeux clos, offrant son visage au soleil. Elle se hissa en deux temps trois mouvements sur les lattes blanches, et s'ébroua. Son corps athlétique m'apparut dans toute sa splendeur. Il se laissait voir sans que la nageuse semblât gênée le moins du monde; au contraire, mains sur les hanches, elle s'offrit à mes regards.

« Viens donc, elle est tiède ! » cria-t-elle, mains en porte-voix, comme si le seul enjeu de l'instant avait été ma capacité à me jeter à l'eau à mon tour, alors qu'elle savait que je la dévorais des yeux. Le derrière était haut perché sur de longues jambes ; la taille mettait en valeur un ventre plat. Charpenté, le dos s'étirait vers de larges épaules. La dureté du visage était la seule chose qu'on pût reprocher à Peggy, le seul défaut qui permît à une rivale de ne point désespérer. Je ne faisais pas le poids. Je mesurais ce qu'étaient les matins de Françoise, lorsqu'elle s'abattait sur ce corps dur et si doux, ce corps qui la recevait avec tendresse et dans lequel elle s'enfouissait comme la nageuse l'avait fait dans l'océan.

Sur le ponton de La Désirade, bronzée, musclée, Peggy rayonnait et son corps pouvait en remontrer à toutes ces jeunesses qui s'étaient crues belles avant de la rencontrer. La peau devait être satinée, je le pressentais à cette manière qu'avait l'eau de scintiller. Ses seins parfaitement dessinés n'avaient rien pour me rassurer. J'avais cru Peggy élégante, je la découvrais désirable. Comment ne pas vouloir ce corps, encore et toujours ? Et les caresses que Peggy recevait de Françoise, et celles qu'elle lui donnait en retour, je les vis avec une précision cruelle, comme si j'avais été elles.

Prenant conscience de ma jalousie, je sentis la honte accentuer la rougeur que commençait de provoquer le soleil des tropiques. En cet Éden trompeur, avec ses crabes cavaleurs, la certitude que Françoise et Peggy étaient inséparables s'imposa à mon esprit. Non que la sensualité de Françoise m'eût semblé la diriger au point que la plastique de Peggy eût été sa drogue. Au contraire, il m'avait semblé que la femme que j'aimais, par sa pudeur, ses lenteurs, sa réserve et ses exigences, tout en étant libre charnellement, dominait son plaisir, comme elle régissait le reste de sa vie. Cette maîtrise distanciée ne faisait pas de Françoise une femme dirigée par son corps, bien qu'elle affirmât partout la primauté du plaisir. Je la connaissais assez pour percevoir qu'elle était libre, certes, mais surtout libérée, ce qui ne faisait pas d'elle l'esclave de Peggy. En revanche, et parce que je la connaissais, je pouvais mesurer l'empire que ce corps exerçait sur Sagan d'un point de vue purement esthétique. Une esthétique intraitable qui s'appliquait dans tous les domaines de l'existence. Une bible qui laissait sur le bas-côté (de manière incompréhensible pour les intéressés) ceux qui dérogeaient à ses lois. De ce point de vue qui, selon moi, la gouvernait totalement, je voyais bien Françoise chérir ce corps autant qu'elle aimait le cœur de sa propriétaire. Comme si l'enveloppe charnelle de Peggy avait pu finir de combler ses exigences, aussi vastes que ma malchance.

Je n'entrerais jamais dans le panthéon de Françoise, que je savais me représenter parce que j'allais écrire, que j'écrivais déjà un peu, grâce à son exemple, et que l'écriture permettait de voir ce que les autres ne voient guère. Ce qui faisait ma force expliquait ma défaite. Des broussailles frémirent à mes pieds, un iguane se faufilait. Depuis quelques millions d'années, il fréquentait ces rivages, comme la jalousie hantait les femmes.

– Tu en fais, une tête ! chuchota une voix, et lorsque cette voix atteignit un certain niveau de conscience, je quittai ma préhistoire.

Françoise, à genoux dans le sable, prit ma main. Mieux valait être un déjeuner de soleil que rien du tout.

– Peggy se baigne, constata-t-elle, souriant avec cette tendresse qui était un progrès certain. Viens donc, madame Poullin a rangé les vivres dans la glacière, la voiture est prête.

– Pour aller où ? dis-je faiblement.

Le poignet de Françoise était doux. Nous le contemplions, sûres que ce geste, pas du tout amical, nous conduisait vers ce qui devait se produire.

Peggy nous fit signe depuis le ponton blanc ; Françoise leva le bras, je ressentis le manque de sa peau contre la mienne, Peggy plongea, poursuivant son impeccable crawl qui la rapprochait de nous ; les cheveux blonds de mon amie se rapprochaient aussi, et je posai ma bouche sur sa tempe. Elle fit celle qui n'avait rien vu, mais un pas décisif était franchi.

– Viens, le bateau nous attend, dit-elle en se relevant.

– On n'attend pas Peggy ?

– Elle préfère se reposer.

Françoise secoua une mèche qui cachait ses yeux. Ses cheveux brillaient davantage le matin.

– Petite-Terre est une île à une demi-heure de bateau. Une réserve naturelle, il n'y aura que nous.

– Hep ! attendez ! cria la nageuse.

Elle eut beau nager de plus en plus vite, nous quittâmes L'Oasis. Françoise portait une chemise écossaise et des jeans. Quand je me suis installée à sa droite dans la Méhari, elle n'a pas regardé la plage.

*

* *

Nous sommes rentrées couvertes de sable et affamées. La nuit tomba d'un coup. Une chaleur que ne dissipait pas la pénombre. Madame Poullin avait laissé un mot : un cari de poulet à la noix de coco nous attendait dans les casseroles de cuivre, et Peggy « dînait à La Paillote Gri-Gri ». Nous avons rangé les restes du pique-nique, vidé la glacière, jeté nos chapeaux dans l'entrée. Le souvenir de nos robinsonnades, des poissons qui prenaient leur envol, nous imposait le silence. Nous avions vu le jardin d'Éden. Les yeux brillants, la peau desséchée par les bains de mer, le corps content, nous retrouvions la civilisation ; et la maison, dont les murs peints à la chaux et la véranda sur le lagon rappelaient la vie que nous y menions. L'Oasis semblait déserte sans Peggy. Une gêne aussi lourde que la chaleur nous imposa des sourires que nous nous gardâmes de prolonger. « Je dors un peu, je suis épuisée », chuchota Françoise devant sa chambre, de sorte que je m'enfermai dans la mienne. Me débarrassant de mes hardes, je pris une douche. L'eau ne dissipait pas une exaltation tempérée par une certaine oppression. J'aurais voulu qu'une pluie torrentielle s'abattît pour revivre notre escapade « à la fraîche » sous les palles du ventilateur.

Les choses n'étaient jamais ce qu'elles semblaient, Françoise aimait les complications et la complexité. J'en étais là de mes réflexions lorsque j'entendis un cri. Je m'approchai de la fenêtre protégée par une moustiquaire. La nuit tropicale vibrait de ces glapissements d'une vie sauvage que menaient tous ceux qui nous survivraient. Batraciens des étangs, insectes par milliers, méduses, oursins : du pic de Guadeloupe au héron vert jusqu'au phasme s'agitant dans les brindilles, j'aimais ce monde vibrant. Le cri retentit à nouveau, il provenait de la maison. Je sortis de ma chambre. Inquiète, je m'approchai de celle de Françoise. Elle gémissait, recroquevillée dans un fauteuil. Je voulus allumer. « Laisse-moi dans le noir », dit-elle d'une voix que je ne connaissais pas. Elle tituba. Je la rattrapai de justesse et l'aidai à s'étendre sur le lit. J'allumai une veilleuse. Le hâle avait disparu, elle était blême, ma peur s'accentua. Penchée vers elle, je tentais de l'interroger, elle fit non de la tête, cheveux collés par la transpiration. Elle gémit encore, se débattit puis se tut, pliée en deux par la douleur.

« J'ai mal, si tu savais comme j'ai mal », parvint-elle à chuchoter, les larmes aux yeux. Je soutins sa nuque tandis qu'elle absorbait un peu d'eau. Elle transpirait et ses yeux se fermèrent. Je pris sa main glacée. « Ça va aller, Françoise, ça va aller, n'aie pas peur », dis-je pour atténuer ma propre angoisse ; il fallait alerter madame Poullin, faire prévenir Peggy, appeler un médecin. Elle se mit à geindre. Je m'emparai du téléphone. « Surtout pas ; je vais t'écrire le nom du médicament. Donne-moi le carnet près du téléphone. »

Elle en arracha une page et se redressa. « Un stylo, vite, avant que je ne puisse plus bouger. » Elle rédigea à toute vitesse un billet qu'elle me tendit. « Pars avec ce papier, Minou. Pose-moi des questions s'il y a des mots illisibles, n'aie pas peur de me laisser seule, j'ai l'habitude, si tu reviens avec le médicament tout rentrera dans l'ordre. J'ai voulu ralentir et même arrêter, mais ce soir je souffre trop, si Peggy était là elle m'en voudrait, surtout ne lui dis pas, je ne veux pas qu'en plus elle soit furieuse, on va se débrouiller, n'est-ce pas ? »

Ses tremblements et sa pâleur s'accentuaient à mesure qu'elle tentait de me convaincre. Penchée sur la malade, je buvais ses paroles. Pour elle, je voulais la fin du malheur, le bien-être total, le bonheur euphorisant. Il serait toujours temps de la raisonner après, de la délivrer de ses paradis artificiels : n'étions-nous pas tous intoxiqués ?

– Il faut appeler un médecin, Françoise.

– La pharmacie Thomas se trouve place du Maire-Mendiant, prends un taxi-bus, ils sont stationnés près du débarcadère. Réveille le pharmacien. Dis-lui que j'ai oublié mon ordonnance de Palfium pour une pancréatite. Qu'il mette la souche à ton nom ou au mien si cela t'embête ; j'ai honte, si tu savais, prends ce chèque, il est signé Françoise Quoirez, c'est mon nom, tu t'en souviens, donne ce nom au pharmacien, ou plutôt ne dis rien. Fais-le en pensant que je t'aime et que ce n'est pas mal de le faire, puisque je souffre. Peggy ne doit rien savoir, promis ?

– Compte sur moi, dis-je, tête basse.

Alors que je m'apprêtais à partir, elle commença de délirer. Je parvins à garder mon calme, ce qui me surprit. Dans certaines situations, quelqu'un en nous prend les commandes.

– Me faire porter le Palfium illico ici, tu vas te proposer mais je ne veux pas abuser, dire que je peux payer des sommes folles n'importe quel avion pour qu'il puisse atterrir ici avec mon médicament, mais cela n'est pas possible, hélas, l'essentiel c'est que je l'aie vite, sinon je risque de souffrir le martyre demain.

Elle s'effondra sur l'oreiller et ses cheveux recouvrirent son visage. Elle ne bougeait plus.

– Tiens bon, dis-je en baisant sa tempe.

Je sortis, munie du chèque et du billet. Elle donnait ses consignes entrecoupées de mots d'affection. Je voyais bien qu'elle tentait de recevoir par moi ce qu'elle ne pouvait obtenir de Peggy, mais n'avais-je pas pris sa place, ou voulu la prendre ? Vrai « shoot » ou simple « rail », elle ferait ce qu'elle voudrait de la substance. L'heure n'était pas aux considérations sur les ravages de la drogue. Je courus vers Beauséjour en souriant pour donner le change.

*

* *

– Comment as-tu osé mettre Françoise en danger ?

Dans sa chemise hawaïenne qu'elle portait sur des corsaires noirs, Peggy agitait son paquet de Marlboro. Elle parlait tout bas pour ne pas réveiller Françoise, qui avait dû oublier de ranger son matériel. Le clapotis des vagues accentuait le contraste entre un décor de rêve et notre triste soirée. Cette grande femme en colère était la compagne de Sagan. Hier encore, il y avait un siècle, tout allait bien entre nous, même si Françoise et moi aimions les écarts, l'alternance, tout ce qui ne regardait personne, a fortiori Peggy. Le désastre se profilait dans la pénombre. Françoise aimait la grâce, les harmonies. Comment reprendre le cours de notre belle insouciance ?

– Je t'avais dit qu'il ne faut jamais la croire.

Peggy me contemplait comme si elle découvrait ma sottise.

La nuit étincelait par-dessus nos têtes, cris, pincements, crissements, ajoutaient au mystère d'un lieu dont la sauvagerie nous rendait plus humaines et plus seules. Dans une chaise longue, je finissais mon punch, feignant un calme que j'étais loin d'éprouver. Lorsque je posai mon verre, Peggy me contempla avec une froideur suave qu'elle pouvait enfin exprimer. J'avais fait un pas de trop dans le cercle de craie, j'étais le mécréant qui crache dans une mosquée.

– Elle souffrait, que voulais-tu que je fasse ?

– Me prévenir.

– Tu étais à La Paillote Gri…

– Moins loin que la pharmacie…

Elle s'interrompit pour écraser sa Marlboro, s'acharnant sur le mégot de sorte que je sentis le plaisir qu'elle aurait eu de m'aplatir aussi.

– Elle vient de subir une cure de désintoxication.

– Je l'ignorais.

– Et pourquoi devrais-tu tout savoir ? Nous avons un produit de substitution.

Par tous les pores de sa peau bronzée, Peggy exprimait la réprobation. Je me revoyais fonçant vers Beauséjour, tambourinant le rideau de fer. J'avais supplié le pharmacien pour qu'il me remît son Palfium, ce à quoi il avait consenti après une heure de palabre. J'avais repris mon tap-tap et c'était tout juste si je n'avais pas fait l'injection moi-même. Elle ne s'était pas cachée pendant ses préparatifs et j'avais tourné la tête tandis qu'elle se piquait. J'avais gardé sa main dans la mienne pendant tout le temps qu'il fallut au hâle pour reprendre place sur ses traits.

– Tu pouvais alerter madame Poullin, reprit mon juge.

Je ne voulais pas de conflit avec Peggy. Et il ne fallait pas réveiller Françoise. Ce fut alors que ma rivale ouvrit une porte, celle de sa chambre – qu'elle n'utilisait jamais –, pour reparaître avec une valise. Elle fit demi-tour et revint avec un sac de cuir.

– Que fais-tu, dis-je, mais je le savais.

– Je vais à l'hôtel, demain je prends le bateau pour Pointe-à-Pitre.

– Tu plaisantes ! Que vais-je dire à Françoise ?

– Ce que tu voudras.

– Je t'en prie, n'en fais rien, c'est moi qui m'en irai demain.

– Ça ne réglera rien, il faut que Françoise comprenne que j'en ai assez de ses petits jeux dangereux et puérils.

Françoise ne me le pardonnerait pas. Je n'eus pas besoin de me forcer pour me mettre à pleurer.

– Mais que se passe-t-il ici, on répète *Bérénice* ? s'exclama Sagan sur le seuil de sa chambre. Elle portait un tee-shirt blanc. Pieds nus, elle traversa la véranda. « De cette nuit, Phénice, as-tu vu la splendeur ? Tes yeux ne sont-ils pas tout pleins de sa grandeur ? » déclama-t-elle en claquant la porte du réfrigérateur. Elle vida son Coca. Tout à coup, les choses nous semblèrent très supportables.

– Mais qu'est-ce que c'est que ce déménagement ? Sans Lipp et Jacques Delahaye plus de vingt jours de suite, Peggy souffre le martyre ! reprit l'ex-malade en s'adressant à moi.

Elle serra Peggy contre elle. Ma rivale ébaucha un sourire modeste.

– Demain on file, reprit Sagan. Je vais appeler Air France. Les palétuviers et le cari de poulet, ça commence à devenir assommant.

Elle se pencha pour goûter un échantillon de cuisine créole. Dressée sur la pointe des pieds, avec sa chemise et ses cheveux ébouriffés, on aurait dit une fillette.

– Je laisse mes bagages ici, alors ? demanda Peggy.

Appuyée au canapé, elle me fixait, battant des cils telle une mariée. Une pluie torrentielle s'abattit sur la véranda et ces hallebardes libératrices détruisirent les doutes qui subsistaient à la surface des consciences.

– Range-les plutôt dans ma chambre : je voudrais y mettre les paréos de Pointe-à-Pitre.

Pendant que Peggy faisait disparaître ses valises au soulagement général, Françoise me fit un clin d'œil.

– Si on dînait ?

– Il est bien tard, soupira Peggy en sortant de leur chambre.

– Mieux vaut tard que jamais, Minou.

Devant la terrasse, les palmiers semblaient s'échapper de la chemise de Peggy. La pluie tropicale battait la surface du lagon et trempait nos cheveux. Nous respirions enfin, accoudées à la balustrade. « Profitez-en, mesdames, s'écria Françoise, la Guadeloupe, c'est fini. »

III

Bernard

Fête menteuse des villes, mais menteuse
seulement le lendemain, comme toutes les fêtes.
Il n'y a qu'une vérité, celle du soir même.
Paul MORAND.

« Monsieur Frank va sûrement revenir, s'exclama Oscar au début de juillet, Madame fait retapisser sa chambre ! » Il me sembla que cette nouvelle contenait une menace qui risquait de compromettre le fragile équilibre mis en place depuis notre retour de Guadeloupe. Je souffrais de ne plus vivre chez Françoise. Le hâle de La Désirade m'aidait à donner le change.

Oscar se pencha. Il avait l'art d'incliner le goulot pour verser le champagne sans que la mousse pût se former. Je tremblais en levant la coupe, ce qu'il fit mine de ne pas remarquer. Juillet allait bien à la rue d'Alésia. Les trottoirs étaient couverts de fleurs d'acacias, leur parfum nous poursuivait dans la maison. Françoise descendit, les épreuves de son livre sous le bras. Elle portait une chemise blanche et un mince cardigan sur des jeans beiges.

– Il faut que je parte pour Équemauville, Denis est malade. Rien de grave, une angine, mais il ne peut pas rester seul.

– Il ne ferait pas mieux de rentrer à Paris ?

J'avais l'impression qu'elle mentait, une habitude lorsqu'il fallait échapper à toutes sortes de corvées. Le mensonge la protégeait des ennuyeux. Étais-je devenue encombrante ?

– Il est trop faible. Et avec quarante de fièvre, tu imagines sa terreur à l'idée de passer la journée tout seul avec madame Fernande ?

Elle émit son fameux gloussement et coiffa le chapeau texan qui traînait sur une pile de disques. Nous montâmes dans sa chambre. Le seul avantage de ce voyage, c'était qu'elle découvrirait mon cadeau. Madame Fernande avait installé le secrétaire dans ses appartements. Françoise comprendrait. J'éprouvais toujours la même surprise lorsqu'elle surgissait dans une pièce, ce glissement étrange des perspectives et du temps, cette manière qu'elle avait d'occuper l'espace en modifiant mes repères.

– J'ai bien une petite idée, dit-elle en me jetant un bref regard dans la glace, tout en arrangeant la bordure du couvre-chef afin de cacher un œil.

Assise au bord du lit, je tentais de dissimuler ma douleur. Depuis la Guadeloupe, tout avait basculé en faveur de Peggy, et voici qu'elle enfonçait le couteau dans la plaie. Je sentais à sa voix, à ses regards, que ma période était passée. Je la connaissais assez pour percevoir ma disgrâce au coin d'un sourire à peine esquissé. Elle avait tourné la page. Sa cruauté était à l'image du reste : douce, sans tapage ni effusion de sang.

– Tu me rejoins demain soir, reprit-elle en se tournant vers moi.

Elle parlait à toute vitesse mais j'avais appris à comprendre le Sagan.

– J'irai te chercher à Lisieux. Tu peux prendre une journée, non ? Et jeudi soir, nous rentrons avec Denis.

Je savais qu'elle parlait d'autant plus vite qu'elle était lasse, et elle se lassait de vouloir me prouver son amitié. Je mesurai ma défaite à son air affectueux. Elle couvait parfois du regard Oscar ou Teresa.

Une terreur enfantine s'empara de moi. J'avais franchi des limites en faisant de la peine à Peggy. Mais la passion n'était pas un jeu. La vie, les corps, le bonheur, le plaisir, des fariboles, seul comptait le manuscrit en cours, je le savais depuis toujours, elle n'avait rien à m'apprendre de ce point de vue, pourtant, avec elle, j'y avais cru. Elle poussait ses pions ou les renversait d'une pichenette. Banco, impair et impasse. Elle feignait d'être étonnée par mon chagrin, ce sauvage enfant que je lui devais et qui me réveillait la nuit. Le cœur en charpie, il fallait continuer de virevolter. Paris-Deauville et retour avec le sourire *old sport* des élégants. C'était ça, la désinvolture. Du chagrin maîtrisé, des sourires salés par les larmes.

– Alors, c'est dit, tu m'accompagnes ? reprit-elle d'un air absent.

– Tu sais bien que j'attends deux Ozalid.

Je lui en avais parlé. Avait-elle oublié ce détail, ou faisait-elle semblant ? De toute façon, c'était vexant. J'ouvris une fenêtre, l'air embaumait et Cupidon me souriait, au faîte de sa gloire. Françoise se dirigea vers la bibliothèque.

– Peggy part avec toi ? dis-je face au jardin.

Des feuillages cachaient la rue des Artistes. Comme elle ne répondait pas, je me suis retournée.

Penchée vers les rayonnages, elle cherchait un livre. Sans doute voulait-elle me prêter quelque chef-d'œuvre qui m'ouvrirait les yeux sur la vanité des passions. Elle finit par le dénicher, se mettant illico en quête d'un nouveau volume ; elle gravit l'escabeau et en sortit deux autres. Je l'observais en douce. Elle souffla sur la poussière.

– Peggy ne vient pas non plus, reprit-elle, elle a trop de travail avec sa collection, mais elle sera là vendredi pour attendre Bernard de pied ferme.

Elle parlait tellement vite qu'elle mangeait un mot sur deux. Oscar avait eu raison de me mettre en garde : les événements se précipitaient.

– Il a fini *Solde* ? dis-je d'une petite voix.

Il ne manquait plus que l'écrivain de Grimaud ! Je me suis penchée par la fenêtre. Ironique en diable, Éros portait sur ses épaules la rue des Artistes, dont les immeubles traçaient l'horizon. Des arbres cachaient la fontaine, une eau jaillissait, j'avais soif de certitudes, ce n'était pas le genre de la maison. J'ai fixé le ciel, histoire de m'assurer de quelque chose, rien n'avait l'air réel. Même les nuages faisaient illusion. Qu'allais-je devenir ? Ceux qui comptaient, les essentiels, ces êtres chers, si chers, avaient ceci de particulier qu'ils augmentaient l'inquiétude, leurs désirs divergents liaient des sables mouvants. On mourait à petit feu en restant sur le mode badin, on faisait comme si l'on n'avait pas mal, pas peur, ils aimaient cette grâce, nos assassins. La seule consolation était alors de se dire qu'on était aussi le bourreau de quelqu'un. Celui ou celle qui exigeait de nous l'insupportable douceur, qu'on n'obtenait jamais.

– Le Midi, l'Angleterre, ce n'est pas son truc, à Bernie. En attendant, il débarque vendredi pour une semaine, tu viens dîner, naturellement ?

À contre-jour, Françoise avait gardé sa bonne mine. J'ignorais ce que cet air de santé devait au Palfium ou au retour de son compagnon. « Bon courage, Peggy ! » ai-je pensé sans un atome de bonté.

– Bernard Frank va trouver bizarre que je sois là le soir même de son retour, Françoise.

Manquait-elle à ce point de délicatesse, ou faisait-elle semblant ?

– Bernard ne trouve jamais rien bizarre. Il sait qu'ici tu es chez toi et que nous sommes amies.

« Amies », le mot fermait la porte à tous mes espoirs ; « amies » nous l'étions aussi. Oubliait-elle le reste ? Sa froideur m'aurait fait pleurer si je n'avais voulu éviter ce qu'elle haïssait : le pathos pataud, les grands mots. Debout devant la fenêtre qui donnait sur le jardin, sylphide, aérienne, elle ressemblait à cette jeune femme que j'étais venue voir, il y avait un siècle, me semblait-il, sauf que tout avait changé. Ce lutin était mon tortionnaire. Elle revint vers moi, chargée de livres qu'elle jeta dans mes bras.

– Tiens, fit-elle, je te les prête parce que c'est toi. Rends-les-moi dès mon retour. On ne peut ni les acheter ni les voler, ils sont épuisés. J'y tiens énormément.

Je me laissai choir dans le bon gros fauteuil du premier soir, examinant chaque exemplaire, ce qui me permit de cacher mes larmes. *Les Rats, Israël* et *Géographie universelle* étaient dédicacés. « Avec toute ma tendresse », disait l'un ; « En souvenir d'un temps où je n'avais pas encore le bonheur de te connaître », disait l'autre. En quoi ces échanges me regardaient-ils ?

– Tu verras, ça va te plaire.

Elle ouvrit une page au hasard et lut « Je n'ai jamais eu d'imaginaire de mariage – ce sont là des rêveries qui manquent singulièrement de grandeur. Mais le propre d'une vie imaginaire, lorsqu'on essaie de la faire fonctionner parallèlement à des situations courantes, est sa pauvreté, sa mesquinerie. » Elle poursuivit, je n'écoutais plus. Mes imaginaires à moi campaient sur la côte de

Grâce. David passait l'été en Suisse, mais dans la chambre rouge madame Fernande avait aménagé un lit supplémentaire à son intention. Mon fils aimait cette campagne, les prairies dévolues à notre bon plaisir, les poneys de la ferme ; surtout, il aimait la piscine, près de laquelle nous passions la journée. Je lisais dans un transat, il se baignait. Pendant sa sieste, mon roman avançait, sauf lorsque Françoise m'ouvrait sa chambre. Je sursautai. Peggy entra comme pour donner plus de corps à ma douleur.

– Ah, tu es là ? fit-elle en me regardant avec une sorte de pitié que refrénait la courtoisie. Nous allons être en retard au Récamier, Françoise !

– Mais oui, mon chéri, j'arrive.

Peggy secoua sa Marlboro dans un cendrier et, pour la première fois depuis que je vivais ici, elle prit la main de Françoise, qu'elle pressa un instant entre les siennes. Leur amour éclata au grand jour, circulant entre elles et moi, comme libéré de sa cachette par ce geste qui disait tout.

– Bonne soirée, Annick, fit la styliste avant de sortir.

– Je ne sais pas ce qu'a Peggy ces temps-ci, elle a tout le temps besoin de moi, observa Françoise en allumant une Kool extraforte.

Comme je me taisais, tout en examinant les livres de Bernard Frank, elle reprit gaiement :

– Commence par *La Panoplie*, Minou, après, tu ne pourras plus t'arrêter.

– Il paraît que Bernard arrive ? cria Peggy qui revint en dévalant les étages. Enfin un homme ici, ce n'est pas trop tôt ! reprit-elle en passant une tête.

Elle éclata de rire. Sa gaieté accentua mon désespoir. Toute la maison bruissait des mérites du revenant. Oscar entra, me regardant avec la compassion des Argentins témoins d'un accident.

– Les tapissiers demandent à Madame s'ils doivent faire aussi la salle de bains de Monsieur, dit-il pendant que j'enfermais dans le sac que m'avait donné Sagan les livres de l'intéressé.

– Évidemment, Oscar. Allons voir.

Elle prit mon bras. Oscar nous suivit, guilleret.

– Monsieur Frank aime beaucoup le vert, me dit-il en passant.

*
* *

Je lisais *Les Contes du Casse-Noisette* à David quand le téléphone sonna. Les fenêtres du salon donnaient sur les jardins de Matignon. Tout en observant Raymond Barre qui arpentait les allées, je décrochai. Cela pouvait être Claude Dalla Torre ou Hélène de Saint-Hippolyte qui voulaient me recommander leurs auteurs Grasset ou Gallimard. À moins que ce ne fût mon amant. En général, il me faisait signe avant de passer. Ma tiédeur le galvanisait. Tout à coup, il voulait divorcer : la bêtise de l'amoureux, sans doute. C'était Françoise. Sa voix avait retrouvé le vibrato de la bonne amitié.

– Tu es folle, pour le bureau, mais qu'est-ce qu'il est beau. Tu n'aurais pas dû, Minou. Pure folie.

– Je suis contente qu'il te plaise.

Ma froideur provoqua son silence. Elle s'attendait à devoir me réconforter, j'avais l'air de penser à autre chose. Je l'aimais toujours, certes, mais j'errais depuis peu dans un entre-deux du temps. Bernard Frank n'y était pas pour rien. J'avais toujours fini par rencontrer les auteurs des livres qui m'avaient plu. Grâce à Françoise, cette fois, ce serait un jeu d'enfant. Pendant que je pensais à mes lectures, Françoise revint sur mon cadeau, s'attardant sur la beauté du secrétaire, sa sobriété parfaite. Voyant que je ne l'écoutais pas vraiment, elle s'étonna.

– Mais qu'est-ce que tu as, poussin ? Tu vas bien ?

Bouder était ridicule. Sans elle, aurais-je lu Frank ? Sans doute, mais pas si vite et pas si bien. Raymond Barre se retourna et contempla notre immeuble, comme s'il avait su que je l'observais. Puis il disparut. Bernard Frank allait-il repartir chez la dame que Françoise n'aimait pas, ou parviendrait-elle à le convaincre de rester rue d'Alésia ?

– Je t'ai fait porter par coursier les livres de Bernard Frank que tu m'as prêtés.

– Déjà ? Raconte.

Une mésange bleue agrippa la branche d'un rosier, tout près. Je tirai sur le fil du téléphone et m'installai devant la fenêtre. L'oiseau minuscule ouvrit le bec et ses vocalises accompagnèrent mes commentaires. Françoise se rengorgea. Le poitrail jaune gonflait à mesure que se renforçait la mélodie, augmentant mon enthousiasme. La littérature avait de beaux jours devant elle.

– Comment un écrivain tel que lui peut-il être si peu connu ? Quand je pense à tous ceux qui se pavanent à la radio, à la télévision ! Ces fausses gloires.

Elle soupira, comme si l'époque la démoralisait autant que l'agaçait ma façon d'enfoncer des portes qu'elle m'avait ouvertes.

– Bienvenue au club, Minou.

Ma douleur devenait très supportable. L'ordonnance du docteur Sagan avait produit son effet. Cent dix pages de *La Panoplie*, deux cent cinquante de *Géographie*, cent cinquante d'*Israël*, trois cents d'*Un siècle débordé* : j'étais faite comme un rat. Frank avait tout pour plaire. Un ton. Une cadence, des périodes sèches comme une lame, des intervalles ; un virtuose avec du mordant, du piquant, pause, demi-pause et contrepoint. Une méchanceté divine, pas un pouce de gras, rien qui dépassait. Un auteur classique quoique bien vivant ; un bretteur du verbe, l'as des mélodies, le roi de l'octave, celui dont les silences et quarts de soupir donneraient le ton. Encore fallait-il qu'il terminât *Solde*. L'époque l'attendait, et le milieu littéraire qui chérissait les bonnes surprises, après l'avoir oublié, allait le porter en triomphe, ou je n'étais pas ce peu que j'avais appris.

– Eh bien, dis-moi, Minou, il serait content de t'entendre !

– Tu crois ?

– Fais-moi confiance.

Je l'interrogeai. L'auteur de *Solde* accepterait-il une interview dans un journal de pin up ? Le mensuel était devenu très chic rive gauche, ministres et chefs de partis nous accordaient la primeur de leurs déclarations, mais, à Grimaud, Bernard Frank n'en savait rien. J'avais déjà toutes les questions. L'écho de certaines phrases me hantait depuis que j'avais été saisie par ce qu'il fallait bien appeler une forme de génie littéraire. Je brûlais de lui dire mon admiration. De l'aider. J'allais contacter Rinaldi, Neuhoff, Sorin, Guégan, je serais son attachée de presse, celle qu'il n'avait jamais eue, nous transformerions la parution de *Solde* en événement. Françoise m'écoutait. Il y avait du dépit dans cet hommage si appuyé au talent d'un autre, fût-il son frère. Elle était trop fine pour ne pas le percevoir.

– Je t'avais bien dit que ça te plairait, murmura-t-elle.

– J'ai hâte de lui parler, Françoise. En même temps j'ai peur. Et s'il me disait non ?

– À ma connaissance, on ne lui propose pas des milliards d'interviews, tu sais ! Ne t'inquiète pas trop tout de même.

Son agacement à peine perceptible m'enchanta. Nous nous connaissions si bien ! « À l'âge que j'ai, je ne veux travailler qu'avec des gens que je connais », m'avait confié le président du groupe de presse qui m'employait. Par chance, il me connaissait bien, ce pourquoi il venait de m'accorder la direction d'un hebdomadaire, tout en me maintenant à la tête du mensuel. « Vous devenez une agence de presse à vous toute seule », m'avait susurré son associé. La bienveillance du président à mon endroit agaçait en haut lieu. La direction des rédactions était un club très fermé, réservé aux hommes, ils se connaissent si bien entre eux ! Mon patron avait raison : la nouveauté comportait toujours un risque. Qu'allais-je bien pouvoir dire à Bernard Frank pour qu'il accepte de m'accorder une interview entre deux *playmates* ?

– Il est comme tous les écrivains, un peu faraud. Ta réaction va le flatter, répondit Sagan. Tu n'as pas oublié le dîner de demain, reprit-elle. Je porterai ton collier.

– Je me demande si c'est une bonne idée.

– Le poids de Suse ?

– Non, ce dîner.

– Qui te dit que Bernie n'a pas envie de te connaître, lui aussi ?

Françoise précisa que nous serions dans l'intimité. Il y aurait « Bernie », Peggy, elle et moi. Convalescent, Denis restait à Équemauville.

« Maman, encore une histoire », cria mon fils de loin. Je me retournai. Sur le seuil de sa chambre, l'enfant agitait son Babar, et le bonheur de le voir si beau me saisit au point que je refermai la fenêtre comme s'il avait pu s'échapper.

– À demain, alors, Minou ! Je vais travailler sur ton bureau.

J'allais raccrocher, lorsqu'elle reprit :

– Hier, j'ai encore gagné.

David me tira par le bras, tout blond dans son pyjama rouge.

*

* *

Rue d'Alésia la chaleur peignait le ciel en autant d'éclairs blancs. « Monsieur Frank est au salon », chuchota le maître d'hôtel, le front couvert de transpiration. Ses prunelles reflétèrent ma perplexité. J'ai fait oui de la tête afin de cacher mon trouble, déposant dans ses bras dossiers de presse et journaux. « Madame arrive bientôt avec madame Roche, elle me charge de vous dire qu'elle sera là pour le dîner », ajouta-t-il. Sans la maîtresse de maison, les présentations ne seraient pas simples. Dans l'étroit corridor – mes épaules frôlaient la cloison –, plus j'avançais vers l'élucidation du mystère, moins je savais. Oscar disparut et sa veste blanche, que j'apercevais toujours avant le début des libations, me manqua.

Comme un plongeon dans le vide. Teresa avait dû fermer les rideaux du salon, l'obscurité régnait.

Une lampe éclairait chichement la silhouette d'un homme enfoui dans le velours du canapé. Je m'avançai. Un journal tomba sur la moquette quand il se leva. J'entendis craquer ses chaussures. Il se pencha pour ramasser les feuilles éparses puis se redressa. Pas très grand, agrippé à son siège, l'inconnu m'observait. La pénombre accentuait l'irréalité des choses.

– Qui que vous soyez, ouvrez les rideaux !

Belle voix. Force de conviction. J'obéis. Une lumière de fin de journée envahit la pièce. Bernard Frank était brun et portait un costume clair. Très clair. Presque blanc. Le garçon aux épais sourcils repéré sur la quatrième de couverture de *Géographie universelle* me jeta un coup d'œil furtif en ramenant une mèche sur son front ; de très grands yeux noirs contrastaient avec une pâleur de scène, et la blancheur du costume – une popeline infroissable sans doute – accentuait la noirceur de ce regard. Il y avait une telle profondeur dans ce noir tranchant que j'étais incapable de bouger : c'était comme si l'intelligence, toute l'intelligence des hommes, s'y était réfugiée. Dans le silence qui suivit, une inconsistance notoire s'étendit à la maison, au quatorzième arrondissement, à la ville tout entière. L'homme brun me faisait face. Ses chaussures craquèrent encore.

– Vous êtes l'amie de Françoise. Excusez-moi, je rentre de voyage.

Tessiture grave, inflexions sourdes. Entre Welles et Sinatra. L'inconnu s'accrochait au canapé comme si j'allais brandir un revolver. J'ai repéré la main tenant le dossier – son propriétaire avait-il peur de tomber ? –, une main délicate et fine, du papier bible ; j'ai aperçu le poignet, les boutons de manchette. La manche de la veste semblait taillée dans une matière brillante ; sous la veste, j'ai noté la chemise à col boutonné, la cravate mince à la Pacadis. L'ensemble donnait à l'auteur de *Solde* son air de jeune homme en vogue. Je trouvais plaisant qu'un écrivain tel que lui s'offrît le luxe d'avoir du style. Cet homme avait acquis les subtilités du paraître au contact de Françoise. À moins qu'en bon lecteur de Drieu et Morand il n'eût un faible pour les belles matières, la rigueur, l'authenticité. Les chats sont toujours un peu sur la défensive. Face à lui, j'ai pensé à eux. Son allure de jeune homme contrastait avec ses manières de matou traqué prêt à décamper à la première alerte. « Ne me tue pas », disaient ses yeux.

– Prenez place, je vous prie, proposa leur propriétaire, un ton au-dessous.

Je surpris son regard sur mes jambes tandis qu'il se laissait choir dans le canapé bleu. Je portais une jupe jaune pâle appartenant à Françoise et un blouson. L'auteur de *La Panoplie littéraire* se taisait, il ne semblait nullement pressé d'entamer la conversation. Son visage évoquait le masque des oiseaux de proie. La façon qu'il avait eue de ne pas lâcher le canapé trahissait une sorte d'effroi que démentait à présent cette fatigue perceptible, ce désenchantement du corps las des hommes de cinquante ans; il semblait se tasser sur son siège; de toute évidence, je ne l'intéressais pas, ou peu, en tout cas il n'avait plus peur. Ma confusion monta d'un cran. Je pris place dans un fauteuil. Il baissa les yeux et je toussotai pendant qu'il contemplait mes chaussures. Un cuir marron accordé au blouson. Je posai mon sac sur la table basse et allumai une Kool légère. Il se pencha et projeta un large cendrier de métal dans ma direction.

– J'aurais dû téléphoner avant de vous…

– Mais pas du tout, pas du tout.

Il me contempla à nouveau. Un brun aux yeux noirs. La prunelle me fixait de manière brutale, des yeux sans demi-mesure, des yeux qui ne laissaient rien passer, mais peut-être n'étais-je pas objective. Je n'exagérais pas, en revanche, l'épaisseur et la longueur des cils qui s'abattirent d'un seul coup sur sa joue lorsqu'il contempla le journal à ses pieds. Il me sourit avec froideur ; j'ai tout de suite ressenti son côté *old malt*, vieux garçon, et la nonchalance qui va avec. La lumière déclinait et son étrangeté d'homme gagnait le salon. Tout devenait bizarrement inutile, fatiguant, bancal. Y compris notre rencontre. Son mal de vivre, très contagieux, m'ouvrait les yeux. Soudain, je vis les défauts du salon, dont la bonhomie disparut. L'usure de la pièce semblait aussi perceptible que la fatigue de mon hôte. J'aperçus une rose fanée qui déparait un bouquet. La table laquée était rayée. Lassées par toutes ces soirées, les tentures de Françoise perdaient leur éclat. La moquette était brûlée par endroits. La rue d'Alésia trahissait son âge pour la première fois. Notre comédie et celle que jouait la maison se délitaient à mesure que l'homme brun se lassait d'avance de tout ce que j'allais lui dire. Mes petits cris d'enthousiasme, ma supplique de rédactrice en chef. Cela l'épuisait rien que d'y penser. Tout ce qu'on avait cru vouloir entreprendre et qu'on ne souhaitait pas tant que cela, finalement, semblait vain. Bernard Frank saisit son verre qu'il agita en contemplant les glaçons. Il l'examina encore, puis le reposa. Je vis de la poussière sur le piano et je rougis, comme si cela avait été ma faute.

– Vous devez être fatigué avec ce long voyage. Si vous voulez, je puis…

Je me penchai pour écraser ma cigarette, et j'ai surpris son coup d'œil sur ma main. Je me redressai et il tourna la tête vers la rue.

– Ces dames ne vont pas tarder…, dit-il en se penchant pour ramasser son journal.

Il le plia avec une attention méticuleuse, comme s'il s'agissait de respecter la parole donnée. Sa réserve, son immobilité, contrastaient avec la gaieté de Françoise, ses mouvements. Faire connaissance était une épreuve, je n'allais tout de même pas l'entreprendre sur ses livres ? En attendant de trouver le sujet qui nous ferait basculer dans une certaine aisance, celle des gens qui sont liés par les mêmes lieux, lectures, amis, nous n'avions rien à nous dire. Et Françoise qui n'arrivait pas ! La chaleur exagérait le brillant de ses yeux. Elle étoffait mes cheveux, dont le volume doublait avec la moiteur de l'été. Il ne souriait pas. À sa froideur, j'imaginais qu'il n'avait qu'une envie : poursuivre sa lecture. Quant à moi, je savais très bien ce que je voulais. Une interview de lui, certes, mais surtout reprendre la maîtrise des choses. Oublier ce tassement des perspectives, ne plus ressentir cet à-quoi-bon qui tuait à la source toute velléité d'action, redevenir en sa présence ou hors de ce regard décapant la petite personne finalement assez optimiste que j'avais été avant cet instant.

– Vous ne me dérangez pas du tout, reprit-il, volant à mon secours.

Le papier journal crissait entre ses doigts. J'entendis claquer une porte. Lorsqu'il eût remis les pages dans le bon ordre, il saisit son verre. Ses mains trahissaient une âme exceptionnelle, et Dieu sait si Françoise avait les doigts fins. Ses yeux croisèrent les miens une fraction de seconde.

– *Le Monde* n'a pas un bon littéraire, mais on le lit, dit-il en posant le journal sur le velours bleu marine du canapé.

– Vous avez vu le papier de Poirot ?

– Oui, fit-il en aspirant la voyelle, tel un gamin qui répondait à sa maîtresse d'école.

Son beau visage se détendit, comme s'il avait ressenti ma surprise et mon attendrissement. Il m'observait donc, avec son air absent ?

– Vous l'avez aimé ?

– Aimé, c'est un bien grand mot. Je ne suis pas d'accord lorsqu'il prétend que X a publié son meilleur livre, le précédent me semblait plus réussi.

– Il n'a pas eu de succès, hélas.

J'avais du mal à trouver les mots.

– Il faut une santé de fer pour supporter le succès : regardez Françoise, dit-il tout bas. Et puis le succès est une...

Il laissa la phrase en suspens, c'était à moi de la terminer – ou pas, si je n'en avais pas envie. Sa parole aussi semblait altérée, la chaleur, la peur ou l'ennui, nous étions dans la difficulté et les tâtonnements de l'instant, nous voulions passer à l'étape suivante, le naturel, la décontraction, qui n'allaient pas tarder, nous le pressentions. En attendant ce pain béni, j'étais comme une étrangère possédant pour tout bagage les rudiments d'une langue qui devenait de plus en plus ardue. Bernard Frank vint à mon secours en faisant à nouveau les cent pas

– Ainsi, Françoise vous aime beaucoup. Que lui avez-vous fait ? reprit-il sans me regarder.

Il avait deux voix, l'une grave, chaude, celle de la bonne humeur, et l'autre métallique, l'habit du sarcasme. Je pris la tangente.

– Vous vous êtes rencontrés comment ?

– Florence, la fille de Malraux. Il faut bénir les cocktails littéraires, où je ne vais plus, hélas. Elle avait dix-huit ans, moi vingt-quatre. Je n'ai pas mon permis. Elle m'a proposé de me raccompagner. Et voilà.

Françoise était son double. Certes, il était un auteur confidentiel, elle signait partout des autographes, mais ce qui les liait détruisait les apparences. Rien ne comptait pour eux que leur travail et certains plaisirs, très secondaires. La vitesse, le whisky. Ils étaient amants, amis, mariés, libres. Et j'étais là, entre eux. Le compagnon de Sagan aurait pu rappeler aux étourdies dans mon genre qu'il rentrait de voyage. Il écrivait *Solde*. Ou plutôt il devait terminer *Solde*. Ses effets déposés dans sa chambre, à peine était-il descendu au salon pour parcourir son journal avec son whisky du soir que je sonnais. J'aurais voulu dire au Bernard de Françoise dont les chaussures craquaient tandis qu'il continuait à faire les cent pas, son verre à la main, que j'étais acquise à sa cause. Il n'avait pas à se fatiguer, s'il était le dernier des Mohicans, je faisais partie du clan.

– Françoise m'a beaucoup parlé de vous, insista-t-il, retrouvant sa voix de tout à l'heure, la voix amie.

Personne ne m'avait parlé de lui, sauf Françoise et Éric Neuhoff, jeune homme épris de littérature. La veille, il s'était emparé d'*Israël*, qu'il avait déniché sur mon bureau. « Ah ! vous avez découvert Bernard Frank, vous aussi », m'avait-il dit en posant sa béquille avant de prendre place. « C'est quelque chose, n'est-ce pas ? » avait-il ajouté en me souriant comme si j'entrais dans sa famille. Neuhoff ne m'avait pas dit que l'auteur d'*Israël* était un brun aux yeux noirs.

– Je suis désolée de m'imposer le soir de votre retour, Françoise pensait…

– Nous sommes un assez vieux couple, vous savez.

Il eut son ricanement. Cette manière de grommeler ponctuait ses phrases ; il s'en servait pour mettre les points sur les *i* ou laisser un mot en suspens. Il fit halte à deux pas de moi. La chaleur ne l'atteignait pas plus que l'alcool.

– Vous buvez quelque chose ?

Sa voix s'adoucissait pour aller avec le regard enfantin. Parfois, dans les premiers instants, les choses se savent des deux côtés.

– Oui.

– Scotch ?

Je n'aimais pas le whisky mais ne rien dire me permettait de reprendre pied, et alors qu'il revenait de la cuisine avec mon verre et d'autres glaçons, j'en ai profité pour le détailler. J'ai vu la bouche épaisse, les lèvres charnues. La fossette, au creux du menton.

– Vous voulez de la glace ?

J'ai fait non de la tête, et il m'a souri pour la première fois.

– Pourtant, avec cette chaleur, ce n'est pas désagréable.

– Oui, mais je préfère.

– Très bien.

Quand il s'installa à nouveau en face de moi, je me suis levée. Par coquetterie, pour qu'il voie. Qu'il me voie. Tout à l'heure ce serait trop tard, les premières impressions marquaient les esprits. Je me suis mise à arpenter le salon de Françoise, entre le piano et la véranda. Je reprenais du poil de la bête. Il y avait sur ma nuque ce regard d'homme que je percevais autant que je sentais la caresse du soleil sur mes mollets. Le crépuscule serait beau. Les choses commençaient à reprendre sens. Je récupérais mon aisance. L'alcool décuplait son plaisir de ma présence, je le sentais. La glace fondait. Je repris place et soutins son regard. Moi aussi j'avais les yeux noirs.

– Vous avez vu le portrait de Bernard Noël dans *Libération* ?

– Le littéraire du *Monde*, qui est mauvais, semble tout de même assez convenable quand on le compare à celui de *Libération*.

– Vous êtes sévère.

– Il n'y a pas de bon littéraire en France.

– *Le Matin ? Le Figaro ?*

– Claude Perdriel est un ami ; d'Ormesson me fatigue, et c'est tout de même très à droite, non, vous ne trouvez pas ? Il paraît que vous êtes journaliste ?

– Avez-vous écrit une nouvelle qui, par chance, serait inédite ?

Il se pencha, prit mon verre sur la table basse, l'emplit à nouveau et me tendit la boisson. Il semblait lent et précis comme l'était mon amant.

– Vous ne perdez pas le nord ! J'en ai une en effet. Il s'agit de ma rencontre avec Françoise. Ça s'appelle « Une mauvaise nouvelle ». Elle a dû être lue par cent personnes dans une revue qui a disparu.

Il bougonna, tête basse, sa manière de rire. Une mauvaise nouvelle. Ça lui allait bien. Jean-Loup Sieff ferait son portrait. À moins que ce ne soit Robert Doisneau. *Solde* serait-il la suite du *Siècle* ? Que ce chroniqueur de l'histoire en train de se faire n'ait aucune tribune semblait un scandale.

– Où puis-je trouver le manuscrit ?

– Françoise m'avait bien dit que vous êtes une Hersant en jupons ! J'ai vu d'ailleurs que vous aviez chipé à Claude ses meilleurs collaborateurs. C'est une succursale de *L'Observateur*, votre journal.

Il riait d'un air sournois et emplit à nouveau nos verres.

– Je fais ce que je peux, vous savez, c'est difficile. Vous connaissez la presse, dis-je.

Il avait l'art de saper les efforts qu'on s'efforçait de cacher. De réduire à néant tout ce dont on était fier. L'alcool soulignait la vanité des choses ; ma tristesse latente ramenait des bribes d'enfance, bruits, cris, séquences heurtées, poursuites dans les couloirs, les cheveux, ils me prenaient par les cheveux, la mère, le père, rien de cohérent, une bouffée de malheur, avis aux géniteurs, ne jamais frapper, l'empreinte reste gravée comme le fer sur l'épaule de Milady, née pour perdre, mon désespoir me trahirait. Il interrompit le processus.

– Vous n'avez pas faim ? Si on allait dîner ? Le Moniage Guillaume fait une cuisine très convenable pour un restaurant de quartier.

– Et Françoise ?

– Eh bien elle ne va pas en mourir, de nous revoir plus tard que prévu, elle ne dort jamais, vous savez.

– Je sais, mais elle avait prévu un dîner avec Peggy en votre honneur.

– Ces dames seront enchantées d'avoir la paix, pour une fois, dit-il d'un air narquois.

Oscar ne parut pas surpris lorsqu'il nous vit sur le pas de la porte. Le Moniage se trouvait à deux pas.

*

* *

Il était gourmand. Je l'avais subodoré en le lisant, à présent les choses étaient claires, il aimait la bonne chère. Mon appétit lui plut. On nous servit un autre scotch. Penché sur la carte, il plissait les yeux. Ses prunelles pétillaient, plus de lassitude, aucun sarcasme, un brun séduisant, accompagné d'une jeune femme, étudiait la carte d'un restaurant. Le maître d'hôtel semblait le connaître. « Monsieur Frank est revenu ! » disait le brave homme comme on remercie Dieu. « Madame aime-t-elle les asperges ? À moins qu'elle ne préfère un melon de Cavaillon avec du jambon de Parme ? Monsieur Frank sait combien nos melons sont goûteux. » Il tournait autour de nous afin que rien ne pût troubler la perfection de l'instant.

– J'ai trouvé moche votre exécution par Jean Cau au moment de la publication des *Rats*. La brouille avec Sartre a dû être terrible…

– Disons que je n'étais pas préparé à devenir l'ennemi public numéro 1 des *Temps modernes*. *Les Rats* étaient un roman de jeune homme. Peut-être raté, mais ni plus ni moins que les autres.

– *Solde*, vous pensez le finir quand ?

– Qui sait.

Le maître d'hôtel nous interrompit. Nous avons commandé une douzaine d'huîtres (creuses) – malgré la saison, elles n'étaient pas laiteuses –, un foie de veau légèrement rosé (pour lui), une sole « préparée » (pour moi). Nous avons bu un bouzy qu'il avait choisi et goûté sous l'œil du sommelier.

– Grasset vous traite-t-il bien ?

– Les éditeurs sont mes époux. L'écrivain, c'est la bonne femme. Pourquoi me parlez-vous de Grasset ?

– Bernard est un ami.

– Bernard qui ?

– Henri Lévy.

– L'autre Bernard, en somme, reprit Bernie d'un air narquois.

Je souris. Le Bernard de Françoise semblait une ombre sauf à table, où ses papilles lui rendaient sa confiance en la vie : alors, il oubliait l'absence au monde, ce recul désabusé, distance qui était son domaine, sa définition. À table, il devenait vivant. Du discours agissant, rien que du verbe, de l'imagination.

Le maître d'hôtel me couvait des yeux comme si j'avais été la fiancée du Liban. Il m'accordait une telle importance que j'en pris une. Entre les plats, je tapotai la nappe avec la fourchette, Bernard Frank contemplait mon poignet, puis son regard remonta. Je relevai mes manches. Il baissa la tête. Grâce à mes cheveux, je pouvais cacher mon trouble. Son plaisir de dîner avec moi s'affichait avec cette gratitude de l'homme content de son assiette.

– Vous avez un fils, d'après Françoise.

– Oui, il s'appelle David.

– Quant à moi, je suis inquiet, voyez-vous, car ma mère est malade, et je ne sais pas si…

Le reste se perdit dans les rumeurs de la salle. Il piocha dans le seau quelques glaçons. Cela faisait beaucoup de whiskies, mais il ne bronchait pas. Lorsqu'il reposa le menton dans la main droite, fixant rêveusement la haie de thuyas qui cernait le Moniage Guillaume, j'ai pensé que je dînais avec un homme beau et sans doute insupportable. Beau, avec ce côté dandy nonchalant, ces gestes retenus, la montre de cuir brun qui cernait le poignet blanc, si fin, le regard sombre, les cheveux noirs, épais. Insupportable, je le pressentais, puisque je l'avais lu, avec un côté cassant, tranchant. Imprévisible. Ce devait être le genre d'homme qui ne laissait rien passer. Je le voyais très bien faire un esclandre. On sentait qu'il pouvait bondir, déchiqueter. Sa suavité semblait m'être réservée. Il leva les yeux avec un sourire qui scella notre accord. Je n'avais plus peur. J'ai un angle de vision assez vaste, et je percevais son regard même en tournant la tête. Il m'épiait entre deux bouchées de foie de veau comme si j'avais été une surprise agréable. Son insistance me mit sur la piste. J'ai pris mon verre en lui montrant cette bague qui mettait mes gestes en valeur.

– Vous avez de belles mains, dit-il.

– J'admire les vôtres.

Ce mélange d'audace et de timidité devait l'amuser, en tout cas il semblait aux anges. D'une certaine manière il devenait prévisible, comme le sont tous les hommes auxquels on plaît, tous ceux qui vous désirent. Mon humeur était aussi légère que la brise qui caressait ma joue. Une brise du soir, un soir d'été à Paris dans un bon restaurant; l'un de ces dîners en tête à tête comme je les aimais, le libertinage et la gourmandise accordés. Il fallait que je le rassure, il fallait que je lui montre qu'il me plaisait aussi. Je jouais mon va-tout. La compréhension instantanée, l'intuition.

– Votre mère, vous l'aimez profondément.

– Oui, fit-il en aspirant le mot si bizarrement que je ne pus m'empêcher de sourire.

C'était son truc, sa marque de fabrique, une soumission enfantine à l'autorité d'autrui. Il lissa les cheveux sur son front.

– Elle a des problèmes avec la Sécurité sociale, je leur ai écrit pour leur dire ce que je pensais de leur crétinerie.

Je souris. Les fonctionnaires de l'Assurance-maladie avaient dû passer un mauvais quart d'heure. Bon fils. Je fondis, malgré le retour de la voix métallique.

– Ma sœur vit aux États-Unis, et quand je…

Il me laissa le soin de deviner ce qu'il avait eu envie de dire. Je savais deux ou trois choses à son sujet. Je tapotai ma joue, jouant avec une mèche. Je passai un doigt sur mes lèvres. En somme, je nous voyais très bien dans un lit. Je ne céderais pas vite, ce serait excitant. Françoise ne dirait rien, elle était pour la circulation des désirs, leur liberté imprévisible. De toute façon, ce ne serait qu'un emprunt. Je soupirai. Il se pencha davantage. Quel homme n'aurait pas compris ? Il sut. Nous étions gais avec un nuage de tristesse.

– Prenez-vous un dessert ?

– Et vous, Bernard ?

Il me jeta un coup d'œil amusé. Je le nommais, cela n'avait rien d'extraordinaire, cependant son prénom m'avait échappé comme une caresse. Je m'étais entendue prononcer « Bernard » de cette manière compromettante qu'avait Peggy de nommer Françoise. Je rougis. Il faisait chaud, j'ai déboutonné le blouson. Il se pencha et emplit mon verre. Il prit son temps. Mon décolleté jouait son rôle. Le bouzy avait cette couleur framboise qui allait à l'instant. J'étais comme au théâtre, parfaitement à l'aise, me laissant regarder, lui permettant toutes sortes de choses, oubliant que j'étais supposée lui donner la réplique ; je n'avais plus le trac, il pouvait penser ce qui lui plaisait, l'alcool et toutes ses douceurs de chat aux aguets me libéraient. J'avais dit « Bernard », et alors, la belle affaire ! Il n'allait pas se choquer d'une langueur qui lui devait tout. Au dessert (des fraises et, pour lui, un éclair au café), je l'entrepris. Longtemps. Il me regardait. J'allais sûrement regretter ce flot de paroles. Je voulais suborner cet esprit qui prenait corps. Que cet esprit fût celui d'un homme séduisant accélérait le mouvement.

– Je préfère votre *Israël* à Sartre et sa *Question juive*. Le ton, l'humour, l'écriture : de la pure poésie, j'en suis sortie sonnée. Ce monologue jusqu'au vertige, votre narrateur qui viole nos femmes, pille nos banques, s'infiltre dans nos médias, la somme des clichés antisémites : c'est magnifique

Il baissa la tête. Lorsqu'il la releva, j'ai vu avec stupeur qu'il tenait à moi.

– Vous écrivez aussi, m'a dit Françoise.

– Vous êtes le meilleur d'entre nous.

– Votre enthousiasme est plaisant.

– Et le Midi ? Vous allez repartir…, dis-je avec une froideur voulue.

Il prit son verre et bougonna quelque chose. Il ne finissait pas ses phrases, il s'interrompait comme si aller jusqu'au bout d'une formule était vain. C'était à l'autre de comprendre. Je compris. Il parlait si bas qu'on ne l'entendait pas, il parlait en pensant qu'il écrivait, en somme, ce fleuve sauvage et dru qui coulait l'on ne sait où, avec des parenthèses interminables, si bien qu'on ne pouvait tenir une vraie conversation. Ce dialogue décousu nous laissa pantelants.

– La prochaine fois, nous irons à La Palette, je vois que vous aimez les huîtres.

– Peut-être ne repartirez-vous pas si vite ?

Il tressaillit et demanda l'addition. Il sortit son chéquier. Je découvris sa belle écriture bleu marine. Elle jaillissait avec lenteur du stylo, elle avait de la majesté. Nous étions proches, du moins nos sièges s'étaient-ils rapprochés sans que nous eussions rien fait pour cela.

– Voulez-vous un cognac ?

– Françoise va se demander ce que nous faisons, et nous avons assez bu, dis-je en propriétaire.

Cette autorité qui ne reposait sur rien lui plut. Il aurait pu se fâcher. J'avais joué, et gagné.

– Vous êtes une drôle de petite personne, dit-il en poussant ma chaise.

Je me levai et nous avons découvert qu'à peu de chose près nous avions la même taille. Cela créa des liens.

*

* *

La rue d'Alésia plongeait vers l'avenue René-Coty avec une grâce renouvelée. Paris sentait l'été, les plages proches, la fuite vers les forêts, et Bernard et moi allions du même pas. À la maison, toutes les lumières étaient allumées. « Vous en avez mis, du temps, les enfants ! » s'exclama

Françoise en nous ouvrant. C'était elle qui nous avait abandonnés, mais il ne fallait rien dire. « Lâcheurs ! » renchérit Peggy. Les deux amies semblaient heureuses de nous revoir. Françoise m'embrassa d'une manière aussi chaste que possible, sous l'œil attentif de Peggy. Je reconnus le blouson et les pantalons de denim que Sagan portait pour conduire. Elle arrivait d'Équemauville. Avec Peggy, donc elle m'avait menti. Elle portait mon collier. Ses cheveux étaient décolorés par le soleil, et son hâle, par contraste, lui donnait ce museau d'albinos qui avait été le sien à La Désirade. Avais-je assez chéri ce nez petit, ce menton adorable, ces yeux d'une intelligence radicale ! Depuis lors, tout avait changé. Peggy et Françoise ne tentaient plus de faire semblant. Le couple qu'elles formaient était flagrant. Quant à la liaison qui s'ébauchait ce soir-là entre Bernard et moi, Françoise était trop subtile pour ne pas en percevoir les effets. L'expression de nos visages trahissait le plaisir d'être ensemble. De toute manière, il fallait être plus naïve que je ne l'étais pour croire un seul instant que l'on pouvait lui cacher quoi que ce fût. Surtout lorsqu'il s'agissait du désir. Notre flirt lui plaisait-il, ou, au contraire, trouvait-elle que j'exagérais ? Après tout, cela ne faisait pas si longtemps qu'elle et moi étions en rupture de ban.

Bernard Frank disparut par prudence. Il revint de la cuisine avec du Bollinger. J'ai aimé sa manière faussement distraite de déboucher le magnum. Son geste trahissait un art consommé de ces choses dévolues aux hommes et qui les révèlent. C'était un soir de fête, le champagne rosé accentua la bonne mine de notre quatuor. Françoise et Bernard se tinrent un instant face au jardin qu'un spot éclairait. Ils parlaient en fixant la statue. Éros dominait cet aparté. Leur beauté me bluffa. Amants, amis, époux, jumeaux, l'on ne pouvait être plus Sagan que ne l'était Frank et plus Frank que ne l'était Sagan. Bizarrement, au lieu de m'attrister, ce constat attisa mon désir. Sur un air de Mozart – *La Clémence de Titus* –, nous étions propulsés dans une séquence qui serait coupée au montage. *La Splendeur des Amberson*, par exemple. Celle des résidents du 25, rue d'Alésia ne faisait aucun doute. L'époque basculait, tout changeait, sauf eux. Les murs se fissuraient, demain Cupidon aurait du plomb dans l'aile, Sagan et Frank, pas. Ils me tournèrent le dos et Françoise s'esclaffa. Je vis un couple éternel, que rien ni personne jamais ne pourrait séparer. Leur ressemblance me frappa. Quelque chose dans le rire de Françoise surgissait à point nommé avant le ricanement de « Bernie » ; les regards qu'ils échangeaient au-dessus de nos têtes prouvaient assez qu'ils se parlaient sans avoir besoin de mots ; ce qu'ils se disaient ne regardait personne, pas même Peggy, qui en souffrait, je le compris au coup d'œil qu'elle leur jeta. Elle vit que j'avais perçu sa douleur et rougit.

– Bernard, tu veux bien aller chercher d'autre champagne, s'il te plaît, cria-t-elle en tapotant son paquet de Marlboro.

J'étais certaine à présent du peu de sympathie qu'elle éprouvait pour l'alter ego de Sagan. Frank disparut à la cuisine.

– Bernard m'a fait des tas de compliments à ton sujet, et ce n'est pas son genre, souffla Françoise en passant. Ma jupe te va bien, ajouta-t-elle.

Elle me montra le collier de Suse avec un adorable sourire. D'une certaine manière, je l'aimais toujours et elle m'aimait aussi. Bernard me rejoignit et Françoise commença de s'agiter autour de nous avec son Polaroid, mince et agile, elle glissait entre nous, l'œil dans le viseur. Pour réussir sa meilleure prise, elle nous fit prendre place dans la véranda. Le costume clair semblait blanc dans la lumière, un projecteur éclairait la statue derrière nous. « Superbe, dit-elle, ne bougez plus ! »

Peggy nous apporta une coupe. Bernard alluma un cigarillo. Tous ses gestes semblaient réussis. Depuis qu'elle avait compris ce qui se tramait entre lui et moi, Peggy rayonnait. Elle se pencha et caressa ma joue. « Tu fais partie de la famille », dit-elle. « Là, c'est parfait, ne bougez plus ! » s'écria Françoise. Elle soufflait sur l'image pour la faire sécher. La photo était toujours belle, Françoise avait aussi ce genre de talent. Assis sur le tapis de jonc, dans la véranda, nous posions pour elle, elle saisissait notre jeunesse sur le vif, car nous étions jeunes même si Bernard avait cinquante ans. Ce fut en effet ce que disait l'image signée Sagan, si troublante que je la posais sur le piano : elle brûlait.

Bernard Frank allait et venait à travers le salon en revenant toujours vers moi. Parfois Françoise m'observait, comme pour élucider ce mystère. Je soutenais son regard. Je me sentais vaguement coupable. L'amoureuse d'hier, la compagne, l'amie, la confidente, l'admiratrice, la rivale malheureuse de Peggy, séduisait son compagnon à son nez et à sa barbe. Elle appréciait sans doute le piquant de l'affaire. « Amants d'un soir ou d'un mois ? » devait-elle se demander, en spécialiste des ressorts intimes, ajustant son viseur. Sur le plan de son esthétique personnelle, intraitable, et qui lui tenait lieu de morale, je la savais assez perverse pour trouver ce flirt à son goût. Elle aimait mes remords et le désir de son compagnon. « Regarde, Bernie ! » s'exclama-t-elle en lui tendant un nouveau Polaroid, manifestant sa liberté et sa bienveillance. Elle semblait très heureuse du retour de l'amant prodigue. Tout valait mieux que ce Midi qui retenait Bernie loin d'elle.

Peggy se taisait, stupéfaite et contente. La nouvelle donne ne pouvait que conforter sa position dominante, même si elle devait me trouver assez « gonflée » ; que savait-elle au fond ? Elle me contemplait avec une sorte de perplexité teintée d'admiration, expression qu'elle réservait d'habitude à Sagan.

– C'est fou ce que vous allez bien ensemble, tu ne trouves pas, Françoise ? ne put-elle s'empêcher de s'exclamer en scrutant nos portraits, grisée par la joie ambiante et par l'exquise âpreté du champagne.

Son ivresse légère lui permettait de dépasser les bornes avec élégance. Elle fumait derrière le canapé, altière et rassurée. Bernard Frank alluma un autre cigarillo. Sagan se jeta dans un fauteuil.

– Si on regardait *All about Eve?* proposa-t-elle en se penchant vers les cassettes vidéo qui gisaient autour du téléviseur. J'ai pensé que cela nous ferait plaisir de voir ce film tous ensemble.

Elle inséra la cassette dans l'appareil.

– Ah ! C'était donc ça ! maugréa Bernard Frank, du fond du canapé, tu veux confondre Annick et lui montrer que tu n'es pas dupe de ses manigances... Méfiez-vous, mon petit, votre rivale est une souris des villes très policée qui a réponse à tout, ajouta-t-il à mon intention.

– Arrête un peu, Minou, pouffa Françoise qui triturait les boutons du téléviseur.

Une douce folie s'était emparée de chacun d'entre nous. Nous la laissions agir en catimini, elle soufflait nos mots, activait nos sourires. Françoise riait. Bernie en rajouta. Il avait trouvé une bouteille de Chivas, dédaignant le champagne.

– Il faut dire les choses comme elles sont. Annick va se reconnaître dans le rôle d'Anne Baxter – la traîtresse, poursuivit-il, roulant des yeux. Elle arrive ici comme une petite mijaurée et finira par t'éliminer !

– Alors d'après toi, je suis Bette Davis, star vieillissante inquiète à l'idée qu'une jeunesse puisse me chiper la vedette et l'amour ?

– Le ver est dans le fruit et tu ne peux t'en prendre qu'à toi, jubila Bernard en aspirant la fumée de son cigarillo. Non, mon petit, poursuivit-il en emplissant à nouveau ma coupe, non, je le dis haut et fort et devant ces dames, malgré votre amitié avec Bernard-Henri Lévy (il martela le « Henri »), vous ne vous en tirerez pas comme ça ! Votre OPA sur cette maison échouera.

Il ricana, les yeux brillants.

– Il est insupportable, s'esclaffa Peggy.

– N'est-ce pas que vous avez peur ? insista Bernard en me caressant du regard.

– Je n'ai plus qu'à disparaître.

Je souriais en trouvant qu'il y allait un peu fort.

– Surtout pas.

Ce cri surprit Françoise, qui se retourna. Un silence se fit. Elle en profita pour allumer une Kool extraforte. Frank retourna la bouteille vide dans le sceau à glace. J'aurais voulu éprouver ne fût-ce qu'un quart de seconde la douceur de sa main sur ma peau. L'ombre des cils sur sa joue, c'était tout ce que je percevais de cet homme. Son profil se rapprocha. Un certain trouble m'obligea à baisser la tête. Il comprit. La force de mon désir renforçait le sien.

– Soyons un peu sérieux, pour une fois, dit Françoise.

– Plus tard, Mankiewicz, s'il te plaît, s'emporta Peggy, nous n'avons peut-être pas tous envie de deux heures de cinéma...

Elle hocha la tête en me regardant pour me prendre à témoin de la difficulté qu'il y avait à contenir dans une limite raisonnable les lubies de Sagan.

– Tu défends Annick, Peggy ? demanda Bernard Frank.

Peggy leva les yeux au ciel comme si Françoise et Bernie avaient été deux gamins.

– C'est un film magnifique, lui dis-je.

Il leva le bras qu'il étendit sur le dossier. Je sentis sa main frôler ma nuque. Françoise se détourna.

– Oui, mais voir un film, aussi magnifique soit-il, deux fois de suite dans la journée, c'est assommant, maugréa Peggy. J'ai eu droit à une projection tout à l'heure.

– Assommant, assommant, parle pour toi, mon chéri, s'impatienta Françoise qui contemplait à présent nos Polaroid qu'elle avait étalés sur le piano.

Elle les remettait dans un certain ordre, elle se penchait sur le puzzle, réfléchissait, ôtait une photo et la reposait ailleurs, comme elle l'eût fait avec un jeu de cartes. Elle jeta un ou deux instantanés dans la corbeille à papiers, puis contempla le tableau. Sa composition sembla soudain la lasser.

– Venez, on monte, alors, décréta-t-elle en quittant nos photos. Elle se dirigea vers l'escalier. Ça t'amuserait, Bernie, un peu de piano électrique, la ritournelle d'Alésia, comme au bon vieux temps ?

– Ce qui m'amuse le plus, c'est de ne rien faire, chuchota l'intéressé à mon oreille.

Peggy fumait, debout derrière nous, vêtue de son ensemble rouille. À mesure que se précisait la modification du jeu et de ses règles, elle devenait mon alliée.

– Tu veux qu'on reste ici, Bernie, ou tu préfères qu'on monte dans ma chambre, insista la maîtresse de maison, troublée par l'immobilité de Frank.

Celle de Peggy ne la perturbait guère, Peggy suivrait d'un moment à l'autre. Je ne pouvais m'empêcher de contempler le revenant, celui qui en deux ou trois heures avait réussi le prodige de changer la donne, aussi eut-elle un sourire que je trouvais à la fois vainqueur et agacé. Je connaissais sa détestation des couples, et il y avait entre Bernard et moi quelque chose qui, déjà, en trahissait un. Était-ce sa manière de parler lorsqu'il s'adressait à moi ? Ses sarcasmes, dont j'avais senti qu'il les réservait aux intimes ? Cette façon que j'avais de me tenir à ses côtés ? Il préféra rester dans son canapé.

Rien ne pouvait plus nous surprendre. Nous avons trinqué à l'insouciance de ces soirées qui n'en finissaient pas ; le malheur n'entrait jamais rue d'Alésia. Il était tard et, gagnée par cette légèreté impalpable qui nous prenait tous, j'ai saisi l'appareil : Françoise et Peggy étaient belles dans l'objectif, moins cependant que le brun aux yeux noirs qui avait écrit *Un siècle débordé*, dans son costume clair. Il me regardait. Encore et encore. Chaque fois que je me retournais, il me regardait. Françoise me proposa de garder sa meilleure photo « en souvenir » d'une nuit tendre et de nos humeurs charmantes. « Et moi, dit-il, si je la voulais, cette photo ? On ne me demande pas mon avis ? » Bernard Frank avait cet air faux jeton qui lui venait après minuit quand il y avait eu beaucoup de phrases et pas mal de whisky.

Nos désirs circulaient sous les étoiles, nous montions dans la chambre de Françoise, en descendions, il y avait toujours quelque chose à dire. Nous parlions de tout sauf de littérature, nous divaguions. Françoise et Peggy trouvaient que, photographiés ensemble, Bernard et moi avions quelque chose en commun. « Les yeux noirs », lui dis-je, passablement ivre. Il fallait poursuivre. J'avais fini par trouver mon équilibre entre eux : ils allaient pouvoir retourner à leurs chères études, leurs passions et leurs penchants étaient aussi les miens, même si chez moi il s'agissait d'un secret en gestation.

Lorsque je pris mon taxi, profitant du fait que Bernard avait disparu quelque part dans la maison, Françoise parut sur le perron. Elle se pencha dans la nuit.

– Reviens vite, Minou ! Nous t'attendons.

– Tu es sûre ?

– Bien sûr, mon chéri.

On aurait dit qu'elle couvait des yeux mon taxi. Comment savoir ce qu'elle pensait vraiment ? Seuls Werther et Minou étaient au courant.

– Dis à Bernard que je l'embrasse, alors.

– Promis.

Malgré les apparences – gaieté-sévérité, silence-gloussements, réserve-mouvements –, ils étaient jumeaux. Elle m'expédia un baiser de la main. Dans la lueur des phares, je vis la frise qui ornait la façade. Les anges d'Alésia. À leur sourire, je sus que la fête continuerait longtemps.

*
**

Le lendemain, alors que je terminais les bagages de David, le facteur m'apporta un pneumatique.

J'enfouis le message dans une poche pendant que mon fils poussait sa valise dans l'entrée. Son père allait passer d'un instant à l'autre, tous deux partaient jusqu'en septembre. J'en avais gros sur le cœur mais j'avais fini par accepter ce statut de mère à mi-temps. L'enfant trépignait d'impatience, il vouait à Daniel l'adoration des fils uniques qu'accentue le quotidien avec la mère.

« Maman, papa arrive quand ? On va rater l'avion ? » s'écria-il, assis sur ses bagages. Il portait un bermuda de toile kaki et une chemisette beige. Ses yeux brillaient. Me quitter signifiait l'envol loin des habitudes ; plus de baby-sitter, plus de maîtresse d'école, rien que le lac de Neufchâtel et la maison des grands-parents.

Lorsqu'il fut installé dans la voiture de son père, la rue Vaneau me sembla déserte et dure. Assise dans la chambre de l'enfant, je séchais mes larmes. J'ouvris le pneumatique en tremblant. J'étais sûre de sa provenance. Mon amant n'avait pas ce genre d'habitude.

« J'ai perdu mes carnets – stop – donc votre numéro – stop – mais pas l'envie de vous revoir – stop.

« Appelez-moi.

« Bernard (pas Henri).

« Alésia 45 26. »

Le numéro de Françoise. Je me postai devant la fenêtre. Les volets de Curtis étaient clos. Il avait dû prendre ses quartiers d'été. Le ciel avait cet air cotonneux des ciels d'Afrique, l'orage menaçait, de larges nuées blanches et grises filaient au-dessus des toits. Ciels mouvants, joies fugitives. J'aimais la pesanteur des matins d'été. Ce temps comme arrêté par trop de chaleur. Cette stupeur, cette immobilité. Je reconnus le cri d'un merle dans les jardins de Matignon. Je me penchai. Raymond Barre ferait-il sa promenade apéritive ? Je me suis levée, et, dans la glace qui surmontait la cheminée, j'ai vu le visage radieux d'une femme jeune. Son enfant lui était ravi, certes, mais elle était femme. L'avenir, l'été, Paris, la chance, tout lui appartenait. Avec la bénédiction de Sagan. Je m'approchai du miroir pour prononcer tout bas le nom du correspondant. « Bernard (pas Henri) » accentuait la douceur des choses au-delà du raisonnable. Il y avait en lui du Françoise Quoirez avec l'ombre portée de ses livres pas écrits. De tous les auteurs que j'avais rencontrés, il était le plus littéraire. « Je vais rompre », me suis-je dit ; pour Françoise, je n'avais pas bougé.

Je pris le téléphone. La rupture serait nette et propre. Je reconnus sa voix, sa bonne voix d'homme bon. Il tomba de haut. « Il y a quelqu'un d'autre ? » demanda-t-il. De fait, il n'y avait personne, mais ce serait une histoire formidable. J'éprouvais un certain plaisir à ressentir, au cœur de cette appréhension que crée l'idée du bonheur, la cruauté des femmes. Mon amant ne souffrirait pas. Il me trompait avec une avocate blonde à la peau laiteuse.

– À propos, Sagan, tu la vois toujours ?

– Oui, pourquoi ?

– Comme ça.

Il fallait joindre Bernard. Quand je fis le numéro de Françoise, Oscar décrocha.

*

* *

Françoise m'invita à Cajarc peu après. Ils m'attendaient à la descente du train. Je les vis qui me faisaient signe de loin ; dans la décapotable,

Bernard portait une écharpe rouge, Françoise, un manteau marine dont elle serrait les pans contre sa poitrine. L'été et la journée s'achevaient, et, tandis que le Capitole repartait, je me retrouvai seule sur le quai.

Dans mon compartiment, j'avais eu le loisir d'entrevoir ces vignes en terrasses, ces vestiges gallo-romains, ces restes de moulins, ces toits pentus, ces pigeonniers aux murs charnus, cette rondeur d'un Midi plus âpre que l'autre, un Midi ancestral et comme refermé sur ses fortifications ; un Midi austère par vocation, ce vert profond, le ciel cobalt.

« C'est plaisant, ce soleil », dit Bernard Frank. La décapotable était assortie à l'écharpe rouge. Françoise souriait. Il faisait beau, mais l'automne venait vite. « À Cajarc, il y a une cheminée », me rassura-t-elle, comme je frissonnais. Elle m'embrassa et poursuivit : « D'ailleurs, Minou, il faut que tu achètes une maison ici, tu seras bien pour écrire, crois-moi, je sais de quoi je parle, c'est le seul endroit où je peux travailler dans la journée, pas vrai, Bernie ? Nous avons toute la semaine, je vais te montrer de vieilles granges, une bouchée de pain, trois heures de train. » Son compagnon était sorti de voiture pour m'accueillir et je vis dans ses yeux la gaieté qu'il n'exprimait pas. Il ouvrit le coffre et y glissa ma sacoche. Il s'installa à l'arrière, et malgré mes dénégations je dus prendre place à l'avant. Françoise démarra et j'ai retrouvé cette impression de liberté qui m'était chère, comme si avec eux elle se matérialisait. Une saveur dont l'âpreté touchait au divin. Une gravité née de cette foi que je n'avais pas. Notre trio était beau comme le paysage. Maquis, cyprès, la rivière filait. Tandis que Françoise surveillait ses méandres, j'ai vu le soleil se coucher. Je me suis retournée. Notre passager souriait. Ses cheveux noirs partaient dans tous les sens à cause du vent. Je lui rendis son sourire. Ma place était derrière ou devant, peu importait, si j'étais avec eux. J'avais imaginé un Luberon sauvage, un Lot breton, mais cette vision ne pouvait enclore le terroir de Sagan. Je la soupçonnais d'être restée vague pour que je puisse éprouver en sa présence ce que je commençais de ressentir, c'est-à-dire un élan, le début d'une affection. Comme si j'avais eu des attaches dans sa région. Le regard de Bernard sur ma nuque accentuait le parfum des broussailles. Pour nous permettre d'admirer Notre-Dame de Velles, elle s'arrêta.

– Faites une prière, Annick, nous avons besoin de vos vœux, grommela mon amoureux avec une onction sournoise.

– Et près du hameau de Faycelles, il y a trois dolmens, poursuivit Sagan, imperturbable. Tu vois le côté Bretagne du Lot, à présent ?

Je voyais un bel échantillon de l'art roman. Dans la pénombre naissante, nous reprîmes la route. Elle revivait son histoire, celle à laquelle les ennuyeux n'avaient pas droit.

– On aurait pu s'arrêter au Colombier.

– J'y pensais, Bernie, mais j'ai une autre idée.

« Il est gourmand comme une chatte », dit la conductrice à mon oreille. « Ça tombe bien », répondis-je sans plus de précisions. En direction de Figeac, nous n'avions aucune obligation, pas l'ombre d'une contrainte. *Señor de se*, ai-je pensé, alors que Françoise tendait le bras pour montrer le village de Bouziès-Bas, le hameau de la Toulzanie, replié entre Lot et falaises, ou les restes d'un moulin fortifié. Des ponts surplombaient le Lot. Le crépuscule apaisait la dureté des étés dont le souvenir flottait. J'eus le sentiment d'un instant mémorable, la tache rouge de l'écharpe, les ors du paysage et la chevelure de Françoise qui brillait. La lumière – à l'unisson de Brahms – s'accrochait à chaque pan de route. Heureux chacun à notre façon, nous nous taisions. Bernard portait une veste aussi sombre que ses prunelles, sa peau était toujours aussi pâle. Il avait noué une cravate de laine sur une chemise à col boutonné. Sa voix avait l'art d'orchestrer en moi des notes essentielles. Françoise augmenta le son, piano et clarinette. Parmi les vignes, la décapotable se fit résidence nomade. Au balcon, nous traversions des bourgs que je reconnus comme s'ils avaient été témoins de mon enfance. Le cirque des falaises, certaines écluses comme une surprise et la rivière au gré du chemin. « Les derniers jours de septembre sont les plus agréables ici, m'avait-elle dit au téléphone. Il n'y aura personne, Bernard fera du feu le soir, nous écrirons, dans les auberges du coin Bernard choisira le vin, les omelettes du Lot sont les meilleures, il faut que tu connaisses Cajarc. » J'avais revu Bernie à plusieurs reprises depuis le premier soir. Nous étions chastes par gourmandise. Il ne repartait pas. Françoise jubilait. À Paris, Peggy semblait plus Peggy que jamais. Bernard avait voulu ma présence ici. Le Lot serait notre premier secret.

La nuit tombait et nous avons roulé. De Cajarc, je savais les remparts en ruine, Françoise m'avait parlé du dolmen, d'un moulin et du quartier des mariniers où les gabares accostaient sur les quais de l'ancien port. Elle ralentit, et je revis l'assistante sociale désignée par le tribunal. Deux mois plus tôt, elle inspectait ma cuisine.

« L'avocat de votre époux affirme que vous ne faites pas les courses, obsédée que vous êtes par votre carrière », soupira-t-elle, habituée aux mères indignes. Penchée sur les clayettes Brandt, celle qui devait décider de mon sort prenait des notes. Le réfrigérateur aurait pu être vide, cela se produit chez les mères au foyer. Par chance, il débordait.

– Que me reproche-t-on, au juste ? D'exercer un métier d'homme ?

La jeune femme avait refermé la porte du réfrigérateur. C'était sa dernière visite, son dernier rapport. Quel serait son verdict ? Allait-on m'enlever David ? À présent qu'il s'était établi dans sa Suisse natale, Daniel voulait obtenir sa garde. Le juge avait diligenté une enquête à mon sujet, et Françoise avait beau me répéter : « Pas coupable, pas coupable ! », je n'en menais pas large. Après toutes ces nuits passées à supputer mes chances, je vis ce jour-là que l'assistante sociale souriait. « J'ai interrogé le voisinage ainsi que le maître d'école et d'autres personnes. Votre fils semble heureux, équilibré. Il obtient d'excellentes notes, la jeune fille au pair s'en occupe très bien en votre absence, il restera à vos côtés. » Je l'aurais bien embrassée. Parfois, il vaut mieux perdre, mais je l'ignorais.

– Tu rêves ? demanda Françoise.

Elle tourna le rétroviseur pour apercevoir Bernie. Je n'allais tout de même pas être jalouse. Touffue et sauvage, leur complicité inspirait confiance. « Ils étaient deux dans leur Train Bleu, ils me tendaient les bras par-dessus bord, me hissant sur le marchepied, ils ne voulaient pas m'abandonner sur le quai, cependant nous savions qu'un jour il le faudrait. Ils faisaient mine de s'en désoler, mais voulaient-ils vraiment – et avaient-ils jamais souhaité – qu'on vînt interrompre le dialogue noué trente ans plus tôt chez un éditeur du septième arrondissement ? » avais-je noté la veille. Le roman s'étoffait. Entré dans ma vie, Bernie faisait irruption dans mon manuscrit.

– Houhou, à quoi penses-tu ? insista Sagan en changeant de cassette.

C'était *I'll be seing you*. Nous avions retrouvé « la bonne amitié » de Nietzsche, celle qui avait quitté la table du Breuil lors du fameux déjeuner, celle qui ne portait pas de peignoir, celle qui n'avait pas atterri en Guadeloupe. Le diablotin d'Alésia était redevenu l'ange de nos débuts. Mon tourment durait, mais il avait changé d'objet. Après avoir souffert par Françoise, je désirais son compagnon. « Séduire, imiter le désir de l'autre », disait René Girard. Que le désir de Françoise fût désirable, je n'en doutais pas.

– Larnagol, une commune, deux hameaux, trois clochers, reprit notre guide.

La voiture ralentit encore.

– À quatre kilomètres, c'est Seuzac. On y cultive le safran, le safran du Quercy. Le caveau familial n'est pas loin.

– Des fleurs violettes, précisa le Bernard de Françoise, qui devenait le mien.

– Tu veux qu'on s'arrête, Bernie ? René doit être ouvert.

– Oui, fit-il, en prononçant le mot comme s'il retombait en enfance.

Cette cocasserie avait le don d'amuser Sagan, qui me jeta un coup d'œil.

– Tu vas voir Minou, c'est la meilleure omelette du coin. Tu as faim ? Soif ?

J'ai fait oui de la tête.

– À cause de vous, je vais devoir régler une addition colossale, maugréa Bernie à mon oreille.

Françoise gloussa, et bien qu'elle fût jeune, elle rajeunit encore, on aurait dit que Denis avait pris le volant. Nous étions les seuls à Larnagol. Un village fortifié, « 161 habitants », précisait une pancarte. La décapotable fit halte devant un portail.

« Je vais voir si c'est ouvert, attendez-moi », s'écria Françoise, claquant la portière. Elle rabattit son manteau de demi-saison et disparut. Il y eut un vide. Quelque chose emplit ce vide entre nous, un sentiment doux et gênant. Tendresse et pudeur formaient un rempart au cœur de la forteresse, c'était peut-être ça, un couple ? « Je reviens », dit-il, escaladant le siège de Françoise. Il était mince, agile, il sauta sur la route puis chemina le long d'un ruisseau. Je le vis allumer une cigarette. Pensait-il à cette Anglaise à laquelle il avait promis de revenir alors qu'il ne revenait pas ? Il ne revenait pas parce qu'il restait plus longtemps que prévu chez Françoise, c'est-à-dire près de moi. La logique de cette mécanique m'apparut dans toute sa splendeur. Sagan avait-elle tout prévu, tout voulu ? M'avait-elle utilisée pour garder son Bernie ? L'exquise, la formidable machination ! Peu importait, au fond. Cet homme et moi dépassions les plans, les supputations. À Larnagol, Cupidon régnait. Cucuterie, aurait dit Bernie, sauf qu'il était pris. Un cahier rouge gisait sur la banquette arrière. Bernie utilisait aussi les Clairfontaine. L'écriture occupait la page sans un atome de marge. Cette conquête de l'espace par les mots avait quelque chose de réjouissant : le style gagnait la guerre.

En lisant, j'ai vu Chambord, la symétrie, le parc, ses bosquets à l'équerre, la reine, le Dauphin. Français, français, français. « Tout est encore confortable, mais tout commence à se lézarder, ce qui donne à ce Midi bête une douceur cruelle et inattendue à la Tchekhov... »

Je refermai le cahier. Bernard se sentait tellement à l'abri dans son Midi fissuré qu'il avait cessé d'écrire, clos en lui-même, verrouillé par dix ans de silence, de ces silences auxquels un écrivain finit par s'habituer. Depuis des années qu'il n'écrivait plus un mot, une virgule, il devenait une idée en sanglots au bord de la piscine. Dans cette villa où il s'était abrité, chez cette Barbara qu'il aimait, s'écoulaient les journées d'un éternel été. À sept heures, vodka, whisky, feuilletage du *Monde*, moment sacré. Vie tranquille, rituel de retraité. Tout ce confort pépère avait dû commencer par une journée sans écriture, suivie d'une autre, puis trois, quatre semaines s'étaient écoulées sans le moindre crissement de plume sur la page quadrillée des cahiers achetés « au cas où » au marché de Grimaud. Le pensionnaire du midi de la France n'était pas du style à se dorer au soleil, il avait le genre distrait, aussi s'était-il résigné à ce que rien ne pût se passer. Il s'en réjouissait secrètement, avec ce talent que je lui ai tout de suite supposé pour fabriquer son malheur au cas où celui-ci ne viendrait pas assez vite. Des mois sans travail, des années sans un mot, pendant lesquelles l'auteur chéri des fées mais oublié de tous contemplait ces couchants sublimes sur les Maures ou l'Esterel, agitant les glaçons dans son verre. Tintement qui résonnait dans un silence que le buveur ne rompait pas, un silence auquel il s'était résolu, une mort qui durerait toute la vie.

– Je vous y prends, malheureuse, en train de voler mon manuscrit !

Bernie s'était approché sans bruit ; reprenant son bien sans un mot, l'amant de Sagan enjamba la portière.

– Méfiez-vous tout de même, vous risquez de le perdre.

– Si vous pouviez dire vrai ! En attendant, mettez ça, vous allez prendre froid.

Il jeta sur mes épaules l'écharpe rouge. Je n'avais pas froid, du moins pas assez pour en prendre conscience, mais j'éprouvais la sensation du désir accompli. L'écharpe m'enveloppait tellement que son propriétaire commença de m'appartenir. Un silence évocateur de beaux avenirs s'installa entre nous. Animés du même espoir et dans un même élan, nous les vîmes.

– Ainsi aurai-je une lectrice, disons deux avec Françoise !

– N'exagérez pas.

Le désespoir, chez lui, c'était comme l'alcool. Tout le temps. Sans aucun répit ni aucun signe. L'excès sans symptômes.

– Vous trouvez que les gens sont tellement passionnants ?

Il écrasa son mégot contre le capot, et au lieu de le jeter, l'enfouit dans une poche.

– On peut essayer de vivre ?

– La seule chose qui importe, c'est la destruction de comédie.

– Et d'achever *Solde*.

Comment lui rappeler ces cascades de mots dont il se moquait, ce qui le tuait à petit feu, car il avait beau être distant, détaché, ironique à souhait, l'on ne pouvait rire de soi éternellement.

– Je vois que vous voulez mon bien.

– Ça vous dérange ?

Je jetai un œil intéressé sur la main qui tenait la portière, les doigts serraient à peine, leur finesse m'enchanta.

– De toute manière, ça n'a aucune importance.

Il avait retrouvé sa voix d'acier, elle me découpait en minces lamelles humiliées. Pourtant, il fallait avancer.

– Au contraire, c'est extrêmement important car il s'agit de votre meilleur livre, repris-je.

Il suffisait de formuler les choses pour qu'elles adviennent, j'étais sûre de moi. Mon désir et Françoise me donnaient des droits.

– Vous êtes une petite personne profondément aimable et têtue, murmura-t-il d'une drôle de voix, la troisième, celle de l'intime.

– Un peu raisonneuse, n'est-ce pas ? dis-je.

Il fallait crever l'abcès, il le fallait. L'obscurité, notre avenir et la laine rouge m'insufflaient ce courage.

– Détrompez-vous, le vieux croûton que je suis se réjouit de votre présence. Et bien plus que vous ne le pensez…

J'entendis un bruit d'aile, une tourterelle du Lot profitait du crépuscule pour arpenter le toit d'une grange. J'aimais ces tuiles plates aussi caractéristiques du meilleur de la France que l'auteur d'*Israël*. J'aimais qu'il soit juif, cela donnait du mordant à son malheur, un surcroît d'esprit, une douleur inconsciente, il n'était pas le genre à se plaindre, à en faire des tonnes, cependant on lui avait tout pris, y compris sa bourgeoisie.

– C'est vous qui avez voulu que je vienne ?

– Oui, chuchota-t-il, transformant l'aveu en enfantillage.

Je sortis de voiture. Françoise nous avait abandonnés. Elle n'avait pas eu tort, nous progressions à pas de géants. Avait-elle fait en sorte que la passion que j'éprouvais pour elle pût ricocher sur Bernie ? Si oui, il fallait bien du talent pour réussir pareille gageure sans cris ni grincements de dents. Je m'étirais. La nuit n'était pas tombée, cependant, il y avait dans l'air cette électricité signifiant que la journée tournait la page. J'ai toujours aimé les beautés du soir, leurs promesses tenues, je puis en témoigner. Nous étions dans un port, fluvial, certes, mais on y respirait l'empire de l'eau. Quant aux mariniers qui saluaient Notre-Dame en passant, tels les chalutiers de Bretagne, ils avaient dû naître marins, forcément. Sacrée Françoise. Songeant à celle qui préservait nos apartés, je compris ce qui nous avait liées, ce silence majeur, cette rudesse, ce déploiement de secrets bien gardés.

– Cajarc est à côté Vous n'avez pas soif ? dit-il. Moi si. Ce doit être la poussière de la route.

Plus jamais de Midi, ai-je pensé. J'avais faim et soif de tout mais surtout de lui. Levant la tête vers le rocher de Calvignac, j'aperçus des vignobles. Le vin de Cahors devait être encore meilleur ici. Nous étions au terme du voyage, et, face aux falaises, je vis les traits de Françoise, son caractère se dessinait à contre-jour. Personne ne la connaissait s'il n'avait contemplé ces cyprès. Cependant, c'était le visage de son jumeau, ce beau visage pâle, qui m'apparaissait le long du Triel. Ils étaient interchangeables, du moins lorsqu'on les comprenait bien. Irremplaçables et interchangeables. Je les chérissais. Je me souvins d'une définition que le propriétaire de l'écharpe rouge donnait du style, « une idée arrachée au ciel ». Me penchant vers un portail, j'aperçus un écusson sculpté dans la pierre. L'alpha et l'oméga enserraient un poisson. Il faisait nuit et le ciel du Lot se constellait d'astres morts. Je repris place dans la voiture. J'allumai une Kool.

– Donnez-m'en une et ne repartez plus, fit-il en se penchant avec une douceur d'enfant.

– Houhou ? Mais qu'est-ce que vous faites tous les deux depuis tout ce temps ? L'aubergiste nous attend ! cria Françoise de loin.

– Elle exagère, vous ne trouvez pas ?

– Oui, dit-il avec son air gamin, en fumant ma cigarette.

Il m'attira contre lui. La veste était rugueuse, pas l'homme. Le Bernard de Françoise était tout attendri.

*
* *

Devenue la compagne de Bernie, je changeai de chambre. La mansarde était petite, mais la passion tient dans un dé à coudre. Oscar montait au dernier étage le plateau du petit déjeuner. Il avait le chic pour voir sans regarder. La fenêtre étant orientée à l'est, le soleil entrait de bon matin dans ce qui avait été, avant moi, un lieu monacal. La lecture, le désir – à moins que ce ne fût le contraire – nous coupaient de la réalité. Bernard buvait du thé. Il comprenait ce qui n'était pas dit. « Il faut que Françoise vous aime vraiment beaucoup : aucune autre femme n'aurait pu vivre chez elle avec moi », m'avait-il confié. Il portait son peignoir de soie bleu nuit. Un cadeau d'une amie. Je lui avais montré une photo de ma grand-mère. « Nous irons voir Marie », disait-il. Nous parlions du cimetière de Fontainebleau. Je voulais y demeurer près de lui. « Mais vous n'êtes pas juive », me disait-il. « Je me sens juive », lui faisais-je remarquer. Il caressait ma joue. Nous contemplions la statue du jardin. Éros fut notre mascotte. « Je jure de donner mon âme à AG, elle en fera ce qu'elle voudra. Je jure aussi de vous aimer dès que j'aurai terminé ce chapitre. » Plus tard, à mon bureau, je relisais en souriant le message qu'il avait glissé dans mon sac avant que je ne le quitte. Il travaillait chaque jour de treize à dix-sept heures. Je me gardais de l'appeler pendant ce laps de temps. Les cahiers Clairfontaine s'entassaient. Je voulais tout pour lui. *Solde* serait un tournant. Son tournant. Le soir, lorsque je rentrais du journal, il m'en lisait une page. J'applaudissais. Il en profitait pour me dire ses projets pour le lendemain. Je m'enthousiasmais. Il ne faut pas grand-chose pour aider un écrivain. Françoise travaillait chez Isabelle, Peggy me montrait ses croquis. Depuis que je vivais avec Bernard, Denis s'était rapproché de moi. Le fait que je fusse passée d'une passion à la suivante – à ses yeux moins encombrante – lui permettait d'apprécier cette pirouette à son juste prix. Ils étaient ma famille. Bernard avait produit ce miracle : je n'étais plus orpheline.

La dame du Midi s'était vu signifier la rupture. Bernard continua de l'aimer car, m'avait-il dit, il chérirait ses amies jusqu'à son dernier souffle. Le seul amour qu'il tolérait, c'était l'amour rétrospectif. « Et celle que vous aimez le plus, c'est Françoise ? » lui avais-je demandé. Plongeant vers son verre de scotch, il s'était gardé de répondre. Il ne choisissait pas ses amies à la légère, elles tenaient la route. « Si vous saviez conduire, je vous épouserais », m'avait-il dit en riant, mais je savais qu'il pensait qu'on ne plaisantait jamais. Rassurée, Peggy abandonna la rue de Varenne. Françoise et elle semblaient extrêmement heureuses. Bernard aimait autant que moi nos conversations dans les restaurants de Montparnasse ou d'ailleurs, quand l'esprit pétille, libre, seigneur, et que les yeux brillent. Les tables, les nappes, le bouquet central, le bon vin, la courtoisie du personnel, accentuaient la joie d'être ensemble. Isolés du reste du monde, nous étions d'autant plus bavards que nous anticipions sur nos silences. Il commentait l'article de X, des épreuves de Y. Il poursuivait à l'oral l'écrit de la journée. Je lui faisais remarquer qu'il avait, pour un homme de gauche, des réactions paradoxales. « Nous avons une main droite et une main gauche, il faut se servir de chacune d'elles en fonction des circonstances et pas selon des règles préétablies », me répondait-il de sa voix cassante, celle qui rappelait Sartre.

– Vous pensez que David va..., me demanda-t-il un soir.

– Il faut être patient, c'est tout.

Plus nous étions liés, moins il prenait la peine de terminer ses phrases, passé une certaine heure. J'avais eu le temps de me roder à ce sport avec

Françoise. Quand nous dînions rue d'Alésia, elle nous contemplait avec fierté comme si nous étions son œuvre. Cependant, quand Bernard se penchait pour emplir mon verre, et qu'au passage il frôlait ma joue, elle me jetait un coup d'œil que j'interceptais toujours, malgré sa vivacité, sa subtilité, son art éprouvé de l'esquive. Je percevais alors que tout en nous aimant amants, elle souffrait. Il y avait sans doute dans cette ébauche de caresse l'insupportable intrusion du couple. Une fenêtre ouverte sur nos nuits épuisantes et muettes ; l'aube survenait sans que nous eussions dormi, voilà ce que suggérait le geste de Bernard. Eût-elle préféré ne rien savoir ? À moins qu'il ne s'agît du coupant des souvenirs, ce contre quoi elle ne pouvait lutter. Pensait-elle à nos promenades normandes, aux plages de La Désirade ? Ou au contraire, loin de regretter mon adoration, pensait-elle à Bernard ? Revoyait-elle la chambre dans laquelle elle et lui avaient passé leur première nuit ? Comment savoir de quel côté pèse la souffrance face à l'amour d'autrui ?

Dans sa chambre, que nous arpentions tous les trois après dîner, nous parlions jusqu'à l'aube. Mitterrand, Marchais. Les avancées de la gauche. Le Programme commun. Foucault, Derrida, Bourdieu, « la logique des appareils », Sartre,

Aron, les dissidents soviétiques, tout nous passionnait, tout faisait débat. Françoise se moquait des féministes américaines. Elle disait qu'elle n'était « la sœur » de personne, ce langage lui déplaisait, la liberté passait avant les embrigadements. « Un jour le féminisme sera totalitaire », disait-elle, et sa mèche volait dans tous les sens. Bernard fumait un cigarillo, installé dans le fauteuil qui lui faisait face. Son regard malicieux contrastait avec une voix aux inflexions métalliques. La droite devait être combattue, mais il s'agissait de pratiquer une critique de gauche de la gauche. Il fallait remettre les choses à plat, contester les dogmes de l'intérieur. Cette effervescence intellectuelle donnait soif. Champagne, pure malt, vieux bordeaux, marc de bourgogne, vodka, étaient à notre disposition. Bernie n'était jamais ivre. « Il faudrait qu'il boive un peu moins », m'avait confié Peggy avec une moue de dédain. Elle ne restait pas avec nous, nos radotages l'assommaient. Bernard ne me parlait pas d'elle. Connaissant son élégance – il ne médisait pas, préférant afficher par écrit son peu de sympathie pour les êtres –, j'en conclus qu'il avait aussi peu d'amitié pour Peggy qu'elle ne semblait en éprouver pour lui. « Excuse-moi, mais je n'aime pas sa prose », avait-elle ajouté ce soir-là, d'un air exaspéré. Nous étions assises côte à côte sur le canapé, Bernard et Françoise faisaient bande à part devant la verrière. Leurs conciliabules me touchaient. Leurs murmures, leurs fous rires, accentuaient ma liberté. Peggy s'en irritait. Elle me faisait confiance au point de parler vrai.

– Cette vénération que Françoise lui voue m'a toujours paru exagérée, fit-elle en contemplant avec une moue dubitative l'alter ego de Sagan. Ce sont des gamins, ajouta-t-elle en vidant sa coupe de Ruinart rosé.

– Il rend heureux, Peggy. Je te le jure. Sais-tu ce qu'il pense de toi ?

– Méfie-toi, Bernard n'aime personne. Quant à ce qu'il pense de moi, c'est le cadet de mes soucis, ma chérie !

Elle partit d'un grand rire avant de ramasser son paquet de Marlboro et de sortir. Françoise se retourna et me sourit. Pour elle, Peggy et Bernie se contenaient. Cette paix factice semblait une mèche qui risquait à tout instant de s'enflammer.

*

* *

Les soirs de juin, Bernard et moi promenions Werther avenue René-Coty. Nous le maintenions en laisse jusqu'aux marches qui montaient rue des Artistes, puis Bernard le détachait. Le chien de Françoise sautait sur les pelouses, il semblait si joyeux que nous aurions pu croire notre bonheur contagieux. Bernard portait un costume beige ou une veste claire, avec des chemises blanches et de très fines cravates; malgré la chaleur, il ne baissait jamais la garde, il fallait toujours qu'il eût l'air de sortir de la douche. Frais, impeccable, il semblait toujours paré pour le marivaudage de la soirée. Lors de nos promenades apéritives avec Werther, les badauds se retournaient parce que c'était un bel homme, un beau chien, et que j'avais le crépuscule gai. Il faisait jour longtemps autour des pelouses de l'avenue, des pâquerettes et des boutons-d'or attiraient les papillons noirs, Bernard ne portait pas de lunettes de soleil, il était blême, et à ses côtés j'avais mon petit air breton, assez moricaud. Il ne me tenait jamais la main, je détestais cela. Comme moi, il craignait les épanchements, et de même que la chaleur ne le prenait jamais en défaut, de même notre passion ne s'affichait-elle pas. Nous n'avions pas eu besoin de nous donner le mot, nous savions que les caresses, les baisers, la peau, les corps qui s'accordaient, ça ne regardait pas les autres, même pas Françoise, et encore moins les habitants du quatorzième arrondissement.

Bernard adorait Werther. Une passion réciproque, car le grand et beau chien avait cette manière de le contempler qui trahit à la fois l'amour et la peur de manquer. Parfois nous prenions place sur un banc, à l'ombre d'un platane, avenue René-Coty. Werther couché à nos pieds, nous humions le parfum des acacias. Là, si près l'un de l'autre dans le silence qui accompagnait la tombée du jour, rompu de temps à autre par le bruit des rares voitures du quartier, je ressentais sa joie de m'avoir là, tout près. Il éprouvait la mienne. Il ne me regardait pas, me touchait encore moins, mais il savait que j'étais là. Et nous savions tout, absolument tout ce qui allait suivre.

*
*   *

Un soir que nous étions rentrés à la maison pour rendre Werther à sa maîtresse et vérifier le programme de la soirée – quinze personnes pouvaient débarquer rue d'Alésia et Bernard devait jouer au maître de maison –, Isabelle nous accueillit. Françoise se trouvait au Moniage avec Sartre, il avait souhaité dîner tôt. Bernard me jeta un coup d'œil, car nous avions réservé au Moniage.

– Comment va-t-il ?

Il se mit à arpenter le salon, sans manifester la moindre surprise, mains dans les poches, mâchouillant une cigarette qu'il n'allumerait pas.

– Beauvoir cache les bouteilles sous l'évier. Il ne voit plus rien, elle pourrait tout de même lui ficher la paix, qu'en pensez-vous, Bernard ?

Il s'arrêta un instant devant la véranda et contempla Éros, que je regardais aussi, car le soleil déclinant donnait au jardin de Françoise une douceur palpable, une sorte de volupté semblable à notre joie d'être ensemble.

– Je n'en pense rien.

Il avait perçu qu'elle voulait l'entraîner à exprimer un jugement, à donner son opinion sur des faits strictement privés et qui ne le regardait pas. Sa délicatesse et sa bonne éducation en étaient heurtées. Il détestait la vulgarité, et ce qu'elle lui demandait lui semblait sûrement vulgaire. Je savais les frontières, les mots à ne pas dire, les questions à ne jamais poser. Françoise et lui avaient toujours et en tout point la même sorte de réaction. Sauf que, face aux remarques idiotes, aux clichés, aux généralités, elle savait, par gentillesse, cacher un mépris qu'il affichait. Il pouvait devenir odieux. Dès qu'on prononçait le mauvais mot, qu'on laissait échapper la mauvaise phrase, qu'un peu de bêtise ou de préjugé se faufilait derrière une formule toute faite, il réagissait. Sa voix se faisait cassante, la douceur veloutée disparaissait en un instant, un vautour s'emparait de ses traits, la repartie cinglait. L'humour étant son arme, sa victime riait avec lui, bien qu'il se fût payé sa tête. J'aimais ses emportements. Il avait la main leste. Je l'avais vu jeter son verre à la figure d'un homme qui ne trouvait pas Françoise belle. Lors d'une soirée, il souffleta son voisin de table qui tenait des propos antisémites. Il s'était levé ensuite, très calme. « Venez Annick, m'avait-il dit en poussant ma chaise, nous n'avons plus rien à faire ici. »

– Tout de même, dit Isabelle, désarçonnée, et son menton se mit à trembler dans un rayon de soleil tandis qu'elle levait son verre de whisky, Françoise est choquée.

La secrétaire était d'autant plus surprise qu'elle croyait tout savoir. Bernie avait peu de passion pour le Castor, c'était de notoriété publique. Visage fermé, il ne répondit pas. Constatant qu'elle faisait fausse route, elle se tut. J'ai pensé qu'Isabelle avançait en terrain miné. Sartre avait été le père spirituel, le parrain, le mentor. Bernie ne s'était pas vraiment remis de leur brouille. « Sartre disait à tout le monde que Bernard était plus intelligent que lui, m'avait confié Sagan. Bernard avait vingt ans, il lui montrait ses cahiers de jeune homme. C'est Sartre qui eut l'idée de *Géographie universelle.* » Messagère d'une information déplaisante – le dîner de Françoise avec Sartre –, Isabelle payait. Je voulus faire diversion.

– Cela va surprendre les habitants du quartier qui vont dîner au Moniage : d'un coup, Sartre et Sagan !

Isabelle me jeta un coup d'œil reconnaissant, mais elle faisait partie de ces êtres qui, dans l'injustice, tiennent à s'en sortir seuls.

– Sartre aurait bien le droit qu'on lui fiche la paix, à son âge, non ? insista-t-elle.

Bernard fit volte-face. Il ne pouvait s'empêcher de répondre par une rosserie dès qu'on franchissait certaines limites, mais il n'était pas méchant.

– Et qui vous permet de croire que Françoise a raison de s'en mêler ?

– Sartre semble tout ragaillardi lorsqu'elle le ramène chez lui.

Bernard haussa les épaules en agitant les glaçons dans son whisky.

– Qu'est-ce que ça prouve ?

– C'est vrai qu'on ne sait jamais ce qui se passe entre les êtres, avoua la secrétaire piteusement.

Il se remit à arpenter le salon. Je me suis demandé ce qui le rendait agressif. J'ai tenté de me mettre à sa place. Celui qui avait tant compté, attablé dans « sa » cantine, avec sa compagne. Sans doute devait-il en souffrir, sans vouloir se l'avouer. C'était comme la gloire de Françoise, sa formidable célébrité. Parfois, l'on se détestait d'avoir mal, ce qui n'empêchait nullement la souffrance. Ses chaussures craquaient. Il portait un costume de popeline anthracite, une chemise blanche à col boutonné et une cravate vert bouteille. Il posa son verre de scotch sur la table basse et s'empara du téléphone.

– Ça vous dirait, La Closerie, mon chéri ? proposa-t-il d'une voix très radoucie, pendant qu'Isabelle jetait ses Marlboro dans son sac avant de déguerpir.

Elle me fit un pauvre sourire, elle aussi me trouvait toutes les qualités depuis mon histoire avec Bernard. Je l'observais un instant dans sa tunique froissée, avec ses cheveux décolorés, ses lunettes de soleil. Elle paraissait exténuée. Françoise et elle se disputaient. Ce couple allait-il durer ?

– Vous êtes prête ? reprit Bernard.

Je lui souris. Il téléphonait à nouveau. « Je voudrais une voiture même du plus loin », demanda-t-il tout bas. De nouveau le timbre velouté. Cette tessiture grave, chaude, du chanteur de tango. Je sentis la volupté de l'instant. Le présent était dense, parfaitement agréable, mon amant était particulièrement séduisant ce soir-là, la nuit nous appartiendrait, il n'y avait aucun nuage à l'horizon, le salon était beau, le jardin, magnifique dans les feux du couchant, nous étions libres, amants, rien ni personne ne pouvait faire que tout ce que nous vivions ici et maintenant n'eût pas lieu, cela existait, c'était dans l'air comme le parfum des acacias, une sorte de plénitude.

– Bernard, pourrais-tu me dire si Annick et toi venez à Équemauville ce week-end, j'ai besoin de m'organiser un peu avec madame Fernande ! cria Peggy. Elle cachait sa bonté comme d'autres dissimulent un travers.

Elle descendit les escaliers en agitant son fume-cigarette.

– Il faut s'occuper de tout dans cette maison, c'est incroyable. Qui va faire les courses si je ne préviens personne ? Et Denis ? On sait ce qu'il fait, Denis ?

– Il dîne avec son père, répondit Isabelle sur le pas de la porte. Il m'a dit qu'il restait à Paris ce week-end.

Peggy et elle s'entretinrent quelques instants. Quand la secrétaire de Françoise ouvrit la porte, le bruit de la circulation envahit le salon. Bernard se retourna et j'aperçus un pan de rue derrière son épaule. Puis la maison redevint vaste et tranquille comme l'horizon.

*
* *

Plusieurs saisons passèrent. Notre liaison devenait douce, chaude, c'est-à-dire vivante. J'ai aimé ces dîners pleins d'insouciance l'été dans le jardin d'Alésia, l'hiver chez moi. Françoise nous rejoignait, ou nous allions à sa rencontre. Jusqu'à l'aube, à La Palette ou ailleurs, rue Vaneau ou d'Alésia, nous épuisions la nuit. Peggy levait son verre et Françoise baissait les yeux lorsqu'il posait la bouche au coin de mes lèvres. De la mélancolie se glissait dans les interstices. Mon roman se terminait.

Il nous arriva de prendre des taxis pour Équemauville. Il réglait les sommes inscrites au compteur devant le manoir du Breuil, par liasses de deux cents francs, sans broncher. Lorsque je voulais m'interposer, il semblait si fâché que je n'insistais pas. Lui non plus ne conduisait pas, si bien que l'affaire devenait parfois compliquée. Quand l'alcool devenait plus fort que lui, il était odieux. Il se rattrapait le lendemain. Il savait les fleurs, les mots, l'attention. David et lui s'entendaient bien, encore que mon fils fût conscient du danger. Il ne voulait pas que ce brun bougon prît la place de son père.

Pour voir Bernard tous les jours, il me fallait passer par Françoise ; notre trio, naguère si troublant, subversif, commençait de peser. Ils faisaient bloc. Je n'avais jamais rencontré de couple à ce point marié. Leur haine de l'amour les faisait s'aimer. Je voulais Bernard pour moi seule. Il me permettait tout sauf l'essentiel : lui sans elle. Ma jeunesse semblait un conte désinvolte teinté de mélancolie, une histoire « saganesque », en somme. Je ne pouvais me passer de cette douceur à double tranchant. J'avais perdu Françoise à cause de Peggy. Je voulais garder Bernard malgré Françoise. Dans mon existence exquise et compliquée, Sagan devenait son propre personnage, ses proches, sa maison, le manoir du Breuil, jouaient leur rôle dans une fiction tendre et cruelle.

– Pourquoi ne restez-vous jamais ici ? Vous ne pouvez pas laisser Françoise une seule nuit ? m'étais-je plainte un soir.

Il était minuit rue Vaneau, David dormait.

– Vous n'allez pas me tenir en laisse, non ?

Le tranchant de sa voix me surprit.

– Pardon, je suis fatigué, ne m'en voulez pas, reprit-il d'une voix d'homme qui connaît les femmes – leur désir de possession, cette antienne.

Son visage se pencha vers le mien, « ce n'est rien », dis-je. La porte se referma sur lui.

Au contraire, c'était tout.

*

* *

Un soir de Noël nous nous retrouvâmes à Aurillac, sa ville d'enfant juif. Ses parents s'étaient cachés dans la région. Un voisin les avait dénoncés. La Gestapo s'était emparée de leurs biens. Meubles, tableaux, comptes en banque, tout. À Aurillac, les juifs semblaient moins exposés. Bernard m'avait montré son lycée. Nous arpentâmes les couloirs, les doigts gelés, à la recherche de ses dissertations. « Beaucoup d'imagination, style brillant », disait le professeur de cinquième. Puis, pataugeant dans la neige, nous nous mîmes en quête d'un bistrot. C'était un réveillon drolatique ; nos pas étaient étouffés par la neige, « Désolés, nous sommes complets, c'est Noël », nous disait-on. Nous grelottions. On nous refusa partout. Dans le troquet enfumé où le patron finit par nous concéder une place près de la cheminée, Bernie avait trouvé le moyen de dénicher sur la carte graisseuse un bordeaux si ancien que la bouteille valait deux mille francs. L'aubergiste était allé la chercher à la cave. Il la flanqua rudement sur la toile cirée.

« Depuis le temps que personne n'en voulait à cause du prix, enfin un connaisseur ! » soupira-t-il en se lissant les moustaches. Débouchant le flacon comme s'il s'était agi d'une piquette, il le reposa si brutalement sous le nez de Bernard que celui-ci sursauta, couvant son trésor du regard. Il semblait si inquiet que je me mis à rire.

– Vous ne voyez pas qu'il gâche notre réveillon, ce butor ! maugréa-t-il.

– Mais non. On est bien.

– Je vous aime, mon petit écureuil, reprit-il en servant le nectar qu'il fit tournoyer au creux de sa paume.

Il le goûta. « Excellente année », fit-il, aux anges. Il avait son visage de jeune homme, empreint de cette profondeur que donne aux garçons la chance d'avoir les yeux noirs.

– Quand vous n'êtes pas rue d'Alésia, ma chambre devient bizarre. Les proportions ne sont plus les mêmes, ajouta-t-il. Et je me demande parfois quel est ce bonhomme qui m'habite.

Je rougis de plaisir. Françoise devait voir que notre histoire sortait du cadre, il y avait dans notre liaison une force durable, du granit, quelque chose que personne n'avait prévu.

– Je souffre aussi sans vous.

Depuis peu, j'avais commencé de modifier la disposition de l'appartement pour faire de la place à cet homme qui prenait tant d'importance. Mis dans la confidence, Bernard s'en était amusé. Il avait choisi les couleurs des tentures, la tapisserie : sa chambre serait bientôt prête, nous pourrions vivre ensemble, c'en serait fini de la rue d'Alésia. Je levai la tête et revis avec joie le bistrot où Noël, pour une fois, était si beau. Moi qui détestais le 24 décembre, j'accordais soudain aux réveillons un certain charme. Qu'y a-t-il de plus plaisant que de dîner un soir de Noël de manière foutraque et imprévue avec celui qu'on aime ? Un téléviseur était allumé sur le comptoir, quelqu'un évoquait les relations américano-soviétiques de Carter à Reagan, les dangers du système bipolaire, l'après-guerre-froide, « le commerce se traitera désormais à l'échelle de la planète. Ce sera la mondialisation », disait le journaliste ; le patron tourna le bouton. Dalida se mit à chanter « Bambino ». On déposa les entrées dans nos assiettes, du foie gras ; j'ôtai mon cardigan. Bernard me contemplait avec cette tendresse des amants sûrs d'eux.

– Sans vous, parfois, j'ai peur, murmura-t-il. La vieille voix raisonnable qui me sert de garde-fou chuchote alors : « C'est de l'asthénie, elle va revenir, la petite Bretonne têtue. » Trois oreillers me sont nécessaires pour oublier votre absence.

Je souris. Tout allait dans la bonne direction, même lui, et sans que j'eusse besoin d'insister. Sauf que, rue Vaneau, vers deux heures du matin, parfois plus tard, il appelait un taxi « même du plus loin ». Toujours, il rentrait rue d'Alésia. Au début, j'en avais ressenti du plaisir ; quittant les hommes au petit jour, afin de rentrer chez moi et d'y dormir tranquille, je trouvais plaisant qu'il eût le tact de partir sans que j'eusse besoin de rien demander. Au fil des semaines, des mois, des années, cette délicatesse me pesa. J'appris même à en souffrir.

– Pourquoi persistez-vous à toujours rentrer rue d'Alésia. N'est-on pas bien chez moi ?

Ce réveillon était le moment où jamais d'exiger notre dû. De lui mettre les points sur les *i*, de lui dire notre vérité, au risque de l'agacer, de le choquer, avec ces vieux désirs inconvenants que je n'aurais jamais osé exposer devant Françoise ; elle savait, s'en doutait, elle était trop intelligente pour ne pas pressentir la suite de toutes les histoires de la terre, la nôtre devait commencer de l'inquiéter. Il y avait de l'indépendance dans l'air, quelque chose nous poussait à sortir des rails, à faire bande à part. Ainsi ce voyage, par exemple. Loin de Cajarc et d'Équemauville. Loin d'elle et si près de mon désir, en pèlerinage du côté de ses origines, vers ses racines d'enfant terrorisé, moqué par ses comparses, sale juif. Il m'avait dit combien l'insulte l'avait surpris la première fois, ici même, à Aurillac. Sale juif. « C'était étrange, vous comprenez, m'avait-il confié dans les couloirs de son lycée, je me répétais sale juif et je ne comprenais pas. » Le patron changea encore de chaîne et Françoise apparut. Elle portait un chemisier léopard dessiné par Peggy. La mèche cachait l'œil gauche. Elle bégaya quelque chose.

– J'aime bien Sagan, dit le patron en nous servant le dessert, je ne lis jamais, mais voilà une femme qui comprend la vie.

– Oui, fit Bernard, absorbé par le petit écran.

« Pour moi, le plus beau cadeau c'est de passer Noël avec ceux que j'aime », déclara Françoise. Elle disparut. C'était la fin de la séquence. Une émission de variétés, vedettes et personnalités évoquaient leur réveillon idéal. Le patron s'en fut en cuisine.

– Je devrais être près d'elle, mais vous êtes pire qu'Anne Baxter, et vous êtes arrivée à vos fins, dit Bernard. À propos, votre imperméable de soie blanche, vous savez, celui que vous aviez oublié la semaine dernière en me demandant d'en prendre soin…

– Oui ?

– Il est en sécurité, poursuivit-il. J'ai dû en faire une charpie. Peggy saignait du pied, nous n'avions rien sous la main. Elle a dormi avec son pansement toute la nuit. Un nettoyage à sec et il reprendra forme.

Je me mis à rire. Bernard portait une veste de tweed que je venais de lui offrir. Une veste marron. Ses prunelles, du coup, devenaient marron elles aussi. Cette couleur et cette matière lui allaient bien. Il avait beau se moquer de l'élégance comme de sa première chaussette, il était parfait. C'était d'ailleurs la mode, rue d'Alésia, que ce souci des apparences, mine de rien. Une sorte de dénominateur commun. Je songeai à Françoise. Sa brève apparition. Les commentaires du patron. Ma joie de passer Noël loin d'elle me fit honte. Bernard sirotait son marc de Bourgogne.

– Chassez de votre tête entêtée que je vous détruis, que je vous décourage, ce sont des fantasmes. Ceux qui vivent ensemble s'ennuient. Croyez-en un vieux croûton dans mon genre.

– Pas du tout. D'ailleurs, votre chambre sera bientôt prête. J'ai fait livrer la bibliothèque que vous m'aviez montrée quai Voltaire, vous vous en souvenez ? Je voulais vous faire la surprise, tant pis.

Il se pencha pour allumer ma cigarette et me sourit.

– Vous êtes content ?

– Oui, répondit le garçonnet du lycée d'Aurillac.

Ce chuintement signalait sa gaieté, sa bonne volonté, une bonne volonté réservée aux intimes.

– Je pourrai enfin déposer mes vieux *Littré* et mourir en paix, reprit-il.

Voyant que j'étais bouleversée, il alluma une cigarette avec son air de Gainsbourg des lettres.

– Je vais annoncer à Simone Gallimard que je ne peux plus l'épouser, bien qu'elle ait demandé ma main. Je n'ai pas d'argent, elle a besoin de compagnie. Je lui dirai vos manigances pour m'arracher à elle.

– Soyez un peu sérieux, pour une fois.

Je riais sous le néon d'Aurillac, le rouge aux joues ; une douce chaleur – celle du chasse-spleen et de la fête – m'envahissait. L'avenir était au rendez-vous, son enfance me donnait à croire au Père Noël, il m'offrait sa vie. Ce n'était pas son genre. Bonjour liesse !

– Après avoir trahi Françoise, voici que vous ruinez mes projets avec Simone Gallimard ! Vous vous préparez un bel avenir, mon petit. Bientôt interdite rue d'Alésia, vous ne pourrez jamais publier au Mercure. Votre Bernard (Henri) vous en veut de m'avoir préféré à lui. Vous êtes grillée chez Grasset. Il vous reste une petite chance. En effet, j'hésite : Simone est plus riche que vous ne le serez jamais, et, à votre âge, elle a dû être pas mal.

Il ricana. Je souris. Il prit ma main sur la toile cirée, ce qui trahissait l'oubli de toute pudeur, or la pudeur était sa morale. L'équivalent de l'esthétique de Françoise. Je fermai les yeux sur notre parfaite maîtrise des événements.

– C'est ici que j'ai lu *Le Rouge* la première fois, vous savez, reprit-il si bas que je dus me pencher.

– Je comprends, dis-je en caressant le poignet, blanc et si fin.

« Joyeux Noël ! » cria quelqu'un en passant.

*
* *

Bernard allait arriver d'un instant à l'autre. Il était vingt et une heures. Le couvert était mis. « Pourquoi veut-il vivre avec nous, maman ? » demanda David. « Parce que nous nous aimons et qu'il t'aime aussi. » L'enfant fit la moue. « D'abord, s'il habite ici, je l'aime pas. » Il portait son peignoir rouge, ses cheveux mi-longs, son front bombé, accentuaient sa ressemblance avec l'ange de la rue d'Alésia. Mon fils fit claquer la porte de sa chambre. Je refermai doucement celle du four. Côte de bœuf et pommes de terre rôties, château hanteillan 1970, roquefort, éclair au café. Nous allions fêter l'achèvement de *Solde* et le début de notre nouvelle vie. Mon roman se terminait aussi. Je me rendis dans la chambre de David. Pour le rassurer, je lui dis que rien n'était fait et que rien ne se ferait sans lui. Il voulut une histoire. Lorsque mon fils fut endormi, je gagnai la chambre de Bernie. La bibliothèque, livrée par l'antiquaire du quai Voltaire et assemblée la veille, grimpait jusqu'au plafond. Elle contenait trois *Gaffiot*, deux volumes du *Grand Robert*, mon exemplaire du *Rouge* et quelques jeux d'épreuves. Bernie n'avait plus qu'à y ranger ses livres. Qu'ils fussent dispersés dans des caves ou des greniers de fortune, ravis à son affection en somme, me faisait souffrir presque autant que lui. Il y avait là une sorte de torture pour tout écrivain, a fortiori un écrivain tel que lui. Certains hommes ont le chic pour se forger un destin dont toute femme aimante voudrait infléchir le cours. Bernard ne se plaignait jamais, cependant je ramassais en douce derrière lui des débris de vie cassée, ce malheur dont il se gaussait parce qu'il ne prenait au sérieux que la dérision.

Je jetai un œil sur la bouteille de Chivas posée sur un chevet, les verres, la vodka, tout ce que j'avais pris soin d'entreposer ici.

« Sale juif », bourgeois spolié, écrivain méconnu, Bernie n'avait pas eu tellement de chance jusqu'ici. Il buvait à cause de tout ça, la coupe était pleine, n'en jetez plus, encore une tournée s'il vous plaît. Si pour une fois un minimum de justice s'installait dans sa vie, il allait nous surprendre.

Il y avait du suicide lent et appliqué dans ces bouteilles vidées nuit après nuit, gorgée par gorgée. Je l'entendais d'ici. « Pauvre petit, vous ne comprenez décidément rien à l'alcool. » J'étais tristement normale. Un enfant, un métier, l'ambition qu'il fallait à tout ça, rien qui sortît des rails. Chez Françoise, il aimait la blessure, la dépendance, l'addiction, en somme, d'ailleurs, comme lui, naguère elle avait bu. La nausée leur restait au creux de l'estomac quand l'existentialisme était passé. Pour supporter ce regard qu'ils portaient sur eux-mêmes et les autres, il leur fallait baisser l'abat-jour, s'abrutir un tantinet, gripper le circuit des neurones, contrarier la vitesse des idées. L'alcool et la drogue servaient à ça. Démolir la destruction de comédie. Françoise se piquait pour réduire l'intelligence. Donc la souffrance. Le stupéfiant de Bernie, c'était le whisky. Je fis le tour de la pièce, songeuse telle une mariée.

Il avait choisi du bleu pour les tentures et le dessus-de-lit, son fameux bleu nuit. La moquette était assortie. J'avais entreposé dans la penderie peignoirs et linge de toilette. Beaucoup de cintres. Des coussins, des draps aussi. Une commode vide. Des étagères, une armoire XVIIIe, qu'il aimait bien et que j'avais poussée jusqu'ici. Devant la fenêtre qui donnait sur les jardins de Matignon, une grande table et une chaise.

Il aurait tout l'espace requis pour travailler. Le calme, et la bonne lumière aussi. La pièce était orientée à l'est. Spacieuse, mais pas intimidante. Il avait voulu un simple divan, « notre » lit se trouvant dans ma chambre. Il aurait sa douche, son cabinet de toilette.

Je revins vers l'entrée, j'avais entendu du bruit. J'habitais au troisième étage, un tapis recouvrait l'escalier. Ce n'était pas lui. Le téléphone sonna.

– Minou ? Est-ce que je peux dire un mot à Bernie ?

Françoise avait sa voix triste sur un fond d'opéra. *Norma*. « Casta diva ». Ils étaient loin, nos jours d'avant Bernie ! La bonne nouvelle, c'était qu'il n'allait pas tarder.

– Je lui dis de te rappeler dès qu'il arrive. Tu n'as pas l'air en forme, Françoise ?

Depuis peu, j'avais l'impression qu'il leur était de plus en plus difficile de se quitter.

– Rien de grave, Minou.

Elle prit des nouvelles de David, puis me passa Peggy, qui souhaitait connaître mon opinion concernant une rédactrice de mode. Françoise reprit la ligne. « Pense à notre dîner de samedi au cas où Bernie aurait oublié », fit-elle avant de raccrocher. À cet instant, mon amant ouvrit avec « sa » clef. Il portait un superbe camélia de chez

Moulie Savart. Je l'aidais à se débarrasser et le remerciai pour la plante, que je posai sur la table de la cuisine ; nous y dînions, car il n'avait pas de passion pour le salon. Après le repas, il s'installait un verre à la main sur le canapé, s'emparait de trois coussins qu'il pressait contre sa poitrine, pour se protéger. La pièce était trop vaste. Il m'avait avoué qu'il craignait aussi les ascenseurs, les escaliers roulants, les places publiques, la foule, les grands magasins. Les appartements en étage lui donnaient le vertige.

– Comment faites-vous chez Françoise, avais-je demandé. La mansarde était haut perchée.

– Je rêve d'habiter une loge de concierge. Vous vous rendez compte, mon chéri ? Une fenêtre, la cour, rien. Les pavés.

– Devant les poubelles ? Non merci.

Je lui proposai de goûter le bordeaux puis le priai de rappeler Françoise. Il lâcha la bouteille, abandonna le tire-bouchon, me tourna le dos et se précipita au salon.

Lorsqu'il revint, il m'annonça qu'il devait repartir. Il était vraiment désolé. Françoise n'était pas bien. J'étais en train de sortir la côte de bœuf du four, elle était à point, les pommes de terre aussi. Une délicieuse odeur envahissait la pièce. Le couvert était mis. J'avais débouché le bordeaux, servi Bernard. Il décrocha son imperméable kaki dans l'entrée et j'entendis son pas sur le parquet. Il passa devant « sa » chambre. Il revint et se pencha pour m'embrasser. Je m'étais assise à « notre » table, consternée.

– Ne vous chagrinez pas, petit écureuil, demain viendra vite.

– Comment ça, demain ? Vous ne revenez pas ?

– Françoise a fait une cure de désintoxication. Chut ! Il ne faut pas le dire. Les douleurs sont parfois terribles.

– Je sais.

– Comment ça, vous savez ?

– Mais Peggy, elle fait quoi, Peggy ?

Il ne répondit pas.

– Alors je pars avec vous.

– Soyez raisonnable.

Soudain il me parut plus séduisant que je ne l'avais remarqué depuis son arrivée. Ce costume clair, c'était celui de notre rencontre. L'imperméable kaki, assez long, lui donnait cet air de jeune homme qui lui collait à la peau, ce jeune homme qui avait montré ses cahiers à Sartre, et que Sartre avait lus, médusé. Bernie ne vieillirait jamais. Au lieu de me réjouir, cette évidence me déchira le cœur. Car à l'instant où je percevais tout le charme de cet homme qui s'apprêtait à partir, je ressentais mon malheur. Malheur intime, secret, que je n'avais jamais voulu regarder en face, et qui allait de pair avec sa cohérence masculine. Sa supériorité intellectuelle et son charme ne faisaient qu'un, le rendant exceptionnel, je le voyais bien. Et à l'instant où je réalisais ma chance, voici qu'il m'échappait. Non seulement m'échappait-il ce soir-là, dans les odeurs de ce repas simple et bon préparé pour lui, mais quelque chose me disait qu'il ne prendrait jamais sa place d'homme dans ma vie. Au-delà de mon échec présent s'inscrivaient tous ceux qui allaient lui succéder. Je fermai les yeux et vis le visage de Françoise. Elle me souriait. « Tu n'y peux rien, Minou, ça fait trente ans, lui et moi. Rends-toi compte. Je suis lui, il est moi, c'est ainsi, mon chéri, reprends-toi. Je te le prête avec plaisir, je ne suis pas chien, au contraire, cela m'a fait plaisir au début, mais, vois-tu, il y a des limites, Bernie et moi formons une entité. »

Je tentai de refouler mes larmes. Il y avait eu de l'aveuglement et pas mal de sottise dans ma quête incessante et naïve de lui sans elle. Je reconnus ma bêtise, la bêtise désignée par Barthes, celle de l'amoureux. Bernie se tenait près de moi, en attente de quelque chose. Il voulait partir une fois de plus, une fois de trop, avec ma bénédiction. Je me relevai, les yeux secs. Cela ne se passerait pas comme ça. J'avais une vie, des droits. On ne pouvait effacer nos projets pour la nuit d'un coup de fil, un caprice ne déciderait pas de ce qui allait suivre. J'étais pratiquement sûre que Françoise n'était pas malade. Elle l'avait appelé et il rentrait, voilà tout. Il n'avait même pas eu le temps de découvrir sa chambre. À l'instant où j'en souffris, je sus qu'il n'y vivrait pas. Le désespoir était coupant comme du verre, du sang coulait en moi. Qui m'avait fait mal à ce point quand j'étais enfant ? Cette douleur semblait familière. Je la reconnus aux coups sourds qui me labouraient l'estomac. La souffrance du vieux bébé impuissant. Son Dieu lui préférait quelqu'un d'autre. Qui était-ce à l'époque ? Aujourd'hui, il s'agissait de Françoise alias Sagan.

– Emmenez-moi, vous dis-je, ou restez avec moi. Je vous en prie.

– Ne dites pas de bêtises.

Si Françoise souffrait, elle serait contente de me voir accourir à son chevet. Sinon, ils se moquaient de moi. Cette idée me sembla insupportable. Bernard se dirigea vers la porte. Je le suivis, plongée dans un désespoir d'enfant. Je n'avais pas vu les choses se désagréger.

– C'est atroce. Un coup de fil et vous me laissez !

– Vous m'agacez, à la fin. Je ne suis pas votre toutou.

C'en était trop. La colère succéda au chagrin. Le sentiment de subir une injustice produisait toujours en moi cette rage, elle montait en moi comme le lait déborde. Je la devais à la chevalière de mon père. J'avais beau vouloir me gouverner, j'en étais incapable. Je fis halte et ouvris la porte de « sa » chambre.

– Jetez un œil avant de partir, s'il vous plaît, j'avais – bêtement – tout préparé pour vous. Amusez-vous de ma naïveté, riez-en avec Françoise, cette pièce n'est qu'un décor.

– Ça suffit à présent !

Il chercha du regard quelque chose qu'il aurait eu plaisir à briser. S'emparant du camélia qui trônait entre nos verres, et sans que j'eusse le temps de réagir, il ouvrit la fenêtre et le jeta dans la cour. Le bruit fut assourdissant. David se mit à pleurer. Je me penchai. Dans la pénombre, j'aperçus les débris sur les pavés. Il aurait pu tuer quelqu'un.

– Je vous déteste ! dis-je, en larmes.

La porte de l'entrée claqua. Il partait.

*
* *

La passion reprit ses droits. Comme le ciel d'été après l'orage, un peu de fraîcheur subsista. Le temps passa. Nous décidâmes de partir pour Deauville. Invitée par un festival de cinéma, j'avais proposé à Bernard de m'accompagner. Il voyait d'un assez bon œil mes journées laborieuses contraster avec ses déjeuners de dilettante au Royal – délicieux moment d'égoïsme. La veille du départ, il m'appela pour corriger le tir. Nous ne prenions plus le train, mais la voiture de Françoise. J'aurais préféré partir seule avec lui, comme prévu. Il me fit remarquer que cela eût été absurde : Françoise se rendant à Équemauville le lendemain, nous n'avions qu'à profiter du véhicule. Il me fixa rendez-vous à cinq heures rue d'Alésia. Le vendredi était un jour difficile. En particulier ce vendredi-là : sachant que j'allais m'absenter, j'avais prévu d'avancer le bouclage de l'hebdomadaire. Les accroches de couverture étaient prêtes, manquaient une photo de Sieff et le papier de Josselin sur Bouteiller. Deux ou trois chapeaux restaient à mettre au carré. Du côté du mensuel, j'attendais les épreuves d'un inédit de Modiano et la projection de la couverture. Nous hésitions entre un portrait d'Emmanuelle Béart et une photo signée Marie-Hélène Breillat. Je voulais voir les diapositives du sujet mode qu'avait réalisé Peggy. Un affichage était prévu sur les dos de kiosques parisiens, le moindre retard eût été une catastrophe.

J'arrivai rue d'Alésia à l'heure prévue. Bernard m'attendait et son bagage encombrait le couloir, prêt à être rangé dans le coffre. Il m'offrit à boire et m'apprit que Françoise avait rendez-vous avec un journaliste de *City*. Elle était désolée. Nous l'attendîmes en regardant deux épisodes de « Dallas » en vidéo. Françoise raccompagna mon confrère. Ils semblaient les meilleurs amis du monde. Lui avait-elle fait le coup de la chambre ? Peggy me fit un clin d'œil en passant. Nous prîmes la route une heure plus tard. J'avais bâclé mon travail pour rien et m'attristais de constater que j'allais manquer aussi la soirée d'inauguration. Notre service promotion avait organisé ce bal pour lequel j'avais emporté pas mal de robes du soir. Deux couverts étaient réservés à la table des officiels. Ce n'était pas le genre de reproche que je pouvais adresser à Bernard, mon côté « femme de carrière » l'horripilait. Il aimait que je fusse directrice de journal, certes – c'était rare pour une femme, donc romanesque –, mais il ne fallait rien exagérer.

Pendant le trajet, j'aurais pu oublier mes soucis en m'endormant sur son épaule, mais Françoise lui ayant fait remarquer qu'il était mal assis, Peggy et lui échangèrent leurs sièges. Après avoir perdu mon temps rue d'Alésia quand j'aurais dû rester aux Champs-Élysées, j'allais rater la soirée d'ouverture pour passer deux heures avec Peggy. Elle m'interrogea sur son sujet, puis s'endormit lorsque je lui appris que je n'avais vu ni les diapos ni la maquette. D'excellente humeur, Françoise bavardait, alors que le passager avant se taisait. Elle n'y était pour rien. Ce n'était pas elle qui m'avait convoquée rue d'Alésia, elle n'était pas à l'origine de ce départ groupé. Elle avait beau faire, ce n'était plus elle que j'aimais. Qu'en bonne Merteuil elle eût – ou pas – arrangé notre histoire importait peu deux ans plus tard.

Nous arrivâmes à l'hôtel Normandy, où ma chambre avait été réservée par le festival. En m'étirant devant les bagages, je pensais avec délectation à cette semaine que nous allions passer à Deauville. Ne conduisant pas, il valait mieux que je m'installe sur place plutôt que de loger au Breuil, comme Bernard et Françoise me l'avaient proposé. L'année précédente, cédant à leurs injonctions, j'étais restée à Équemauville pendant la durée du festival ; gagnée par la flemme ambiante, je n'avais vu aucun film, écrit aucun article, ce qui m'avait valu pas mal d'ennuis.

Nous prîmes place au bar, où Françoise et Peggy nous rejoignirent. Comme toujours, Françoise fit sensation. Dès qu'elle paraissait, les conversations s'interrompaient. Des flashs crépitèrent. Je me sentis heureuse et flattée. Sa gloire rejaillissait sur les siens, dont j'étais. Je ne l'aurais pas admis si l'on m'avait poussée dans mes retranchements, mais la célébrité d'un proche était une sensation agréable, ce pourquoi j'aimais l'ambition qui n'a qu'un but au fond : recueillir un peu de ce que Françoise recevait sans compter. Les gens lui souriaient. Elle avançait entre les tables du Normandy avec cette grâce qui séduisait tout un chacun. Que cette gloire fût celle d'un écrivain et non le fait d'une vedette de cinéma continuait d'émouvoir ceux qui croisaient son chemin. On ne pouvait rien lui refuser. La meilleure table, l'empressement de la brigade, tout lui était dû, avec les compliments de la direction, qui, le plus souvent, la dispensait de l'addition. Non parce que c'était elle, Françoise, mais parce que la gloire modifie les rapports, change la donne, et qu'elle met de l'huile dans toutes sortes de rouages. Après avoir bu un porto flip, nous nous dirigeâmes vers les ascenseurs. « À demain, mon chéri », chuchota Bernard pendant que nos amies sortaient. Il précisa qu'il était fatigué et que nous avions besoin de nous reposer. Il fallait dormir, et rien d'autre. Demain serait un autre jour. « Vous ne craignez pas de vous ennuyer un brin ? » dis-je par coquetterie et pour tromper ma tristesse. « L'ennui ne m'ennuie pas », répondit-il avant de rejoindre Françoise.

« Qui est ce brun avec Sagan ? » demanda un photographe.

J'entrais dans la cabine. La route avait été longue. Beaucoup plus âgé que je ne l'étais, Bernard avait sûrement besoin de repos. Il ne fallait pas être mesquine, me disais-je. Mais j'avais beau me gourmander, je voyais bien qu'il aurait pu se reposer moins, mais près de moi. Nous ne vivions pas vraiment ensemble. Le festival tombait à point nommé pour nous permettre de passer huit jours pas désagréables. La chambre semblait une suite, avec son petit salon, un balcon et deux salles de bains. C'était sans doute l'un des meilleurs appartements de l'hôtel. Il y avait des fenêtres sur la mer, d'immenses armoires, des miroirs, un grand lit. Je n'avais même plus le recours du manuscrit, mon roman était en lecture chez Grasset. Bernard me téléphona. Ils étaient bien arrivés, madame Fernande les attendait malgré l'heure. Poulet froid et tarte aux pommes, comme toujours les soirs d'arrivée. Françoise travaillait, il était las.

Le lendemain, je me réveillais seule dans ma superbe chambre, sûre qu'il allait m'appeler pendant le petit déjeuner que je pris devant la mer. Il ne le fit pas. Désemparée, je me rendis au casino pour l'accréditation. Je vis deux ou trois films, rédigeai des papiers, téléphonai à Joël, secrétaire de rédaction de l'hebdomadaire. Par chance, un samedi, il se trouvait au journal. Le bouclage s'était bien passé. Il me soumit les accroches de couverture. La photo de Jean-Loup Sieff était arrivée. J'appelais chez elle la secrétaire du mensuel. Elle m'apprit que le sujet Peggy Roche était superbe, le directeur artistique l'avait monté sur six pages. Les photostats de la maquette me parviendraient le lendemain au courrier. Je raccrochai, de bonne humeur. Le travail, il n'y avait rien de mieux que le travail pour les ambitieuses en rupture de ban. Le soir, je m'installai au bar du Soleil. C'était l'endroit où tout avait commencé avec Françoise. Et voici que je me morfondais pour un autre qu'elle. Comment était-ce possible ? François Châtelet et sa femme m'invitèrent à prendre le thé. Je mentis au responsable du service promotion que je rencontrai, attribuant mon absence de la veille à un incident sur l'autoroute. Il me crut, j'avais été jusqu'alors une directrice de journal assez exemplaire. Personne ne me soupçonnait d'exercer mon métier à la légère.

Je rentrai au Normandy vers dix-neuf heures et trouvai sous la porte une multitude de télégrammes bleus ou roses, les jolis messages du Normandy ; des appels professionnels, amicaux, tout le monde m'aimait, c'était fou ce qu'on m'aimait, deux messages de Françoise ; de Bernie, rien. Forçant mon orgueil, je l'appelai. Ce fut lui qui décrocha. Il me dit qu'il se reposait. Je voulus savoir s'il comptait me rejoindre un jour, et en particulier ce soir-là. Comme il restait vague, j'insistais. Je savais que j'avais tort. Il ne supportait pas les insistants, Françoise non plus. Il y avait une règle dans leur ascèse au fond assez monacale, malgré les paillettes et le scandale : sa pudeur à lui et l'esthétique de Françoise. C'était leur cahier du maître, une loi secrète, intime, un ordre frankien et saganesque que je transgressais. « Dites-moi à quelle heure vous comptez passer, que je puisse au moins réserver », dis-je d'un air faraud. « Vous verrez bien », répondit-il avant de raccrocher. Je restai bête, assise sur le *king size bed*, dans ce palace fabriqué pour les couples. Je ne pleurais pas. Même pas mal, aurais-je pu dire comme le faisait David lorsqu'il se relevait d'une chute, les yeux secs. Quelque chose n'allait pas. Je sortis, pris un verre avec Michel Mitrani : j'aimais sa douceur feutrée. Quand je regagnai ma chambre, malgré les papillons roses et bleus glissés sous la porte, je me sentis extrêmement seule. Et plus de manuscrit ! Françoise téléphona pour savoir si je comptais me rendre à la projection du soir ; si oui, elle se proposait de m'attendre devant la salle pour que je lui remette une ou deux bobines de pellicules ; pouvais-je me les procurer à l'hôtel ? Hasty Flag courait le lendemain à Auteuil, elle ferait l'aller-retour pour immortaliser son triomphe, mais un dimanche, à Paris, les magasins seraient fermés. Elle voulait faire des photos. « Tu rentres déjà alors que nous venons à peine d'arriver ? » dis-je. Elle balbutia quelque chose que j'entendis mal. Nous parlâmes de tout et de rien, mais pas de lui. Ensuite, je transmis sa demande au concierge.

À huit heures et demie, je me postai devant le casino, munie des pellicules. J'étais sûre qu'elle y serait avec lui, ce serait sa surprise, leur surprise. Pour que les choses s'arrangent plus vite, faisant fi de mon orgueil, j'avais fini par le rappeler. Notre conversation avait été charmante. Pour conclure, j'avais cru bon de lui suggérer de me rejoindre, la chambre lui plairait. Encouragée par son absence de réaction, j'en profitai pour ajouter que si j'avais pris ces huit jours à Deauville alors que j'étais débordée de travail aux Champs-Élysées, c'était pour exercer mon métier de journaliste, bien sûr, mais surtout pour vivre à ses côtés. En formulant ces choses, je perçus combien elles étaient assommantes. J'allais trop loin. Bernie n'était pas homme à supporter qu'on lui mît les points sur les *i*. D'ailleurs, il se fâcha. Si j'étais obligée de séjourner à Deauville pour écrire mes articles, il pouvait passer son temps où bon lui semblait. Contrairement à moi, il n'était pas un besogneux. Le choix de ce mot et le ton de mépris avec lequel il le prononça me firent souffrir au point que je dus raccrocher. Nous étions amants depuis longtemps et je pouvais anticiper sur ses regrets : il avait le remords facile des enfants. Pour se faire pardonner et être en paix avec lui-même, il se trouverait au Casino avec Françoise. À vingt heures trente, comme prévu, elle surgit devant la salle de projection, accompagnée de Peggy et de tous leurs amis. Des portières claquèrent dans la nuit. Les femmes étaient belles, leur parfum se répandait sur le front de mer. La bande à Sagan avait beau changer au fil des saisons, c'était toujours les mêmes visages. Des rires fusaient.

Marquis et duchesse bichaient. Tout ce beau monde allait dîner aux Vapeurs, seul Bernie manquait à l'appel. Françoise décréta que je devais les accompagner, ce serait plus gai.

– En plus, le film est sûrement mauvais et tu as faim, conclut-elle en m'entraînant vers sa décapotable.

Je me rendis à Trouville avec eux. Ils étaient plaisants, désinvoltes, charmants. Françoise insista pour que je m'installe à sa gauche et Peggy à sa droite. Peggy évitait de croiser mon regard. Je la savais assez généreuse pour trouver la situation déplaisante, d'autant qu'elle m'aimait bien. Sa détestation pour Bernard accentuait la pitié qu'elle ressentait pour moi, que son élégance lui commandait de cacher. Les amis de Françoise étaient pleins de grâce, ils portèrent des toast à l'été, je me demandais ce que je fichais là, tout le monde s'amusait sauf moi. Nous bûmes du champagne, Françoise du Coca, elle me déposa au Normandy vers minuit. J'avais la migraine. Enfin seule, j'ouvris une fenêtre. L'air marin rendait tout parfaitement clair. Les choses basculaient dans une sorte d'échec de tout ce que je voulais entreprendre avec Bernie. J'attendis en vain un signe de lui. Il ne se manifesta pas non plus le lendemain.

À la fin du deuxième jour, en rentrant du cinéma, je découvris sous la porte un message de lui. Je le rappelai. Il fit amende honorable et me demanda de le rejoindre au Breuil pour dîner. Je me vêtis et me fardai avec soin ; le résultat ne devait pas être mal, c'est en tout cas ce que sembla penser Christine Arnoty quand je la croisai dans le hall du Normandy. « Vous êtes belle ! » s'exclama-t-elle en passant. Cela me rassura beaucoup. J'avais l'impression d'être un voilier pris dans la tourmente, je risquais à chaque instant de chavirer. J'arrivai à Équemauville en taxi. Bernard m'attendait au bout de l'allée de peupliers. Il régla la course. Les voitures de Françoise et de ses amis manœuvraient en sens inverse. Françoise sortit de la Mercedes pour m'embrasser. Elle rentrait à Paris plus tard que prévu. Je ne cherchais pas à comprendre : avec elle, les emplois du temps changeaient à la vitesse grand V. « Ce soir, il est bougon », murmura-t-elle avant de reprendre le volant. Lorsque le silence se fit, je suivis Bernard à l'intérieur.

Aucun couvert n'était mis, il n'avait rien prévu, rien fait préparer. Dans le grand réfrigérateur de madame Fernande, j'ai trouvé un peu de viande mais pas un légume, une salade, rien.

Je mourrais de faim. Nous étions à dix kilomètres de toute région habitée. J'ai pensé qu'il aurait pu faire un effort. Ce n'était pas convenable. Un peu pour le punir, beaucoup pour me venger de tous ces jours gâchés, je lui ai annoncé que j'allais le quitter. J'en avais assez de ses comédies. « Moi aussi », répondit-il. J'ai ressenti une douleur atroce. Il avait l'air de penser ce qu'il disait. J'ai eu soudain envie de viser là où cela lui ferait le plus mal, il fallait tuer ce qui bougeait encore, il fallait tout détruire, tout. « Je ne vous ai pas attendu, ai-je ajouté, j'ai couché avec quelqu'un. » Sans doute allait-il comprendre que je voulais lui faire mal, sans doute allait-il me demander pardon, me prendre dans ses bras. Il me connaissait assez pour savoir que je mentais. Il voyait partout la faille, la paille. Sagan aimait sa capacité à anéantir la bêtise. Mais il ne vit rien. Fou de rage, il me jeta son verre à la figure. Le champagne qu'il venait de déboucher en mon honneur. J'en avais dans les yeux, les cheveux, partout, j'étais grotesque. Cette violence me mit hors de moi. Saisissant la bouteille de Bollinger, je l'aspergeai de la tête aux pieds. Elle était à peine entamée, et il reçut tout ce qu'elle contenait. Il portait son costume de popeline clair, celui de notre rencontre. Dégoulinant, il m'empoigna. J'eus peur, très peur, car tous les hommes se ressemblent quand ils battent les femmes. Il s'apprêtait à cogner.

– Arrêtez, vous êtes fou ?

Il me lâcha. Je revins des toilettes un quart d'heure plus tard en le priant d'une voix monocorde de bien vouloir appeler un taxi, ce qu'il fit. Il s'était changé et gardait le silence. Trempée, en larmes, je sortis pour courir à la rencontre de la voiture, dans un état second. Quand je fus en sécurité, sur la banquette arrière, les lumières du Breuil s'éteignirent. J'ai vu notre désastre sous les peupliers.

*

* *

J'appris le lendemain que ma grand-mère était morte. Une chute dans sa cuisine. Ma mère fut de corvée pour m'avertir par télégramme. Ma famille – avec laquelle j'avais coupé les ponts – me fit savoir le jour et l'heure des obsèques, à Saint-Malo. Sur le coup, je n'ai pas compris ce que signifiait la mort de Marie. Lorsqu'on tombe de très haut, on a le temps de se voir tomber. L'accident est lent, la chute dure, l'on se demande si l'on va mourir, il faut un temps fou pour parvenir jusqu'au bout de la dernière marche, du dernier mètre ; puis, lorsque les os sont rompus, en morceaux, que l'on tente en vain de se relever, qu'une douleur atroce indique que quelque chose de grave s'est produit, que le corps est détruit, quelque part, de manière irrémédiable, et que rien ne pourra être comme avant, on comprend. La mort de qui l'on aime, c'est une chute qui dure. On ne se relève pas plus qu'avec des os en morceaux. Simplement, l'infirmité est intérieure, le sang ne coule pas. La blessure est invisible. Le Samu ne se déplace pas, mais le handicap fait son chemin. D'abord insidieuse, cette incapacité prit chez moi des proportions telles que je ne pus me rendre au journal – ou plutôt aux journaux. Ce qui était brisé, ce n'était pas mes os, mais l'opinion que j'avais des autres et de moi-même, autant dire une certaine idée de l'existence. Je m'étais crue immortelle. Invincible et immortelle. Bête comme on l'est avec des joues d'enfant. Tout se délitait. J'aurais préféré affronter la tristesse, c'était assez bon et valeureux d'être triste, la mélancolie semblait un art de vivre comme un autre. J'ai dû apprendre sur le tas la détresse, qui est moins noble.

J'appelai aux Champs-Élysées pour dire mon deuil, à mots couverts car j'avais horreur du pathos, des explications. On me répondit ce que tout le monde dit alors. Des mots de consolation. J'avais faim de vérité, il me fallait le corps et le fond des choses, l'amour probablement pouvait seul m'aider à vivre ma première journée de handicap. Handicap qui ne se découvre pas dans son ampleur après l'accident, mais dont on sent qu'il affaiblit, diminue, rétrécit tout ce qui faisait la vie. Marie était ma mère. Je l'avais négligée, il n'y avait qu'une seule culpabilité dans toute cette histoire, et c'était la mienne, la plus lourde à porter, la plus cruelle, ma culpabilité de fille ingrate, superficielle, capable d'oublier la seule personne qui l'avait aimée. Marie était morte seule, à l'hôpital, comme tout le monde, sans moi, sans un mot de moi depuis des mois, et je me retrouvais rue Vaneau dans ce deuil atroce, nue comme un ver, ce ver de terre qui pouvait contempler l'étendue de sa petitesse. J'avais sacrifié Marie à mes amours buissonnières. Bernard m'appellerait-il au moins ? Lui seul pouvait remettre un peu d'ordre en moi, j'avais perdu mes modes d'emploi. Le journal, ou plutôt les journaux pouvaient bien se boucler sans moi. Marie gisait sur son lit de mort, et j'ignorais ce qu'avaient été ses derniers mois, son dernier jour.

Bernard se trouvait encore à Équemauville et sans doute allait-il se manifester. Nous n'allions pas rester dans le silence, les malentendus. Il souffrait lui aussi, certainement. J'allais lui apprendre la nouvelle. Il savait qui était Marie. Lui seul comprendrait. Je pourrais enfin pleurer. En attendant, la douleur devenait haute comme un mur, elle risquait de m'enfermer. Seul Bernie pouvait me sortir de cette geôle atroce, me faire respirer, mettre les choses en perspective, et puis ne rien dire, me prendre dans ses bras. Bernie n'appelait pas. David passant comme toujours l'été en Suisse, je pouvais traîner dans l'appartement. Ma débâcle ne gênait personne. La chaleur était telle que j'errais d'une pièce à l'autre, nue. Marie était partout, j'avais beau contempler la moquette, les rideaux, voir qu'il ne manquait pas un bouton de guêtre à la panoplie de ma réussite, je haletais comme un chiot.

Marie, disais-je partout. Je tombai à genoux dans la cuisine, les dalles étaient froides, rafraîchissantes, et je passai des cubes de glace sur mon front. Marie. C'est quand on a quelque chose à se reprocher que les êtres disparaissent en nous laissant avec notre culpabilité et toutes nos questions. Marie ne me dirait plus d'un air admiratif, mains sur les hanches : « Tout de même, ma petite fille ! »

Elle ne chercherait plus ses clefs. Ses lunettes à triple foyer resteraient sur la table de chevet. Elle n'ouvrirait plus la porte de la chambre qu'elle m'octroyait lorsque j'allais chez elle, en me disant de loin, afin de respecter mon intimité : « Dépêchons, ma petite fille, dépêchons. » Elle adoptait alors sa posture favorite. Soutenant sa maigre poitrine du bras gauche, le menton dans la main droite, elle croisait les jambes dans une attitude contrite qui n'appartenait qu'à elle. « Dépêchons, ma petite fille », répétait-elle. Marie. Toujours en retard, toujours pressée, elle se hâtait à travers les rues, les places et les cours. Sa frêle silhouette glissait sur les pavés, elle filait. Sous les remparts, porte Saint-Vincent, cale de Dinan, l'aïeule allait à toute vitesse, il fallait suivre. Pour lui échapper cette nuit-là, je pris des somnifères.

Je parvins à me traîner jusqu'à ma chambre et sur le tapis je m'endormis en chien de fusil.

*

* *

Paris tentait d'offrir le moins de prise possible à la chaleur. Ramassée sur elle-même, la ville subissait ces extrêmes qu'on observe au plus fort de l'été. Dans une stupeur que je devais aux comprimés de la veille, je ne bougeais plus, l'écouteur à la main. Bernard venait de raccrocher. Il m'avait enfin appelée. Il téléphonait pour m'annoncer qu'il me quittait. La sonnerie m'avait réveillée.

« C'est lui », m'étais-je dit. J'avais pris pas mal de comprimés, aussi avais-je dû ramper vers l'appareil. Quand je reconnus sa voix, je fermai les yeux comme on le fait sous l'eau, dans la gratitude éblouie du nageur. Il parla trois minutes. Je l'interrompis à peine. Lorsqu'il raccrocha, la ligne se mit à grésiller dans le vide, j'eus l'impression qu'on m'arrachait la peau. C'était les premiers instants de la rupture. Le premier quart d'heure de lui sans moi. De moi sans lui. Et de nous tous sans Marie. Il aurait fallu raccrocher mais je ne savais plus comment faire. La chaleur atteignait son apogée. Rien ne pouvait la contenir dans des limites raisonnables. Je me dirigeai vers les fenêtres pour appeler Paris au secours mais les humains avaient déserté. Bernie me quittait et ma grand-mère était morte. Je ne parvenais pas plus à penser la mort de Marie que je n'arrivais à réaliser la rupture. Lorsque j'y parvins, la terrible douceur du 15 août m'entra dans le cœur. Pour toujours. Chaque fois que je songeais à la morte j'avais besoin de lui, et quand je pensais à lui seule Marie aurait pu me consoler. Il y avait là quelque chose de l'enfer. Perpétuel. Définitif.

Je me traînais vers la chambre de Bernard. Son vide accentua ma détresse. Le divan, les coussins, l'armoire, la table de travail, tout rappelait le bonheur perdu. « Sa » bibliothèque contenait mes livres, beaucoup de livres m'arrivaient en effet chaque jour. Des services de presse. J'avais apprivoisé mon échec en faisant mine de trouver commode l'existence d'une seconde bibliothèque. Elle se tenait devant moi, muette, haute, éclatante de sévérité. Elle faisait barrage contre la vanité, les mensonges, l'insouciance, dans sa grandeur, elle disait mon malheur : l'échec, la mort. Je cherchai fébrilement le livre que j'avais annoté à mon retour de Deauville, dans la hantise de ce qui venait de se produire. C'était *L'Espionne dans la maison des amours*, d'Anaïs Nin. Je relus avec une délectation morose la phrase que j'avais soulignée. « Chacun attendait l'heure où elle serait punie d'avoir vécu comme une espionne dans la maison des nombreuses amours, sans jamais se faire démasquer, d'avoir déjoué la surveillance des sentinelles qui gardent les frontières de ce qui est autorisé, d'avoir voyagé sans passeport d'un amour à l'autre. »

Encore un mensonge pour continuer de construire – jusque dans la peur de perdre – ma comédie ! Un nuage de fumée pour me cacher ma vérité. Je n'avais été l'espionne de personne. C'était me donner trop d'importance. N'avais-je pas aimé, dans ma passion pour Bernard et Françoise, la gloire de l'un, le génie de l'autre, et inversement ? Je m'étais servie d'eux pour conforter la bonne opinion que j'avais de moi. L'amour prolongeait l'ambition. Comment faire la part des choses entre les sentiments et le misérable tas de secrets qui les anime ? Le ricanement de Bernard rompait le silence de Marie. Je tournai le dos à la bibliothèque. Il valait mieux quitter cette chambre. Elle ne logeait plus que ma vérité. Je me rendis dans la mienne et j'ouvris la fenêtre. Au lieu de la fraîcheur escomptée, je respirai du feu comme à la sortie d'un avion en Afrique. Je m'étais moquée des duchesses, des marquis. Je les toisais alors que j'étais dix fois plus vaine qu'eux. Marie. La rue Vaneau semblait prostrée. Subsistait le spectacle de rares taxis passant à vide. Le soleil frappait leurs pare-brises et je dus fermer les yeux. Bernard. Quand je les rouvris, le désert s'accentua.

La défunte reposait dans une chambre d'hôpital en attendant la levée du corps. Bernard avait rencontré quelqu'un. Il me quittait pour une autre au moment où Marie me quittait pour toujours. Elle qui ne comprenait pas grand-chose sinon l'essentiel aurait su calmer ma douleur. Il fallait agir et me diriger vers le bureau. L'endroit contenait une partie des livres qui envahissaient la maison et possédait de hautes fenêtres garnies de doubles rideaux. Je les fermais d'un coup comme je les avais ouverts près de trois ans plus tôt pour Bernie. L'histoire s'arrêtait là. Je me suis laissée choir sur le canapé où il s'était si souvent installé, avec ou sans David, un verre à la main. « Je vous aime un peu chieuse, disait-il, que sera-ce quand vous serez ce que vous êtes souvent ? » Je me dirigeai vers le salon. Les pièces devenaient trop hautes pour moi, leur immensité semblait décourageante d'autant que je rapetissais, il fallait accomplir des efforts insurmontables pour être à la hauteur de tout. J'ai fait le tour de l'appartement et j'ai fermé les rideaux partout. Fin. Je pensais « fin » et c'était bien. Pénombre et fraîcheur allaient de pair comme dans une chambre mortuaire. Nue, je me suis assise à mon bureau et la tête entre les bras j'ai pensé à la douceur d'une chaleur sans moi.

– Quand vous m'avez dit au Breuil que vous vouliez me quitter, je vous ai crue. Nos rapports depuis peu justifiaient votre décision.

– Je mentais : je voulais vous faire souffrir.

– Vous y êtes parvenue.

– Il y a quelqu'un d'autre ?

– Oui.

– Grimaud ?

– Non, et qu'est-ce que ça peut faire ?

– Une blonde ?

– Oui.

– Qui ?

– Une jeune femme qui venait interviewer Françoise. Ah, si vous aviez su conduire. Mais ne vous faites pas de mal exprès.

– Ma grand-mère est morte.

– Mon pauvre petit, quelle terrible tristesse : je sais ce que vous devez éprouver. Je vous écrirai, mais à présent je dois vous laisser.

Il avait raccroché. J'entendais chaque mot, et, loin de me réveiller, je ne pouvais que constater l'atroce réalité. Je suis retournée dans « sa » chambre. Je l'avais tapissée des tissus et des couleurs qu'il aimait. Tout était en place, mais rien n'avait de sens. Au fond, avais-je jamais cru à cette fiction selon laquelle à la fin des travaux il s'installerait rue Vaneau ? Ou avais-je aménagé sa chambre comme on fait semblant de vivre, parce qu'on n'a pas le courage de se tuer ? Je me suis couchée sur son lit, un divan, la dimension qu'il avait choisie. Les rideaux fermés me cachaient la bibliothèque, j'étais tranquille. Je pouvais cuver mon deuil. Je me suis relevée pour aller chercher les comprimés. Il en fallait plus qu'hier, beaucoup plus. Dormir semblait la solution. Mon fils passait l'été en Suisse. Comme nous étions en délicatesse, son père et moi, depuis le procès, je n'avais aucune nouvelle. Dormir me permettrait de tenir jusqu'aux obsèques. Pendant l'office, Marie nouait un foulard, elle portait des sandalettes blanches avec des bas épais, un imperméable assez ridicule. Je l'aimais.

J'ai préparé une centaine de Tranxène et autant de Temesta, du Valium en veux-tu en voilà, la bouteille de Chivas, la vodka, achetées pour lui. Comme je ne pesais presque rien, que j'étais à jeun depuis la veille, j'allais m'endormir assez vite. Je voyais partout la défunte ou Bernard. Ses yeux surtout, grands, très noirs, avec des cils qui formaient une ombre sur sa joue. Dans ce Sahara blême j'avais soif d'oubli, je voulais la trêve. Un corps me manquait, celui qui m'aurait permis de supporter la mort ou la rupture, à moins que ce ne fût le vide laissé par David. Le corps de l'amour, en somme.

Quand tout fut près, j'ai mis le peignoir de Françoise, il avait la douceur passée de ma jeunesse, je me suis étendue dans le noir. Tant pis pour le manuscrit. Mon roman était mort-né. Tant pis pour l'hebdomadaire et le mensuel. Qu'ils se débrouillent sans moi ! Cela ne m'intéressait plus. Tant pis pour l'interview de Nourissier et pour mon rendez-vous avec Sollers. J'allais faire faux bond au réel, il perdait la partie. Mon fils me retrouverait, nous irions au Luxembourg avec son écharpe rouge. Bernie me trompait avec une journaliste. Elle était venue pour Françoise. J'étais punie là où cela faisait le plus mal : l'histoire recommençait sans moi, ces événements que j'avais crus exceptionnels se répétaient. Anne Baxter échouait. Il ne me restait même pas l'illusion d'avoir été unique. La nouvelle amie de Bernie, c'était moi, en mieux. Françoise et elle allaient devenir intimes. Ma remplaçante irait à Cajarc. Elle dormirait dans la chambre verte, à Équemauville. Bernie m'avait dit qu'il vivait avec elle chez une amie commune, dans le seizième arrondissement. Une maison avec jardin. Je la voyais d'ici, dans cette maison avec jardin. C'était une blonde superbe. Elle souriait en levant sa coupe de champagne, j'observais son cou délicat, sa nuque, un Botticelli dans le jardin de l'Yvette, et moi j'avais fini de faire illusion. Les mains de Bernard, blanches, fines, étaient posées sur le livre qu'il venait de fermer. Un volume de la Pléiade cassé à force d'être lu, les *Mémoires* du cardinal de Retz, l'exemplaire emprunté rue d'Alésia. Il lisait à ma remplaçante la phrase que j'avais lue à Françoise. « Mes vrais amis sont solitaires », disait Sagan en se penchant vers moi. J'avais beau protester, elle ajoutait : « La passion ? Laisse-moi rire ! Deux ans, trois ans tout au plus. » Toute la nuit Bernard et sa maîtresse s'étaient mesurés au plaisir qu'ils s'infligeaient. Celui que l'on découvre, stupéfié par tout ce que l'autre vous apprend. J'imaginais les caresses, les murmures, la douceur des mots quand on perd la notion du temps dans la chaleur d'un dimanche plus endimanché que les autres, un dimanche destiné à ceux qui font l'amour dans des lits d'emprunt.

Il était près de treize heures à présent, il devait déjeuner avec elle dans le jardin, à moins qu'ils n'eussent trouvé un bistrot ouvert avenue Mozart. Ce soir, rue d'Alésia, Françoise dînerait avec eux. Ce serait très gai. Peggy s'étonnerait à peine. Denis sourirait en douce. Demain, si elle était encore là, Isabelle hocherait la tête en se disant « une de plus, une de moins ». Oscar et Teresa ne diraient rien, ils avaient du style et l'habitude de la maison des amours. Amours que chassaient d'autres amours, comme le font les nuages. J'avais perdu mes munitions qui avaient à voir avec le désir, les baisers, l'amitié, tout ce qu'on oppose au malheur. Le roman finissait mal, comme si j'avais su ma défaite, mais les romans servaient à cela : savoir.

Quatorze heures : l'heure que je détestais, le début de l'après-midi, l'heure des solitudes insupportables. Derrière les rideaux, la ville subissait son martyre. La catastrophe faisait un bruit de soie qui tombe sur la moquette. Il fallait tout avaler : le Chivas, la vodka, ces cachets bleus et roses par poignées, mes dragées de baptême, celui de la délivrance. Ce fut alors qu'un bruit explosa. Il me surprit au point que je renversai le whisky sur le lit de Bernie. La sonnerie du téléphone ! La sonnerie de mon téléphone ! Hébétée, je me suis demandé qui pouvait chercher à me joindre un 15 août. Il ne pouvait s'agir de Marie – elle était morte. Ni de Bernard – il venait de rompre. La personne insistait comme si elle avait su que j'étais là, bien que je ne répondisse pas. Je n'étais pas dans la pièce où le bruit persistait, persistait. Rien ne semblait pouvoir l'interrompre. Depuis combien de temps m'appelait-on ? Au moins cinq minutes, si ce n'était davantage. Encore un « insistant » ! Le bruit devenait tel qu'il fallait me lever, mettre un pied devant l'autre, répondre. On ne pouvait pas mourir dans ce boucan.

– Minou ? Que fais-tu seule à Paris un 15 août ?

« Elle sait », ai-je pensé. Françoise parlait vite, les mots étaient avalés, le rire contrit donnait du sens aux mots, les mots n'avaient pas d'importance, seule la voix comptait. Dans ce charabia, je percevais l'inquiétude. Je revis la mer, les jardins et surtout Françoise, sa chemise serrée à la taille par ce ceinturon qu'elle portait sans doute. De la vie entrait en moi. « L'amour, laisse-moi rire ! Une exaltation de soi-même », disait-elle le premier soir, il y avait longtemps, et je commençai de comprendre. J'avais pris un coup de vieux. Or les vieux ne se tuent pas sur un coup de tête. Les vieux sont raisonnables. J'allais vivre, sans doute.

– Il y a un train à quinze heures gare Saint-Lazare : j'ai vérifié. Dépêche-toi d'appeler un taxi, j'irai te chercher. Marie Belle passe le week-end à Équemauville, ça ne te dérange pas, mon chéri ?

Il fallait dégurgiter, respirer, autant d'efforts qui m'empêchaient de répondre. Lui aussi m'appelait « mon chéri ». Ils étaient complices, les cahiers, la beauté, la liberté – tout ce qui pouvait tuer.

– Demain j'ai réservé une table à Honfleur.
– Et Marie Belle ?
– Elle ne déjeune jamais.
– Moi non plus, tu sais bien.
– Pour une fois, tu n'en mourras pas.

Nous avons ri parce que ces mots évoquaient quantité de choses qui n'étaient plus d'actualité. Restait l'ombre portée de cet amant qu'elle m'avait donné un temps seulement, comme à l'été on fait cadeau du vent.

J'ai jeté mes effets dans le sac qu'elle m'avait offert avant d'appeler l'un de ces taxis qui tournaient dans Paris. Elle faisait toujours ce qu'elle disait. Elle m'attendait sur le quai de Trouville avec une enveloppe. J'ai reconnu l'écriture de Bernard. J'ai lu la lettre en sanglotant pendant qu'elle patientait dans la voiture.

« Mon chéri je veux vous dire la tristesse que j'aie éprouvée lorsque vous m'avez annoncé la mort de votre grand-mère. De vous savoir seule avec votre peine vous par moments si fragile, si désespérée, me brise le cœur. Il vous arrivait un grand malheur et la personne sur qui vous auriez souhaité vous appuyer n'était pas là. Ça avait l'air d'un mauvais rêve. Et ne croyez pas que je n'en étais pas conscient. Sur la disparition d'une personne qui était votre famille, je ne vous dirai rien. Ce sont des choses que l'on sait mais que l'on ne peut exprimer. Je crois que Proust vous parlera mieux que moi. Mais j'ai confiance en vous, vous venez de terminer un roman, il sera réussi j'en suis sûr et vous en écrirez d'autres. Nous nous quittons au bon moment – même si la mort de votre grand-mère rend cette séparation sinistre – car nous n'avons pas épuisé le capital de tendresse et de désir qui lient deux êtres. Quant à votre futur "nouvel homme", choisissez-le bien : le contraire de moi ! Je vous embrasse de toute ma tendresse drôle de petite personne chérie. Françoise m'a dit que vous serez au Breuil, je prendrai de vos nouvelles. »

– On y va, mon petit chat ?

Ce n'était pas seulement fini avec Bernard. Françoise, Peggy, Denis, Oscar, Teresa, Isabelle et les autres disparaissaient aussi. La rue d'Alésia me fermait sa porte, j'étais chassée du paradis. On tournait la page, une autre histoire commençait. On chérissait « l'invitée » qui n'était plus moi. Il y avait de la mort dans cette absence à un monde qui continuait de tourner. « Tu n'es pas toute seule, je suis là », dit Sagan en m'attirant à elle. Je me souvins de ses propos, il y avait longtemps. J'entendais sa voix devant la verrière, rue d'Alésia. « Mes vrais amis sont solitaires ; même si de temps en temps ils vivent une histoire et qu'ils disparaissent, ils reviennent toujours ; ils sont malheureux, je souffre pour eux, on se retrouve sur la même longueur d'onde. » Nous étions sur la même longueur d'onde. Au lieu de me ramener à Équemauville par la route habituelle, elle prit des chemins de traverse. Je revis nos promenades d'amoureuses. Elle et moi étions les mêmes personnes que nous étions alors, mais nos regards, débarrassés des corps, se vouaient à la seule contemplation du paysage. Tout était rentré dans l'ordre. Les mêmes protagonistes, la même voiture, le fameux chemin vers la demeure normande, un soir d'été qui finissait, aussi beau que les soirs l'avaient été alors, mais l'essentiel s'était déporté sur la droite, à moins que ce ne fût sur la gauche, un autre en était dépositaire, cet homme qui m'avait quittée, ce pour quoi j'avais voulu mourir, et pourtant, hier encore, j'avais cru aimer Françoise. « Celui ou celle que nous aimons n'existe pas. »

– Tu as un titre pour ton livre, Minou ?

– Oui.

La décapotable roulait lentement, il y avait des arbres, des champs, des moissons. La chaleur en

Normandie est un rideau de dentelle très ajouré, on voit la mer par transparence. La conductrice fumait des Kool extrafortes et avait un petit nez et de longs cheveux dorés. Je l'avais aimée. Elle voulait que je parle de Bernard, elle conduisait de plus en plus lentement, je revois ses boots sur la pédale de frein, elle conduisait en me regardant de profil, elle m'écoutait de tout son être, surtout avec les yeux. « Continue, mon chéri », disait-elle, et quand le soleil s'est couché, j'avais terminé de tout lui raconter.

– Je t'emmène aux obsèques... Saint-Malo, c'est loin, dis-tu ? Tu plaisantes, avec la Lotus, on y sera en deux coups de cuillère à pot, je vais demander à madame Fernande de nous préparer un pique-nique, je t'attendrai à la sortie du cimetière.

J'allais devoir m'arranger avec madame Fernande pour faire appeler un taxi à l'aube. Je prendrais un petit déjeuner au buffet de la gare de Honfleur. Sans doute allais-je vivre, mais il faudrait réapprendre à vivre sans barrage blond.

Je voyais d'ici Marie Belle hocher la tête : « Laissez-la faire, si elle vous le propose, c'est qu'elle y tient. » La conductrice se tourna vers moi avec son sourire de Françoise Quoirez, un sourire de fillette, les yeux sous la mèche, et j'ai pensé qu'il aurait mieux valu qu'elle vienne en effet, mais c'était comme tout le reste; entre ce qu'il aurait fallu que les choses fussent et ce qu'elles ne manquaient pas d'être, il y avait un monde. C'était ce qu'elle aimait, une mélancolie teintée de rires, un glaçon qui pourrait se briser dans le verre si on le secouait trop fort; certains autour d'elle finissaient par se tuer. Souvent, elle sauvait.

– Tu as faim ?

Elle insista :

– Il faut manger, Minou.

– Qui est la journaliste ? C'est toi qui la lui as présentée ? Quand cela a-t-il commencé ?

Sagan prit l'allée de peupliers.

– C'est une jeune personne qui est venue m'interviewer voici peu. Bernard est entré dans la chambre. Tu le connais ? Nous avons pris un verre tous les trois. Voilà. Il n'y a rien d'autre à dire.

Le coupé Mercedes glissait avec une certaine majesté vers le Breuil. Pourquoi y aurait-il eu le moindre coupable ? Bernard entrait dans la chambre de Françoise. La journaliste rangeait son magnétophone. Françoise bégayait, réalisant que la dame était belle. Voilà. Le manoir du Breuil apparut entre les arbres centenaires. Tout le bonheur que j'avais connu y était enclos.

– Tu avais raison, dis-je, car la conductrice se taisait toujours. Deux ou trois ans tout au plus.

– Tu parles de quoi ?

– Tu sais bien.

– Tous les hommes ne sont pas méchants, tu verras, répondit-elle d'une petite voix.

– Pourquoi dis-tu ça ?

Elle baissa la tête. Je me penchai. Elle pleurait en douce comme les grandes personnes.

– Qu'est-ce que tu as ?

– Rien, Minou. Une poussière.

Elle jeta son mégot et nous avons garé la voiture devant la maison.

IV

Les volets clos

Mais la jeunesse et l'âge
des cheveux noirs sont vanité.
ECCLÉSIASTE, « L'âge »

Le voyage avait été long, j'avais dû m'endormir pendant la course jusqu'à Figeac, puis dans le Capitole. Je m'étais réveillée gare de Lyon. Je n'avais pas rêvé cette histoire qui fut la mienne. Françoise, Bernard, les acacias, la maison des amours et de l'amitié, tout m'était revenu en plein cœur, comme si ces péripéties dataient d'hier. La mort de qui l'on aime provoque souvent ce film intérieur, l'afflux de détails, le scénario des adieux.

Une messe pour Françoise fut célébrée quelques jours plus tard. Après avoir salué ceux et celles qui, n'ayant pu assister à ses obsèques, lui rendaient un dernier hommage, j'ai marché au hasard. J'entendais Frédéric Mitterrand lisant Sagan dans la nef. Sa voix magnifique, et celle de Françoise. Je fis halte devant la vitrine d'une pharmacie ; m'approchant pour connaître le prix d'un shampoing, je surpris mon visage dans un miroir grossissant. Le haut du front, un centimètre carré d'épiderme, les pores de la peau, très gros, et le dénivelé de celle-ci.

Je penchai la tête dans un pâle rayon pour découvrir qu'une masse de cheveux gris escaladait mon côté droit. N'ayant jamais vu les choses aussi froidement – à la loupe, ai-je pensé –, je reculais pour contempler ma figure en entier afin qu'elle me fît moins peur. Du coup, ma silhouette se refléta dans la vitrine ; bien qu'elle parût moins effrayante parce que plutôt mince et alerte, cette silhouette rappelait celle de ma grand-mère. Je réalisais soudain que, telle Marie, j'étais une personne âgée, quelqu'un qui comptait à peine sur l'échiquier humain puisqu'il ne pouvait plus lui arriver grand-chose, sinon d'être celui ou celle qu'on aimait à distance, comme j'avais aimé Marie. Quelqu'un qui n'avait plus rien à faire d'autre, au fond, qu'à vous aimer en retour, faute de pouvoir se projeter dans l'avenir.

Il faisait froid. J'ai pris le métro vers le Lion de Denfert ; ce quartier me rappelait le temps où je me rendais rue d'Alésia à pied, en taxi, dans des voitures diverses, tout me ramenait vers la maison des amours et de la liberté, d'ailleurs j'y allais encore, une dernière fois, la dernière fois, guidée par le rêve. Je marchais dans cette direction pour me réchauffer, il fallait être quelque part et ce quelque part, c'était ma jeunesse, elle m'aiderait à supporter les futurs novembres. Quand je parvins rue d'Alésia, le froid s'était atténué, bien que la lumière fût toujours aussi grise, cette lumière de Paris l'hiver, et je descendis les trottoirs qui menaient vers ce lieu où j'avais passé tant de temps, à l'abri du monde et du temps. Je n'étais jamais revenue dans les parages. J'ai retrouvé les larges trottoirs, les acacias, mais la province avait changé. Boutique SFR. Succursale HSBC. Cybercafé. Plus loin, à gauche, un « bar à ongles » proposait des « manucures sans rendez-vous ». Subsistaient des années Sagan des fragments de joie, comme un cœur qui bat. La silhouette de Mitterrand, les visites de Sartre, la Mini Cooper garée sur le trottoir, les cheveux longs, des pattes d'éléphant. Le Moniage avait disparu, remplacé par une brasserie, Le Trois. La maison de Françoise semblait venue d'un autre âge, elle surprenait, plus pour longtemps. Un panneau affichait des projets de démolition. J'ai retrouvé les anges de la façade, les cinq fenêtres, le soupirail, des passants me bousculaient, je dévorais du regard cet ensemble, je connaissais l'intérieur par cœur. C'était un puzzle dont j'avais tous les fragments. Devant la porte verte se tenait un camion de déménageurs. Des hommes en combinaison allaient et venaient, chargés d'objets. Ils déposaient à l'arrière du camion les caisses qu'ils transportaient, puis repartaient. Je me suis penchée. J'ai aperçu l'étroit couloir. Alors que deux costauds chargeaient un piano, profitant du fait que leurs collègues fumaient devant le camion, je me suis glissée à l'intérieur. Mon portable sonna dans le vide. La maison semblait en ruines. Parce qu'elle était condamnée, qu'elle allait disparaître, je pouvais la reprendre par le rêve. Pour que l'irréalité perdure, qu'elle soit à son comble, je mis des lunettes de soleil, ce qui donnait au paysage l'aspect du songe, quelque chose d'inexistant. Avais-je vécu ici ? L'inconsistance contaminait ma vie tout entière, ce devait être un effet de l'âge. Dans le jardin, le bassin était à sec. La rue des Artistes tournait le dos au froid. La mort de Françoise donnait raison à sa musique : une gaieté inconsolable. Je revis le piano électrique, son visage rieur que démentait ce regard qu'elle posait sur moi comme si elle avait su. La tendresse et la pudeur formaient un rempart de notes dans le silence ; il y avait entre eux et moi, déjà, cette idée, cette certitude du triomphe de la mort. Bernard emplissait mon verre, elle allumait une cigarette et jouait cet air obsédant. Les derniers des Mohicans.

J'ai cherché du regard celui qui avait dirigé nos vies l'espace de ces printemps qui, tant d'années plus tard, ne semblaient pas avoir plus de vraisemblance que le jardin coloré par mes lunettes noires en brun doré. Cupidon alias Éros et son fameux sourire. J'ai marché vers le mur couvert de rosiers fanés. Le chérubin avait disparu. Je me suis penchée dans les gravats. Parmi les feuilles jaunies, dans un fouillis de ronces et de racines gelées, je l'ai retrouvé. Tombé de son piédestal, l'ange reposait face contre terre, renversé par l'on ne savait qui ou quoi, le temps sans doute ; j'ai écarté les pierres, les branchages, et, malgré son poids, je parvins à le redresser ; brisé, manchot, couvert de moisissures, le cher démon n'avait rien perdu de son charme. Je pris un mouchoir – celui que j'avais utilisé pendant le service funèbre, trempé de mes larmes – pour nettoyer son visage. L'ange me souriait du haut de sa jeunesse. Je l'ai remis tant bien que mal sur son socle. Pour l'admirer le plus longtemps possible, je sortis à reculons. Éros avait été le seul témoin des événements qui s'étaient déroulés ici. À moins qu'il ne les eût précipités. Je suis passée devant la véranda où Bernard et moi avions dégusté deux petits homards et leur macédoine de légumes un soir d'été ; il m'avait fait la surprise, les bougies sur la table ronde, le chasse-spleen. J'ai levé la tête. La chambre de Françoise était fermée, les volets clos.

– Qu'est-ce que vous faites là, ma petite dame ?

Un déménageur se tenait devant la porte qui donnait sur la cuisine, où j'ai revu Werther et senti son odeur de vieux chien chéri par Françoise. Elle l'avait gardé tout un jour dans sa chambre, le dernier de sa vie de chien. Elle refusait de prendre quiconque au téléphone, pour demeurer en tête à tête avec Werther mourant, paralysé de l'arrière-train et qu'un vétérinaire viendrait piquer dans la soirée. J'ai revu le panier du chat dans un coin et entendu la voix d'Oscar surgi de la cuisine et qui disait :

– Mademoiselle est arrivée ! Madame va être contente.

J'ai ôté mes lunettes de soleil. La réalité reprit ses droits. Peggy descendit les escaliers. Visage tendu vers moi, elle me disait que rien n'avait d'importance ; nos amourettes d'antan, les commencements, nos ruptures, toutes ces liaisons doucereuses, c'était le caviar du printemps.

Demain, j'allais appeler Bernard, je passerais rue Saint-Honoré avec un saumon fumé, deux éclairs au café. Je ne lui dirais pas. Il savait que l'époque avait changé.

– Vous cherchez quoi ? reprit l'employé de Déméco avec sévérité.

– Rien.

Cet ouvrage a été composé en Granjon par Palimpseste à Paris

Pour l'éditeur, le principe est d'utiliser des papiers composés de fibres naturelles, renouvelables, recyclables et fabriquées à partir de bois issus de forêts qui adoptent un système d'aménagement durable.
En outre, l'éditeur attend de ses fournisseurs de papier qu'ils s'inscrivent dans une démarche de certification environnementale reconnue.

Impression réalisée sur CAMERON par
BRODARD ET TAUPIN
La Flèche

pour le compte des Éditions Fayard
en octobre 2007

Imprimé en France
Dépôt légal : octobre 2007
N° d'édition : 93646 – N° d'impression : 44061
51-27-1523-3/01